Remeurs Sünden

Hans Scherer

Remeurs Sünden

Roman

Eichborn.

Für L.
Für wen sonst

Die Deutsche Bibliothek – CIP-Einheitsaufnahme

Scherer, Hans:
Remeurs Sünden : Roman / Hans Scherer. – Frankfurt am Main :
Eichborn, 1996
ISBN 3-8218-0339-8

Umschlaggestaltung: Christina Hucke unter Verwendung eines Fotos
von Ingo Taubhorn
Lektorat: Matthias Bischoff
Satz: Fuldaer Verlagsanstalt GmbH, Fulda
Druck und Bindung: Wiener Verlag, Himberg
ISBN 3-8218-0339-8

Verlagsverzeichnis schickt gern:
Eichborn Verlag, Kaiserstraße 66, D-60329 Frankfurt am Main

»Oh, wie unschuldig und melancholisch-unverbindlich, dieses Spiel der Leiber. Wie angenehm und gottgefällig die starken Gerüche des Geschlechts. Niemals werde ich den Fluch des Christentums gegen die Fleischeslust verstehen. Niemals begreife ich, was Sünde bedeutet. Es gibt Sünden, freilich. Aber diese flüchtigen Glücksmomente – wenn ich mit jemandem im Bett liege und sehr zärtlich bin: eben diese ›sündigen‹ Momente sind es, die mich am ehesten auf die Vergebung aller Sünden hoffen lassen.«

Klaus Mann, *Tagebuch*

Erstes Kapitel

Paris

In dem Krankenhaus gab es eben keine Einzelzimmer. An der Tatsache kam man nicht vorbei.

Als Sonderbehandlung, immerhin, hatte er das Bett am Fenster erhalten. Schön war vor allem der Blick aus der offenen Balkontür. Man sah vom Bett aus auf die Bepflanzung der Neubaudächer, die, als habe man ihre Pflege vergessen, eher einer Savanne als einem Rasen glichen. Vor allem aber interessierten ihn die vier ungeheuer hohen Pappeln am Horizont, an denen sein Blick durch die meist offenstehende Balkontür sich immer wieder festsaugte. Die Pappeln sehen aus wie die vier Türme der Pagode von Kanton, dachte er. Oder hatte die Pagode von Kanton nur zwei Türme? Wenn das Fieber stieg und er vor sich hindämmerte, fragte er sich zuweilen auch, ob die Pappeln am Ende nicht der weißen und der schwarzen Pagode von Konarak in Ostindien ähnelten. Nachts waren die Bäume jedenfalls ebenso eindrucksvolle Türme wie am Tage, und er sah sie immer, beleuchtet von der Sonne oder vom Mond.

In den ersten zwei Tagen hatte er das Zimmer für sich allein. Erst am Abend des dritten Tages wurde ein zweites Bett hereingerollt. Die Klarsichthülle wurde von dem Bett abgezogen. Es roch stark nach Desinfektionsmitteln. Gestützt von zwei Krankenschwestern, erschien Herr Mellenthin im Zimmer. Er trug einen rotweiß gestreiften, etwas speckigen Bademantel, keinen Pyjama, sondern ein blaßgrünes Krankenhaushemd, das hinten offen stand. Auffallend war die Fülle seiner schwarzen Haare, noch auffallender war, daß die Haare auf der linken Seite wesentlich länger herunterhingen als auf der rechten, was seinem grämlichen Gesicht einen Zug ins Verwegene gab. »Das ist Herr Mellenthin«, stellte ihn Schwester Bettina vor. »Wir werden uns schon vertragen«, brummelte Herr Mellenthin, indem er sich etwas mühsam ins Bett hangelte. Hoffentlich hat er keinen Fernsehapparat dabei, dachte er und sah angestrengt auf die vier Türme der Pagode von Kanton, die in der beginnenden Abenddämmerung ungewöhnlich schwarz geworden waren. Er erinnerte sich genau daran, weil er zwei, drei Stunden später, als er mit diesem merkwürdigen Schmerz in beiden Schultern wach geworden war, sich immer wieder vorsagte: Ich hätte es wissen müssen, weil die Türme so schwarz waren, – was überhaupt keinen Sinn hatte und in seiner mystischen Rätselhaftigkeit überhaupt nicht zu ihm paßte.

Er stand auf und suchte auf dem Gang die Nachtschwester, die zwar freundlich zu ihm war, aber alle Hände voll zu tun hatte. »Vielleicht haben Sie etwas Falsches gegessen«, sagte sie und erkundigte sich nach der Zahl der Insulineinheiten, die er üblicherweise abends spritzte. »Ich koche Ihnen einen Kamillentee«, sagte sie aufmunternd, nur um etwas zu tun und zu sagen. Er rannte zum Aufenthaltsraum der Patienten, wo um drei, vier Uhr in der

Nacht niemand mehr war. Er suchte jemanden, mit dem er hätte sprechen können. Er hatte das Gefühl, auf die Toilette gehen zu müssen, obwohl er wußte, daß es vergeblich war. Er war wie abgeschlossen, eingeschlossen, zugeschlossen, zeitweise fiel ihm das Atmen schwer. Er hatte Angst davor, sich wieder ins Bett zu legen. Erst jetzt fiel ihm auf, daß er Angst davor hatte, mit sich allein zu sein. Dennoch, es blieb ihm nichts anderes übrig, ging er zurück in sein Zimmer, schlürfte den Kamillentee und setzte sich auf das Bett. »Fühlen Sie sich nicht wohl?« fragte Herr Mellenthin, der unbeweglich in seinem Bett lag. »Ich spüre in beiden Schultern eine Todesdrohung«, sagte er und begriff im nächsten Moment, daß er unsinniges Zeug redete. Herr Mellenthin jedoch, dem Todesdrohungen in der Schulter offensichtlich eine alltägliche Erfahrung waren, sagte: »Legen Sie sich ohne Angst hin, atmen Sie ruhig durch. Sehen Sie in die Nacht hinaus« – er sah auf die schwarzen Türme der Pagode – »ich werde Ihnen eine Geschichte erzählen.« Er sprach mit einer schleppenden, fast leisen, doch erstaunlich deutlichen Stimme. Er begann das Geschichtenerzählen, einfach so.

In diesen Tagen ging Remeur mit federnden Schritten durch Paris. Die Sonne schien, und er war bester Laune. Fordere ich die Welt in ihre Schranken, dachte er und überlegte, woher das Zitat stamme. Er liebte es, durch die Straßen zu wandern, durch bekannte und unbekannte Stadtlandschaften, er beobachtete Fassaden, deren Farbe sich im Laufe der Jahre veränderte, abgerissene Plakate – noch nach zwanzig Jahren erinnerte er sich eines merkwürdigen Plakates mit dem Bild Rimbauds an der Außenwand der Medizinischen Fakultät, das ihn plötzlich an Georg Trakl erinnert hatte. Seitdem hatte er immer wieder neue Parallelen in ihrem Werk entdeckt. Beide gingen zum Leiden. Remeur fragte sich, ob es nicht ungehörig sei, Leiden und Lust und alle schmerzlichen und freudigen Erfahrungen der Menschen, die ihm in irgendeiner Weise jemals begegnet waren, solchermaßen zu genießen, wie er es tat. Aber mit diesen Skrupeln wollte er sich diesen Tag nicht verdüstern.

Die Klappen von Paris sind noch langweiliger als die Klappen von Rom. Das wird Henry Miller vermutlich anders gesehen haben und seine geliebten *vespasiennes* vermutlich nach anderen Qualitäten beurteilt haben. Nach der frischen Luft zum Beispiel und nach dem klaren Blick auf die Goldtönung von Paris. Schwule haben gegen Henry Miller ihre Vorurteile. Merkwürdig seine Verehrung für Rimbaud, dem er immerhin ein ganzes Buch gewidmet hat. Er hat es tatsächlich fertig gebracht, ein ganzes Buch über Rimbaud zu schreiben, ohne den Namen Verlaines auch nur zu erwähnen. Am schönsten ist die Stelle, wo er seinen Geburtsort, New York, mit dem Geburtsort Rimbauds, Charleville in den Ardennen, vergleicht und feststellt, jeder Dichter müsse der Heimat, wo immer sie liegt, entfliehen. Erst im Exil vermag er es, sich selbst zu finden. »Wer Vater und Mutter mehr liebt als mich, ist meiner nicht wert.« So ist Millers Rimbaud heilig und rein und geschlechtslos –, aber nicht unschuldig. Denn wie könnte er unschuldig sein, wo er die Verführung zur Schuld nach Miller gar nicht kennengelernt hatte.

Remeur war eher vom Gegenteil überzeugt. Nein, Miller mochte ein paar schöne Gedanken haben, aber indem er Rimbaud gleichsam kastrierte, nur damit ihm, Miller, das reine Engelsbild erhalten blieb, offenbarte er seinen in Wahrheit grausamen Puritanismus. Remeur hätte nicht gern mit ihm zu tun gehabt. Obwohl ausgerechnet Millers Philosophie das Lied seines Lebens geworden war. Die Lust ist der Sinn. An dieser Stelle bremste Remeur seine Gedanken und, wie es eine Angewohnheit von ihm war, auch seinen Schritt. Er versuchte sich zu erinnern, wie oft und mit wem er über diesen Satz schon gestritten hatte, nächtelang. Wo waren sie jetzt? Sind sie zurückgeblieben, oder waren sie ihm vorausgegangen? Haben sie den Sinn gefunden, nach dem er immer noch suchte? Mit sich und seinen Gedanken allein, er liebte diesen geistigen Dämmerzustand.

Vom *Flore* schlenderte er die Rue Bonaparte hinunter zur Seine und besah sich die Auslagen der Buchhandlungen und die kuriosen Stücke in den Schaufenstern der Kunsthandlungen. Geschmückte Kamine, bronzene Pferde in Lebensgröße, napoleonische Adler, afrikanische Möbel und Masken. Solange er nun schon Paris und speziell dieses Quartier kannte, standen die meisten Dinge unverändert in den Schaufenstern. Die Häuser müssen mit diesen Auslagen schon gebaut worden sein. Ob die Inhaber der Geschäfte jemals ein Stück verkauft haben? Vielleicht waren sie Mätressen reicher Männer, die mit dem Geschäft »abgefunden« wurden, wie man sagt, denen das Verkaufen ihrer Waren aber zu gewöhnlich ist.

Unten am Fluß kam ihm wieder Henry Miller in

den Sinn. Wie kann einer von Pariser Pissoirs schwärmen, ohne die von Rio zu kennen in ihrer öffentlichen Spiegelpracht, oder die von Havanna in ihrer Heimlichkeit oder die vulgären von Moskau? Aus schwuler Gewohnheit sozusagen inspizierte Remeur die Pariser Klappen dennoch regelmäßig. Es war nichts los.

In den Katakomben um die Place de la Bastille hatte er einmal an einer Ecke eine merkwürdige Ansammlung von Männern beobachtet, wilde Gestalten, Remeur hatte es vorgezogen, rasch weiterzugehen, geschäftig, eilig, wie ein Tourist, ohne sich noch einmal umzusehen. Das wäre früher anders gewesen, dachte er, das ist das Alter. Über die Uferpromenade unterhalb der Tuilerien und des Louvre ging er allerdings immer, wenn sie auf seinem Weg lag. Nachts soll sich unter den Brücken einiges abspielen. Ein paar Jahre früher hätte ihn das gereizt. Heute schien es ihm, als empfinde er beim Anblick der dunklen, dumpfen, dampfenden Ecken eher ein Schaudern. Immer saßen zwei Männer auf der einen Bank, die nur noch ein Sitzbrett und keine Rückenlehne mehr hatte, immer ein Jüngerer, der seltsam tumb aussah, den Kopf nach allen Seiten reckte, motorisch regelmäßig wie ein Huhn, das nach nicht vorhandenem Futter pickt, und ein Alter mit einem Auge, das zweite Auge bestand aus einer Verdickung runzeliger Haut. Remeur kannte die beiden, solange er Paris kannte. Immer wenn er an ihnen vorüberging, bedachte er ironisch, daß man selbst in der größten Stadt schon nach kurzer Zeit »gute Bekannte« habe. Darin schloß Remeur auch die Bettler ein, den Demütigen von der Métro-Station an der Rue du Bac, den Stolzen vor dem

Louvre, den Obdachlosen, der sich nachts auf dem Entlüftungsschacht am unteren Ende der Rue des Saints-Pères zum Schlafen legte, den Remeur und seine frivole Entourage in der Champagnerlaune einer Winternacht, angestiftet von Thilbeau selbstverständlich, von allen Seiten mit Franc-Stücken beworfen hatte, Sterntaler, der Arme wußte gar nicht, wie ihm geschah.

Der Gang unten an der Seine-Uferpromenade gegenüber dem Musée d'Orsay, eine Pflichtübung, wie Remeur es empfand, sommers wie winters, war ihm wie ein Gelübde auferlegt. Dort zu gehen war fast wie ein Bekenntnis, das täglich zu erneuern war.

Remeur erinnerte sich des starken Herzklopfens, das ihn als jungen Mann einst in Cannes befallen hatte, als er herausgefunden hatte, daß die Plage l'Ondine der Strand für die Homosexuellen sei. Damals hatte er einen gehbehinderten, vornehmen alten Herrn beobachtet, der mit drei, vier dicken Zeitungen in der Hand wie selbstverständlich die steile Treppe zur Plage l'Ondine hinunterhinkte und dort mit Ehrerbietung begrüßt wurde. In diesem Moment, so hatte Remeur es immer empfunden, hatte er sein eigentliches Coming-out erlebt. »Ja«, hatte er damals laut auf der Croisette gesagt, »ja«, so laut, daß ein junges Mädchen sich nach ihm umsah, ob er für sich selbst redete, vor sich hinbrabbelte. »Ja, ich gehör' hierher«, hatte er damals gesagt und war auch die steile Treppe hinuntergeschritten. Immer wenn er an der Seine entlangging, mit seinen feinen Schuhen durch den Dreck balancierte, mußte er wieder an die Szene von Cannes denken, die nun schon so viele Jahre zurück lag. Es ist ein bißchen wie die Plage l'Ondine, sagte er sich, und ich gehör' hierher, ob ich es will oder nicht.

Seitdem er den Weg und seine Geheimnisse entdeckt hatte, war die Strecke arg heruntergekommen. Die Bodenplatten waren fast alle zerbrochen. Mitten auf dem Weg gab es gefährliche Löcher. Das Wasser der Seine schwappte mit stinkendem Unrat an die Ufermauer. Ungewöhnlich große, wohlgenährte Ratten huschten über Müll, Schutt, Geröll. (In der Zeit, als das neue Hallenviertel aufgebaut wurde, hatte Remeur den Laden eines Kammerjägers entdeckt, in dessen Schaufenster die Ratten von Paris nach Art und Größe ausgestellt waren. Was sollte der arme Mann sonst ins Schaufenster stellen? Die Größen reichten von der gemeinen kleinen Hausratte bis zu hasenartigen Exemplaren. Die Pariser Rattenvielfalt konnte es spielend mit den Quantitäten und Qualitäten von New York oder São Paulo aufnehmen.)

Remeur und seine Freunde, die den Weg kannten, haßten die Passagierschiffe mit ihren grellen Scheinwerfern. Ihr strahlendes Licht erhellte zynisch eine Szene, deren Lebenselement die Dunkelheit ist. Die Höhlen unter den Brücken, die Schlupflöcher der Obdachlosen, die Bühnen der Exhibitionisten, die Matratzen der Liebenden; ihr Stöhnen, Flüstern, Schreien, Brüllen; die Promenade der unruhig Wandernden, der Fiebernden, der Hungernden, der Gierenden. Die Lust von unten. Die Lust an der Finsternis.

Remeur stellte sich immer vor, daß die Reiseführerin auf dem Schiff erklärte: »Wenn Sie Ihren Blick nun nach links richten wollen, so sehen Sie dort auf der Promenade unterhalb des Louvre die Pariser

Homosexuellen«, – die im Sommer immerhin ein attraktives und an dieser Stelle recht überraschendes Bild boten in ihren knappen Badeslips, die heute wohl allesamt Tanga heißen, früher jedoch, als Remeur das Seineufer kennenlernte, noch den poetischen Namen *pourquois-pas* trugen. Ach, die Touristen. Paris-Touristen waren Remeur seit eh und je besonders dumm vorgekommen: Weil sie nicht begriffen, wie schnell und unkompliziert sie ihren Touristenstatus hätten ablegen können, indem sie einfach sagten: Ich bin kein Tourist mehr. Aber vermutlich fanden sie gerade unter dem Namen Tourist den Schutz, auf den sie nicht verzichten wollten. Remeur verstand sie nicht.

Die Pariser Homosexuellen – in Wirklichkeit gibt es, abgesehen von ein paar einschlägigen Straßen, die Rue Sainte-Anne etwa oder die Gegend um den Temple, kein richtiges Schwulenviertel, kein Village mit einer Christopher Street, kein Shinjuku oder sonst etwas in der Art. Sie wohnen vielmehr überall, verstreut in der ganzen Stadt, integriert, eingemeindet. Man wird lange suchen müssen, ehe man ein Restaurant, ein Café, eine Bar findet, wo man keine Schwulen trifft. Vielleicht fühle ich mich deshalb hier so wohl, dachte Remeur, der jede Art von Absonderung haßte.

An diesem Nachmittag, die Seine-Schiffe fuhren eilig vorüber, man hörte die erklärende Stimme und das tausendfache Klicken und Surren der Kameras bis ans Ufer, an diesem kühlen, sonnigen, wenngleich dunstigen Nachmittag beobachtete Remeur einen jungen Mann, der ihm schüchtern, unsicher folgte. Hatte er tatsächlich rote Haare? Remeur setzte sich zum ersten Mal in seinem Leben zu dem

Einäugigen und dem Tumben auf der Bank, nickte den beiden zu, die sich vielsagend ansahen: Siehst du, hab' ich doch recht gehabt mit ihm, all die Jahre, in denen er nun schon hier vorbeikommt. Remeurs Verfolger hatte tatsächlich rote Haare, struppig, krullig, kurz geschnitten, Remeur dachte, die Haare sind vermutlich hart wie Draht. Mein Gott, der Junge ist sicher jünger, als das Gesetz erlaubt, dachte Remeur, aber nett und unbeholfen, mit einem lieben Lachen vor allem. Daß Remeur nun auf der ramponierten Bank saß, hatte seinen Verfolger aus dem Tritt gebracht. Er ging ein Stück weiter, bemüht, nicht allzu auffällig nach der Bank zu schielen, was ihm aber nur halbwegs gelang. Dann blieb er stehen, sah angestrengt hinüber zum Musée d'Orsay, ging festen Schritts wieder zurück, als habe er nun endlich sein endgültiges Ziel gefunden. Remeur stand auf und ging seinen Weg weiter wie vorhin. Der Balztanz hat eine gewisse Änlichkeit mit dem Mühlespiel. Den Stein habe ich gewonnen, dachte Remeur, entweder kommt er mir jetzt nach, oder die Partie war sowieso von Anfang an verloren. Ohne sich umzusehen, ging er zu der kleinen Treppe, die zu dem Tunneldurchgang zu den Tuilerien führt. Auf der Treppe muß man sowieso die Richtung wechseln, eine natürliche Umdrehung sozusagen – wie wunderbar alles für das Spiel eingerichtet ist. Der Junge war ihm gefolgt. Von der Treppe aus lachte Remeur ihm zu. Aber der Junge war zu verlegen, nach Lachen war ihm überhaupt nicht. Er war gepackt von dem ernsten Geschäft, das ihn hierher getrieben hatte. Er war wirklich jung. Vielleicht hatte er so etwas noch nie gemacht. Gut, dachte Remeur, ich spiele mit.

Der Tanz fing damit erst an. Das gegenseitige Sich-Überholen, Sich-Hinsetzen, Gehen, Schreiten, Stehenbleiben, Gucken, Hingucken, Weggucken, In-die-Luft-Gucken, eine strenge, jahrhundertealte Choreographie. (Oscar Wilde soll in seinem Prozeß ironisch auf die gesundheitlichen Vorzüge der Homosexualität hingewiesen haben: Man bleibe immer in Bewegung, und das meiste spiele sich in der frischen Luft ab.) Die große Manege des Spiels befindet sich in Paris im Park entlang der Orangerie. Der Kiesel knirscht, wenn man darübergeht, es sind knirschende Schritte wie in Resnais' Film *Letztes Jahr in Marienbad*: »Immer wieder geh' ich im Traum über die alten, knirschenden Parkwege. Haben wir uns dort getroffen? Warum erkennen wir uns heute nicht mehr?« Remeur und sein kleiner Verfolger trieben den Tanz bis zu der merkwürdigen Klappe rechts vom Eingang der Tuilerien zur Place de la Concorde. Das Pissoir, Urinoir, die *vespasienne* erinnerte mit ihren an die Mauer gelehnten, rostenden Eisenplatten an eine Skulptur von Serra. »Kommst du mit mir? Oder gehen wir zu dir?« fragte Remeur, zuerst auf deutsch, dann gleich noch einmal auf französisch und auf englisch, eine Art Fragetechnik, die er sich einst in London angewöhnt hatte. Der Junge hatte sofort auf deutsch »ja« geantwortet, etwas atemlos und aufgeregt. Ein Deutscher also. Ein merkwürdiger Junge. Dem es nicht schnell genug geht.

Remeur winkte an der Place de la Concorde einem Taxi. »Du bist doch einverstanden?« fragte er den Jungen. Der nickte nur. Sprach fast gar nichts. Sah streng geradeaus in dem Auto, gab sich weltläufig und zitterte innerlich vor Nervosität. Remeur musterte ihn – möglichst unauffällig, aber mit Wohlgefallen. Nett, dachte er, sehr nett, hoffentlich ist er nicht wirklich zu jung. Der Junge trug lila Jeans. Remeur, Modekenner – ich habe nichts dazugetan, wie er zu sagen pflegte, die Wissenschaft ist mir zugeflogen – hatte sofort gesehen: Die lila Jeans gab es nur bei Armani. Das blaßgrün gemusterte Hemd, die grüne Jacke dazu, was für eine kühne Kombination. Sogar die Socken waren lindgrün. Entweder hat der Junge Geschmack und Geld oder eine Mutter, die ein Faible für Mode hat, vielleicht hat er auch alles, Geld, Geschmack und Mutter, dachte Remeur, ich möchte wetten, er trägt auch eine lindgrüne Unterhose. Dazu das Lachsrot der Haare, Remeur fing an, sich auf den späteren Nachmittag zu freuen.

Der Junge trug eine weiße Unterhose. Schon im Taxi, während Remeur noch nach dem Zwanzig-Franc-Schein für den Fahrer in seiner Tasche suchte, hatte der Junge plötzlich Remeurs Hand berührt. Remeur sah ihn an, lachte, »wir sind gleich oben«, sagte er. Er wohnte nun schon zwei Jahre in den beiden obersten Dachzimmern des Hotels *Victoria de Saint-Germain.* Den aristokratisch klingenden Namen hatte erst Remeur dem Hotel verliehen, weil die leicht versoffene Chefin des Etablissements selbst auch einen aristokratisch klingenden Namen hatte: Elvira de Maddelon, der Remeur an den *nom de guerre* einer Prostituierten erinnerte. Vielleicht war Elvira eine Nutte, die den Briefträger geheiratet hatte. Madame, eine französische Wirtin wie aus einem Gabin-Film, hatte vom vielen *Gauloise*-Rauchen eine Baßstimme. Sie gab Remeur den Zimmerschlüssel, warf einen musternden Blick auf den Jungen, zwinkerte mit einem Auge und drückte Remeur einen ganzen Packen Briefe, Zeitungen und Zeitschriften in die Hand.

In dem engen Aufzug, in diesem wahnsinnig engen, wahnsinnig langsam nach oben schwebenden Aufzug küßte er den Jungen zum ersten Mal. Remeur hatte für einen Moment die Vision, wen er schon in diesem Aufzug und in anderen Aufzügen geküßt hatte. Dieses sanfte Gleiten, durch leichtes Ruckeln zuweilen diskret an die Erde erinnernde Gefährt versetzte ihn in eine taumelig erotische Stimmung. Zum Teil war es wohl die Eingeschlossenheit auf engstem Raum. Aber das Erotische der Aufzugkäfige war dennoch nicht nur eine Eigenart ihrer Dimension. Remeur erinnerte sich an Tokio, wo Kiyoshi, der kleine Teufel, den Aufzug des *Prince* Hotels zwischen dem achten und dem neunten Stockwerk für einen letzten Abschiedskuß angehalten hatte, und dieser Aufzug war so groß, daß man eine japanische Party hätte darin feiern können. Nein, an der Größe lag es nicht.

Vielleicht liegt es an mir, dachte Remeur. Ich bin gut gelaunt. Der Junge mit den lila Hosen hat mich auf gute Gedanken gebracht, dachte er und küßte ihn noch einmal, stürmischer, drängender, und spürte in der Erwiderung des Kusses, daß der Junge sich ihm längst ergeben hatte.

Das Mittagessen vorhin mit Kessler, seinem Verleger, hatte keinen Anlaß zu guter Laune gegeben. Das teure Essen im *Louis XIII*, zu dem Remeur auch noch eingeladen hatte, reute ihn jetzt. Für Kessler wäre auch eine Elsässer Platte gut genug gewesen; er hätte dann immer noch mit verdrehten Augen von der feinen französischen Küche geschwärmt – und wäre meinem Honorarvorschlag vielleicht eher entgegengekommen. Daß ich in solchen Restaurants wie dem *Louis XIII* esse, hat auf ihn vermutlich einen falschen Eindruck gemacht. Dabei wollte ich ihm klarmachen, daß ich das Geld brauche. War nicht gut, die Idee mit dem *Louis XIII*. Kessler war Remeur aus tiefer Seele unsympathisch. Er haßt mich ebenso wie ich ihn, dachte Remeur. Dieses Familiengetue. Dieser Kasinoton. Daß ich ausgerechnet von ihm abhängig bin. Remeur hatte jedoch in all den Jahren des Jonglierens mit seinem Leben die beneidenswerte Fähigkeit erworben, unangenehme Gedanken abzuschalten wie das Licht mit einem Schalter an der Wand. – Mein Gott, der Junge zittert ja, so geil ist der.

Im Zimmer, das Ausziehen, hastig zerrend. Remeur hätte laut darüber gelacht, wenn er nicht gewußt hätte, wie leicht man damit einen Jungen verschreckt. So mag es lustig sein, zum Lachen ist es nicht. Die Liebe ist überhaupt nicht zum Lachen. Wer sie nicht ernst nimmt, sollte es mit ihr gar nicht erst versuchen. Das blaßgrüne Hemd, die lila Hose. Verdammt, daß die Jungen es immer so eilig haben mit dem Ausziehen. Remeur hätte das lieber selbst besorgt. Es machte ihn verrückt, einen Jungen langsam auszuziehen. Man muß wissen, wo man drükken und ziehen und streicheln muß, um sie wehrlos zu machen, hilflos, geil. Remeur glaubte zu Recht, ein diesbezüglicher Kenner zu sein. Die Wissenschaft ist mir auch zugeflogen, sagte er sich. Im vorliegenden Falle aber bedurfte es solcher Tricks nicht, er kam überhaupt nicht dazu. Der Junge überfiel ihn mit Zärtlichkeiten, sie überfielen sich gegenseitig. Die Haut des Jungen war heiß, seine Zunge und seine Lippen waren kalt, seine Küsse waren wie eine kühlende Erfrischung. Sie fielen auf das Bett, falsch herum, daß die Beine dort waren, wo die Kissen lagen, immer falsch herum, dachte Remeur schon atemlos. Sie fielen aus dem Bett heraus auf den kostbaren seidenen Gebetsteppich, den Remeur erst vorige Woche im *Drouot* ersteigert hatte. »Junge, Junge«, sagte er, »was ist denn los mit dir?« Zu schnell, dachte er, das geht immer zu schnell. Er cremte den Jungen schon ein, seinen Bauch, seine Brust, seine Lippen, er salbte ihn, wollte sich erschöpft neben ihn legen auf den Gebetsteppich, ihre beiden Köpfe lagen fast unter dem Bett, als der Junge von neuem mit seinen phantasievollen Zärtlichkeiten begann.

Ein zauberhafter Liebesapparat, der ablief wie ein aufgezogenes Uhrwerk, sich in der Erschöpfung von neuem aufzuziehen schien und von neuem ablief, bis sie beide lachend unter dem Bett lagen, prustend darunter hervorkrochen. »Das glaubt uns kein Mensch«, sagte Remeur, »Schwule erleben mehr, sag' ich ja immer. Wie heißt du eigentlich?« »Alexander«, sagte der Junge, der gar nicht aussah wie ein Alexander, eher wie ein kleiner, genußsüchtiger Gabriel. »Ich werde dich Angelino nennen«, sagte Remeur. Er liebte das Erzählen und das wohlige Beieinanderliegen.

Alexander war zum ersten Mal in Paris, wie er erzählte, mit seinen Eltern, nur drei Tage. Sie wohnten an der Place Vendôme im Hotel *Intercontinental*, dessen goldene Kandelaber vor dem Portal ihn besonders beeindruckt hatten. »Es gefällt dir in Paris?« Alexander war begeistert, daß er fast keine Worte fand. Lieber wäre er allerdings allein in Paris gewesen. Das Verhältnis zu den Eltern schien gespannt zu sein. Mit dem Vater vor allem gab es »ärgerliche Diskussionen«, wie er sagte. Er verspottete ihn ein wenig, nannte ihn abschätzig einen »Bildungsbürger«. Alexander stammte jedenfalls aus gutem Hause, wie man sagt. Er war reich, klug, hübsch, verwöhnt, frei, unbekümmert und jung. Er hat alles, dachte Remeur. Er hat alles, was ich in seinem Alter vermißt habe. Remeur betrachtete ihn mit leisem Neid. Er hat alles, dachte er, und er weiß nicht, daß das schon alles ist.

»Woran erkennt man einen Bildungsbürger?« fragte er scherzhaft. »Der Bildungsbürger hält den George-Kreis für zwei Schauspieler, einen alten und einen jungen, einen Postmeister und einen Schimanski. So schließt sich der Kreis der Georges.« Remeur hätte gern noch weitere Bonmots vorgetragen. »Gehen wir zusammen essen?« Nein, das sei nicht möglich. Alexander war mit seinen Eltern im Hotel verabredet, er hätte längst dort sein müssen. Am nächsten Morgen, ziemlich früh, würden sie nach Frankfurt zurückfliegen.

Alexander trug schon wieder seine makellos weiße Unterhose. Er zog gerade sein blaßgrünes Hemd über den Kopf. Seine Haare waren hart wie Draht. »Was macht dein Vater?« fragte Remeur. »Er ist Verleger. Er hatte hier in Paris mit einem Autor zu sprechen.« »Dein Vater heißt am Ende Kessler?« fragte Remeur, den ein Schrecken befiel. »Und wie alt bist du wirklich?« – »Ich bin gerade siebzehn geworden.« – O mein Gott, sagte Remeur still für sich und biß sich auf die Lippen. »Kennst du meinen Vater?« fragte Alexander. »Nicht direkt«, stotterte Remeur, »ich habe ihn wohl einmal in einer Talk-

Show gesehen.« – »Was machst du eigentlich in Paris?« wollte Alexander wissen. »Ich mache Werbung; für Mode und so; Design«, sagte Remeur zögerlich und unbestimmt. »Toll«, sagte Alexander, »find' ich total toll.« So etwas würde er auch gern machen. Remeur überlegte, ob er sich in jungen Jahren auch mit so spärlichen Auskünften zufrieden gegeben habe. Oder ob dies eine Eigenart der heutigen Jugend sei. Vielleicht deutet es nur auf Desinteresse und Oberflächlichkeit. »Ich muß gehen«, sagte Alexander. »Du weißt, wie du zu eurem Hotel kommst? Am schnellsten geht es mit der Métro. An der Place de la Concorde mußt du aussteigen. Ich bring' dich zur Métro-Station.«

So schnell, wie sie sich kennengelernt hatten, so schnell verabschiedeten sie sich. Alexander war wieder von dieser hastigen Nervosität gepackt, die wohl ein Zeichen seiner Jugend war. Remeur hätte gern gewußt, wie Alexander diesen späten Nachmittag in sein Leben einordnete. Als die Métro kam, umarmten und küßten sie sich. Niemand achtete im Gedränge darauf. Remeur sah dem Zug lange nach. Er kennt nicht einmal meinen Namen, dachte er. Alexander hatte vergessen, danach zu fragen, während Remeur ihm mit Absicht seine Adresse nicht gegeben hatte. Feige auch noch, dachte er. Der Sohn ist jedenfalls charmanter als der Vater. Kessler. Bestimmt hat der Vater keine Ahnung, daß sein Sohn Alexander juchzt und gluckst, wenn ihm ein anderer Mann den Bauchnabel küßt. Nur ich weiß es. Sein Vater würde mir einen Prozeß machen, wenn er nur ahnte, daß ich es weiß. Das wäre noch das Harmloseste. Schlimmer wäre es, wenn er meinen Vertrag kündigte.

Wieder im Hotel, fragte Elvira de Maddelon ihn, ob er Lust habe, mit ihr einen Salat zu essen. Er bedankte sich und lehnte ab, leider müsse er schreiben. Oben im Zimmer setzte er sich an seinen teuren Computer und schrieb, wie es seine Art war, ohne aufzusehen, fast ohne nachzudenken – über eine genaugenommen recht überflüssige Modeshow, die schon vorige Woche stattgefunden hatte, die ihm aber nun Gelegenheit gab, Alexanders Kleidung mit der Farbkombination Lila-Grün zu feiern und gleichsam zu verewigen. Er ratterte den Text herunter, als sei er selbst ein Schreibautomat.

Erst jetzt, also ziemlich spät, kam der von der Nachtschwester herbeigerufene Arzt. »Um wen geht es?« fragte der Doktor. »Um ihn«, sagte Herr Mellenthin und zeigte auf das Bett am Fenster, »aber Sie kommen zu spät mit Ihrer Morphiumspritze. Er schläft schon.« »Gut«, sagte der Doktor.

Zweites Kapitel

Olympia

Herr Mellenthin hatte sich ein kleines billiges Radio auf den Nachttisch gestellt, das einen eingebauten Kassettenrecorder besaß. Das Radio funktionierte offensichtlich nicht, Herr Mellenthin stellte es nie an. Dafür jedoch hörte er seine Kassetten immer wieder, fast quälend leise, daß der am Fenster die Augen schließen und sich ganz auf das Gehör konzentrieren mußte, um herauszuhören, welche der Kassetten gerade lief. Herr Mellenthin besaß nur drei Kassetten. Auf der einen war das Konzert für Violine und Orchester von Beethoven zu hören. Es war dieses merkwürdige Stück, das kein Ende fand: dem einen prachtvollen Finale folgte das nächste, und immer wieder, bevor das Konzert endgültig zum Schluß kam, nahmen entweder die Violine oder das Orchester die Melodie wieder auf. Karl Valentin, erinnerte er sich, hat später aus dem Thema einen herrlichen Sketch gemacht: der Zitherspieler, der nicht mehr aufhören kann, weil die Musik ihn immer weiterführt. Herrn Mellenthins zweite Kassette waren die großen Songs der Gruppe Queen mit der wunderschönen, jugendlich gebrochenen Stimme von Freddy Mercury. Seine dritte Kassette, sein Schatz und die fast ständige Hintergrundmusik im

Krankenzimmer, hieß: *Rubinstein spielt Chopin.* Chopin machte die beiden im Zimmer 415 regelmäßig traurig und müde.

Sie waren ein merkwürdiges Gespann. Sie sprachen fast nie miteinander. Er überlegte sich, was er Herrn Mellenthin sagen könnte, aber es fiel ihm nichts ein. Als er an einem stillen Samstagnachmittag – draußen war es kühl und regnerisch, und der Wind brach sich heulend an ihrem Balkon – wieder einmal den Trauermarsch von Chopin hörte und einen sehnsüchtigen Blick auf die vier oder zwei wolkenumwehten Türme der Pagode von Kanton warf, sagte er zu Herrn Mellenthin: »Erzählen Sie weiter.« Herr Mellenthin begann seine Erzählung gleichsam aus dem Sprung, als habe er auf die Aufforderung gewartet.

Das *Olympia* war als Institution ein geschlechtsloses Wesen. Tatsächlich sagten einige Gäste »die Olympia« oder auch einfach »Olympia« und meinten wohl die *Olympia*-Bar. Eine Bar, ein Café, eine Diskothek, obwohl diese Bezeichnung damals noch eine Seltenheit war; ein paar sprachen sogar von einem »Kasino«, was immer sie darunter verstehen mochten und was dem Ort von Anfang an den Rang einer gewissen Lächerlichkeit verlieh. Ob es früher tatsächlich einmal so geheißen hatte, Kasino? Was für ein Kasino? *Kasino* stand sogar in schwarzen, vornehm von hinten beleuchteten Buchstaben über der grauen Schieferverkleidung der Fassade am Eingang. Auch dieses, die teure Natursteinverkleidung, war wieder so extravagant und deplaziert, daß man angesichts der heruntergekommenen, fast ruinenartigen Hausfassade oberhalb des Geschäftsschildes nur darüber lachen konnte. Das *Olympia* war von ausgesuchter Falschheit.

In Wirklichkeit war das Lokal ein reichlich schmuddeliges Gasthaus, in dem der Geruch nach kaltem Zigarettenrauch so dicht war, daß er jedem »Neuen«, der das Olympia betrat, den Atem nahm. Immer blieben Fenster und Tür geschlossen. Das Glas der beiden großen Fenster, breit und hoch wie Schaufenster, bestand aus jenem raffinierten Spiegelglas, das, wenn man lüsternen Filmen und billigen Liebesromanen glauben will, für Schlafzimmerspiegel in alten, pariserischen Bordellen erfunden worden war: Von innen konnte man zwar nach außen sehen, von außen aber sahen die vorwitzigen Passanten nichts als sich selbst, etwas verblichen, etwas verzerrt. Früher muß sich in den Räumen wirklich ein Laden befunden haben; allein die Breite der beiden Fenster, die einstigen Schaufenstern entsprach, deutete noch darauf hin.

Höhepunkt der Innen- und Außeneinrichtung war die Kamera über dem Eingang. Ein revolver- oder phallusartiges Gebilde, das man an einem Schalter hinter der Theke mit hydraulischer Kraft nach rechts und links schwenken konnte und das auf einem Bildschirm gegenüber der Bar alles Geschehen von außen auf der Straße im Umkreis des *Olympia*-Eingangs nach innen übertrug. Wenn im *Olympia* gar nichts los war, konnte man immerhin die Passanten auf der Straße beobachten: Sie wußten nicht, wie oft sie Hauptrollen in den Erzählungen und Geschichten des *Olympia* spielten.

Die schwere Tür aus Schmiedeeisen war wiederum völlig unangemessen an dieser Stelle. Was für ein

Witzbold hatte die absurde Idee zu dieser Tür, die wie der Nebeneingang eines christlichen Domes wirkte, geschmückt mit rätselhaften Zeichen und Figuren, als habe Mataré sie selbst entworfen. Über der Tür sollte eine tellergroße Scheibe für Entlüftung sorgen. Sie war mit diesem Auftrag jedoch hoffnungslos überfordert. Immer wenn man am *Olympia* vorbeiging, klapperten aufgeregt die Lüftungsgitter in der Scheibe. Der Zigarettenrauch von drinnen drang sogar nach außen; abends, nachts auch der Lärm von innen, Lachen, Singen, Musik, laute Reden. Wer das *Olympia* aus eigener Erfahrung nicht kannte, hatte keine Ahnung, was sich dort drinnen wohl abspiele.

Die rechte Wand des Lokals war in einem merkwürdig kalten Blau gestrichen, dessen kühler Eindruck durch die Neonstrahler, die auf die nackte Wand gerichtet waren, betont wurde. Remeur sprach später oft von einem »schwulen Blau« und meinte damit exakt dieses kalte *Olympia*-Blau, das sich in erstaunlich vielen Bars und Diskotheken findet, in denen vorwiegend Homosexuelle verkehren. An der gegenüberliegenden Wand im *Olympia* hingen drei Bilder. In der Mitte ein großes Ölbild, niemand wußte, woher es stammte oder wer es dem *Olympia* gestiftet hatte. Es zeigte einen nackten alten Mann, krank und hinfällig, der von einem nackten Jüngling, schön und unschuldig, gestützt wurde. Das Bild, im Grundton dunkelrot, staubig und von einer schmierigen Rauchschicht bedeckt, war nicht ohne Reiz. Rechts und links davon hingen zwei übergroß gerahmte, blasse Bleistiftzeichnungen, Porträts, zwei Jungengesichter, laienhaft schlecht gezeichnet; die Gesichter sollten wohl irgendwem ähnlich sehen.

Sowohl die Gesichter selbst als auch die Technik der Bilder hatten etwas Rührendes, aber auch aufreizend Primitives. Zwei, drei Tische im *Olympia* standen in einem laubenartigen Gestänge. In der Mitte des Cafés war nichts, weder Tisch noch Stuhl. Es war kahl und leer, und der Steinboden war fast steril sauber.

Das Lokal hatte einen weltweit schlechten Ruf. Es galt als ein Zentrum des Drogenhandels und überhaupt der Kriminalität in jeder Erscheinungsform. In Gestalt von Spitzeln sei die Polizei immer anwesend, hieß es. Es war kaum zu glauben. Zwar gab es zuweilen laute Reden oder gar heftige Schlägereien im *Olympia*, aber das mußte nicht unbedingt etwas Kriminelles sein. Meistens handelte es sich um Streit der Stricher untereinander. Es gab auch Eifersuchtsdramen der Schwuchteln, Tunten, Daddys, Freier, der in jeder Beziehung farbenprächtigen Klientel. Vor wenigen Wochen jedoch lag am frühen Morgen plötzlich ein Toter vor dem *Olympia*, ein seltener Gast, wie Ben, der Barkeeper, sagte, ein bürgerlich gekleideter Herr um die Vierzig, ein gewisser Walter Boehlmann, zusammengeschlagen und erstochen, abgestochen wie ein Hund, wie Remeur sagte und dabei selbstverständlich an Kafka dachte. Das Blut des Toten hatte eine Zeitung, auf der er lag, durchtränkt. Nie fehlte bei einer Schilderung des Falles in Boulevardzeitungen dieses nebensächliche Detail. Der oder die Mörder wurden nie gefaßt; auch über dessen oder deren Motive für die Tat wurde nichts bekannt. Es interessierte die Öffentlichkeit wohl auch nicht so sehr. Waren es Neonazis? Rocker? Schläger? Diebe? Fixer? Der Mord bot sich an zu beliebiger Interpretation. Geläufig war die geflüsterte Erklärung: Er ist von türkischen Strichjungen ermordet worden. Wer sich auf so etwas einläßt, mußte der nicht auch mit allem rechnen? Mußte man Mitleid haben mit so einem?

Der Don, ein alter Stammgast im *Olympia*, der immer an einem Tisch rechts in der Ecke saß, der »Betrogene«, wie Remeur ihn heimlich für sich nannte – weil er einmal beobachtet hatte, wie Bruno, der Kellner mit lackierten Haaren, den Don beim Wechselgeld um neunzig Mark betrogen hatte – der Don haßte die »Türken-Legende«, wie er sagte, und hielt, wenn man ihn nur reden ließ und ihm zuhörte, feierlich gestelzte Vorträge darüber. Die pathetische, stets druckreife Sprache war überhaupt eine Eigenart von ihm. Es hieß, er sei ein abgefallener katholischer Priester, was er nie bestätigte, dem er allerdings auch nie widersprach. Er fühlte sehr wohl, daß das Gerücht ihn interessant machte. Schön war er nicht, darin mit Ben vergleichbar. Klein von Gestalt, hatte das Alter ihn knurzelig und runzelig gemacht; vor allem über die Warze auf seinem linken Augendeckel mußte man hinwegsehen. Immer saß er an seinem Ecktisch und las, wenn er nicht gerade feierliche Reden hielt, in einem kleinen, ledergebundenen Buch mit Goldschnitt, als lese er sein Brevier.

Den legendären Ruf des *Olympia* interpretierte merkwürdigerweise jeder Gast nach eigenem Geschmack. Das in grellen Farben schillernde Ansehen der Bar hatte für die Branche die makabre Funktion, die Hochseilartisten im Absturz eines ihrer Schicksalsgenossen erblicken mögen: Ihre hohe Kunst bedarf des Absturzes von Zeit zu Zeit. Wie wäre ihr Werk sonst zu würdigen, wenn die Möglichkeit des tödlichen Absturzes nicht immer gegenwärtig wäre und von Zeit zu Zeit bewiesen würde?

Sogar in New York wurde Remeur nach dem *Olympia* gefragt. Ob es immer noch bestehe. Vor allem die Amerikaner nämlich hatten das *Olympia* ins Herz geschlossen. War es doch einst der Treffpunkt aller schwulen GIs in Deutschland. Das hatte eine fast ehrwürdige Tradition. Davon hatte Remeur also gehört, und so gründete auch sein erster Besuch dort auf einer Mischung aus Vorwitz und Geilheit; zwischen beidem konnte Remeur nie unterscheiden. In einer schicklichen Zeit nach der Geschichte mit Sven, die ihn hart getroffen hatte, entdeckte er plötzlich das *Olympia*.

Mark hatte Remeur an einem späten Sonntagabend im *Olympia* getroffen. Draußen regnete es, es war kühl, und es wehte ein scharfer Wind durch die Straßen. Es muß eine Novembernacht gewesen sein. Das Lokal war fast leer. Remeur nippte gelangweilt an einem Whiskey; damals hatte er noch eine Vorliebe für amerikanischen Whiskey, weil er nach dem blauen Gras von Kentucky schmecke, wie er dem Barkeeper in seiner wohlgesetzten, für Fremde, die ihn nicht kannten, sehr affektiert klingenden Redeweise erklärte. Aber Ben, der Barmann, putzte seine Gläser, nickte, sagte zu allem ja und hörte nur halb zu. Da kam Mark herein.

Er war noch keine achtzehn. Seine vom Regen patschnassen schwarzen Haare standen wirr und widerspenstig vom Kopf. Auffallend war die dunkle Farbe der Lippen in seinem bleichen Gesicht, die Remeur an schwarze Kirschen erinnerten – ein Vergleich, so abgegriffen wie unvermeidlich. Er sah aus, als sei er gerade aufgestanden. Er trug nur ein

T-Shirt zu extrem weiten Jeans, in denen seine dünne Kindergestalt fast versank. Er redete Remeur mit du an. »Du hast eine schöne Krawatte«, sagte er zum Beispiel, »Mann, ist das ein Wetter.« Er schüttelte sich. Er bewegte sich im *Olympia*, als ob es ihm gehöre. »Ben, gib mir ein Bier. Nein, gib mir einen Orangensaft. Habt ihr frischen? Warum eigentlich nicht? Gestern erzählte mir ein Freier«, sagte er, wieder zu Remeur gewandt, »daß es in Rumänien Mode sei, Cola mit Rotwein zu trinken. Kannst du dir das vorstellen? Das ist doch furchtbar.« Remeur beeindruckte ihn gehörig mit seinen Kenntnissen über alle Trinkgewohnheiten der Welt.

Dieser selbstverständlichen weltmännischen Überlegenheit, obwohl Mark sie geschmeidig auf der Stelle kopierte, folgte er, ohne daß er es sich eingestand, atemlos und mit Bewunderung. Sollte er auf Remeur gewartet haben? Die beiden musterten sich offen. Ben polierte ungerührt seine Gläser. Mark und Remeur begannen ein umständliches Gespräch über Marks Mutter, Marks Wohnung, Marks ältere Schwester, die Streit hatte mit Marks Mutter. Es waren ziemlich dumme Geschichten, aber Remeur konnte nicht genug von ihnen bekommen. Er stellte immer neue Fragen nach Marks Lebensumständen, wo die Mutter arbeite, was sie tue, wann der Vater gestorben sei, wie es bei Mark zu Hause aussehe. Sie lagen schon oben in einem der quietschenden Betten – es roch dumpf nach Schweiß und Liebe –, bis Mark im Dämmern kurz vor dem Einschlafen einfiel, daß er von Remeur nichts wußte und daß er ihn auch nichts gefragt hatte. »Gibst du mir den Schlüssel?« hatte er plötzlich zu Ben gesagt und zu Remeur: »Kommst du mit?«

Remeur schien auf die Aufforderung nur gewartet zu haben. Er kam sofort mit. Er kannte die trostlosen Zimmer oben, die sich lediglich in seiner Erinnerung in eine Verheißung von Seligkeit verwandelten. Die heißen Körper der Jungen, die er sehen, berühren, greifen, schmecken und riechen durfte. Er liebte ihre Schamlosigkeit, ihren scharfen Schweißgeruch. Es machte ihn schon verrückt, ihnen zuzusehen, wenn sie sich auszogen. Er führte im Geiste eine Art Statistik, wie viele von ihnen Unterhosen trugen und wie viele nicht und was für welche, und er versuchte, daraus auf ihr Temperament zu schließen. Mark war insofern eine Novität für ihn, weil dieser seine Unterhose linksherum trug, was ihre Frische in Marks Augen wohl um das Doppelte verlängerte. Wie immer, wenn er bei der Betrachtung der Unterhosen angekommen war, ergriff ihn auch diesmal eine Art Rührung: als habe er seine eigene Jugend verpaßt. In seiner eigenen, ziemlich zynischen Analyse nannte er dies die »Unterhosenrührung«: keinen Freund, kein Händchenhalten, keine Küsse im Dunkeln, keine heimlichen Treffen mit Flüstern und Schwüren. Nur unerfüllte Sehnsucht, Unsicherheit, Angst, Heuchelei. Es kam ihm vor, als habe er seine ganze Liebe auf die Körper der Jungs übertragen, denen er am Ende einen Hunderter in die verschwitzten Hände drückte. Daß er sich aber für deren Leben interessierte, war nicht nur eine gleichsam berufliche Marotte, sondern entsprach seinem allgemeinen Lebensvorwitz und hing auf geheimnisvolle Weise mit einem rätselhaften Satz von ihm zusammen, den er einmal sogar in einem seiner Artikel untergebracht hatte: »Es ist ein fataler Irrtum anzunehmen, man könne einen Stricher kaufen.

Man kann ihn höchstens gewinnen. Entweder man hat einen Jungen, oder man hat ihn nicht. Wenn man ihn hat, hat man ihn ganz und gar.« Dem Redakteur muß damals der Satz, obwohl er in dem Text sperrig wie ein Baumstamm wirkte, so dunkel-bedeutsam erschienen sein, daß er ihn ohne Nachfrage im Manuskript stehenließ. Kein Leser verstand ihn. Aber man hatte sich an einige Verrücktheiten Remeurs gewöhnt. So beklagte sich auch keiner.

Bei Mark war der Sex eine recht unkomplizierte, eher geschäftliche Angelegenheit. Er hielt nicht viel von Streicheln und Küssen. Er kam bald zum Wesentlichen, wesentlich zumindest für ihn. Er drehte Remeur auf den Bauch, stieß seinen nicht übermäßig mächtigen, doch steinharten Schwanz in dessen Arschloch und fickte ihn, daß diesem Hören und Sehen verging. Remeur dachte nach, ob er hier schlafen sollte oder nach Hause gehen. Er hatte sich gerade für Bleiben entschieden, als Mark ihn mit schon schläfriger Stimme fragte: »Was machst du eigentlich, ich meine beruflich und so?« »Ich bin Journalist«, sagte Remeur. Mark war entweder eingeschlafen, oder die Antwort erschien ihm ausreichend. Remeur, der immer schon mit dem Einschlafen Probleme hatte, lag noch lange wach. Diese Racker, dachte er, wie Goethe die Engel im *Faust* genannt hatte, ich bring' mich um für sie, aber für mich interessieren sie sich nicht.

Nach und nach lernte Remeur das *Olympia* von innen und außen kennen. Sein nie gestillter Hunger auf die Geschichten von Menschen ließ ihm das *Olympia* wie ein Schlaraffenland erscheinen. Ben, den alle so nannten, obwohl er in Wirklichkeit Michael hieß, war eine Art Geschäftsführer im *Olympia*. Den Inhaber der Bar lernte Remeur erst viel später kennen. Ben war ein gutmütiger Mensch. Schön war er nicht. Zu seinem länglichen Gesicht stand sein Kinn etwas schief. Dieser merkwürdige Knick verlieh seinen Gesichtszügen etwas Brutales. Das war der erste Eindruck, wenn man ihn ansah. Er war falsch. Ben, der schwule Ben, war vom Lande, aus einem Dorf im hintersten Franken, nach Frankfurt gekommen. Frau und Kinder hatte er im Dorf zurückgelassen, als er sich endgültig klar darüber geworden war, schwul zu sein. Von seiner Frau sprach er nie, oft aber von seinen Kindern, zwei Jungen, die, als er von zu Hause fortging, vier und acht Jahre alt waren, jetzt aber schon acht und zwölf. Er hatte sie nie wieder gesehen. Er schickte seiner Frau regelmäßig Geld, zu Weihnachten kaufte er Geschenke für die Kinder. Er war sentimental wie die meisten Schwulen. Wenn er zu Weihnachten etwa von seinen Kindern erzählte, was er für sie gekauft hatte und wie sie sich nach seiner Meinung darüber wohl freuen würden, konnte es leicht passieren, daß die Gäste an seiner Bar mit ihm zu heulen begannen. Das Bierfaß auf der Theke war mit einem pflegeleichten Plastiktannenbaum geschmückt. Auf den Tischen standen bunte Pappteller mit billigem Weihnachtsgebäck. Ben hatte dafür gesorgt. Von morgens bis abends dudelte Weihnachtsmusik im *Olympia*. Die meisten Gäste dachten an zu Hause, wie das damals bei ihnen gewesen war, als sie Kinder waren. – Alle Schwulen mögen Kinder, Katzen und kleine Hunde. Ben mußte man gern haben.

Er trank ein bißchen viel. Er konnte witzig und komisch sein. Und geil war er, ein unermüdlicher Sucher. Dieser Umstand allein reichte Remeur, ihn sympathisch zu finden, sich ihm in gewisser Weise sogar verwandt zu fühlen. Ben hätte es bedenkenlos mit allen seinen Gästen getrieben, mit den Jungen sowieso, aber auch mit den Alten, er nahm es nicht so genau. Schwach bis zur Hilflosigkeit wurde er, wenn im *Olympia* ein Junge auftauchte, der von zu Hause oder von wo auch immer abgehauen war und jetzt eine Bleibe für die Nacht suchten. Bei Ben war so etwas immer zu finden. Oft war er betrogen und bestohlen worden. Ein paar Jungen hatten schon mehrere Male seine kleine chaotische Wohnung ausgeräumt. Was gab es dort zu stehlen? Ein Fernsehapparat, ein Videogerät mit ein paar Schwulen-Pornos, ein paar Grünpflanzen, die Ben liebevoll pflegte.

Einmal war Ben, nachdem er als letzter das *Olympia* verlassen und gerade die schwere Eisentür verschlossen hatte, überfallen und zusammengeschlagen worden. Vielleicht waren die Schläger auch noch stolz auf ihre Tat, es so einer Schwuchtel, so einer Tunte, so einer schwulen Sau einmal gezeigt zu haben. Ben wurde mit lebensgefährlichen Verletzungen ins Krankenhaus gebracht, ein Bein hatte er gebrochen, am schlimmsten war ein Riß in der Milz – von den Fußtritten der Schläger. Damals war Remeur schon Stammgast im *Olympia*. Er besuchte Ben im Krankenhaus, brachte ihm ein Buch, ein schwules Buch natürlich, *Der Vulkan* von Klaus Mann, und eine Grünpflanze. Von der Pflanze sprach Ben später noch oft, von dem Buch nie; er hat es wohl nicht gelesen. Beachtlich an der Geschichte war aber vor allem, daß selbst dieser

Fall, an dem das *Olympia* doch wahrlich unschuldig war, den schlechten Ruf des Lokals erneuerte.

Oft gab es eine Razzia. Die Polizei suchte herumstreunende Minderjährige oder Rauschgiftdealer. Das Hinterstübchen des *Olympia*, am Ende des schmalen Gangs, der zu den Toiletten führte, wurde von Remeur sorgfältig gemieden. Was sich dort abspielte, er ahnte es, wollte es so genau aber nicht wissen. Oft zogen sich ein paar Jungen dorthin zurück, waren nach kurzer Zeit fröhlich schnüffelnd wieder da. Manchmal konnte man es auch erleben, daß einer wie in höchster Not in das Hinterstübchen stürzte. Remeur wollte davon nichts wissen; er hätte es am liebsten gar nicht bemerkt.

Der Don kannte jeden Gast des *Olympia*. Die Alten, die Müden, die Aktentaschenträger, die nach Büroschluß wohl in das Lokal hineingehuscht waren und sich selbst drinnen noch immer gehetzt und ängstlich umsahen, ob ihnen auch niemand gefolgt war. Er kannte die Penner, die um ein Bier oder ein Halbes bettelten. Er kannte die Wichtigtuer und Abgefeimten unter den Gästen. Aber er kannte auch die kleinen Türken, die GIs, die schwarzen und die weißen, die Jungs, die von zu Hause oder aus der Jugendstrafanstalt abgehauen waren. Die braven Jungen aus gutem Hause, die unter dem Vorwand, für das nächste Eishockeyspiel zu trainieren, überhaupt nur aus dem Haus gedurft hatten und die sich jetzt mit schlechtem Gewissen im *Olympia* wiederfanden. Der Don war mit allen auf du und du. Natürlich kannte er auch den ermordeten Walter Boehlmann. »Er trank zuviel«, sagte der Don über ihn, »er redete zuviel, er war zu vertrauensselig. Die Türken-Geschichte ist Unsinn. Da bin ich sicher.«

Es war sein erstes Gespräch mit Remeur. Bald fing er, nicht ohne Bitterkeit, eine große Rede an: »Nicht immer denken die Schwulen so weltoffen und kosmopolitisch, wie es führende Mitglieder ihrer Gesellschaft zuweilen als selbstverständlich verbreiten. Von prüder Spießigkeit bis zu krimineller Gedankenlosigkeit sind auch in ihren Reihen alle Grade geistiger Enge und Beschränktheit auszumachen. Weit verbreitet ist beispielsweise eine permanente Verlogenheit, indem jeder einzelne von sich selbst ein erhabenes Bild zeichnet, wie er sich sieht oder wie er gern gesehen werden möchte: überlegen natürlich, gelassen, jung, schön, reich, immer der potente Oberficker, nie die wimmernde Schwuchtel, immer auf der Suche und dabei immer erfolgreich, nie aber lauernd hinter Strichern her in Parks, in U-Bahn-Schächten, in Bahnhofsklos: In der privaten Welt der Schwulen gibt es keine Stricher; selbst die Stricher sind keine Stricher. Sie sind tatsächlich keine Stricher, sondern einfache Jungs. Wer das nicht weiß und nicht einsieht, sollte die Finger von ihnen lassen.«

Der Don blies die Backen auf wie ein Frosch. Als Ouvertüre für die Bedeutsamkeit seiner Rede. Er trug sie vor mit leicht dramatischem Gezitter in seiner Stimme: »Ich hasse diese larmoyanten Schwulen, die immer jammern, was für ein böses Schicksal sie gezeichnet habe. In Wirklichkeit besteht die Schwere ihres Schicksals vorwiegend darin, daß sie von den Schicksalen der anderen nichts wissen. Nichts von der Gefangenschaft der Ehemänner, nichts von den Märtyrern der heiligen Familie, nichts von dem fressenden Neid der Väter auf die laut herausgeschrieene Freiheit der Homosexuellen, nichts von der Lebens-Stumpfheit der alternden Normalen, während sie selbst doch bis zum letzten Atemzug an die erlösende Kraft der Liebe glauben. Nur wenige von ihnen wissen, wie reich sie sind.«

Jean Remeur, der gewiß eine schillernde Figur in der nächtlichen Szene war, fühlte sich überhaupt nicht diskriminiert. Er konnte allerdings sehr giftig werden, wenn er in Gesprächen Ansätze einer Diskriminierung herauszuhören glaubte. Gerade während seiner *Olympia*-Zeit, wie er diese Epoche seines Lebens später nannte – auch damals schon rauchte er diese bestimmte Sorte langer, teurer Zigarillos –, war er in dieser Beziehung besonders empfindlich. Wenn er in einer Tischrunde, vielleicht bei einem Gespräch mit Kollegen und Kolleginnen eine spöttische Anspielung auf Homosexuelle herauszuhören glaubte, nahm er die überlange Zigarre aus dem Mund, horchte auf wie ein Gefahr witterndes Tier, musterte seine Gesprächspartner, suchte sich den schwächsten Gegner oder die schwächste Gegnerin aus und stieß gnadenlos zu. Ohne Rücksicht auf den gesellschaftlichen Rang oder auf den Ort, wo das Gespräch stattfand. Meistens erkundigte er sich mit seiner lauten, in Erregung immer etwas krächzenden Stimme und in einer für ihn völlig ungewohnt ordinären Weise nach dem »normalen« Geschlechtsleben von Leuten an seinem Tisch, denen man weder ein normales noch gar ein unnormales überhaupt zugetraut hätte. Ausweichende Antworten ließ er nicht gelten. Er fragte nach, immer wieder, bohrend, quälend, und er genoß die tiefe Verlegenheit der Tischgesellschaft: Wie kann dieser noble Herr Remeur nur so unglaublich vulgär werden?

Da es nicht mehr üblich ist, zum Duell gefordert

zu werden, und da es in den Kreisen, in denen Remeur lebte und arbeitete, auch unüblich oder äußerst selten war, Ohrfeigen für Unverschämtheiten auszuteilen, durfte er sich sicher fühlen. Er war es, der die Ohrfeigen austeilte, verbal. (»Wenn einer tritt, dann bin ich es.«) Er nutzte die geltenden gesellschaftlichen Konventionen schamlos aus. War es eine Frau, die er angegriffen hatte, und wollte sich einer der Herren ritterlich, wie dieser wohl glaubte, vor sie stellen, kämpfte Remeur auch mit beiden, nicht mit Florett oder Degen, sondern er schlug zu – mit allem. »Aber, aber«, mochte er dann sagen, »das vermutete Ficken von Herrn X mit Herrn Y hat Ihnen doch vorhin so ein kicherndes Vergnügen bereitet.«

Wenn seine meist liberalen Gesprächspartner das hohe Lied ihrer eigenen Toleranz zu singen begannen, kanzelte er sie ab: Die Homosexuellen bedürfen nicht der Toleranz; sie wollen ihr Recht. Die Reaktion der Umwelt auf sein Verhalten, das als befremdlich und rätselhaft empfunden wurde, erinnerte merkwürdigerweise an seine Jugend: Damals umgab ihn, ausgerechnet ihn, eine Unschuld, daß man über die Dinge, über die man »untereinander« sprach, mit ihm nicht sprechen durfte. Heute verbot sich wiederum jedes derartige »intime« Gespräch mit ihm. Es umgab ihn eine Unnahbarkeit. Obwohl er selbst sich darin wohnlich oder gar komfortabel eingerichtet und er seine Freunde gerade durch sein selbstverständliches Selbstbewußtsein beeindruckte, lag um seine tiefliegenden braunen Augen auch ein Zug von tragischer, wenngleich selbstgewählter Einsamkeit.

Zwar hatte er aus seiner Homosexualität nie ein

Geheimnis gemacht, aber man sah sie ihm auch nicht an. Er trug sie nicht vor sich her – sieht man von der kurzen Zeit ab, während der er sich den Rosa Winkel ans Revers gesteckt hatte. Selbst das hatten die meisten eher für eine modische Extravaganz als für ein Bekenntnis gehalten. Wurde heimlich über ihn getuschelt – es gab doch ein paar Gerüchte, dies und das –, hielten die meisten es für unmöglich, daß Remeur einer von »diesen« sei, so gebildet, wie er war, so galant, elegant und welterfahren, so charmant und so witzig, vor allem so ganz anders, als sie sich üblicherweise einen von »diesen« vorgestellt hatten. Wären sie literarisch besser informiert gewesen, hätten sie sich vielleicht der Céleste Albaret, der Haushälterin Prousts, erinnert, die auf die Frage nach der Homosexualität Prousts geantwortet hatte: Daran sei kein wahres Wort. Erstens sei Proust ein vornehmer Herr gewesen, der mit so unanständigen Sachen nichts im Sinn gehabt habe. Und zweitens, wenn es denn so gewesen wäre, hätte er mit ihr bestimmt darüber gesprochen. Da er das aber nicht getan habe, könne er auch nicht homosexuell gewesen sein.

Das *Olympia* hatte er erst so spät entdeckt, weil Sven in solchen Lokalen nicht verkehrte. Sven verfügte nicht über den unbändigen Vorwitz, der Remeurs stärkstes Lebenselement war. Sven gehörte gar zu denen, die auf ihrem Managerschreibtisch ein silbergerahmtes Frauenbild aufgestellt hatten, um etwaige Verdächtigungen von vornherein abzublocken. Remeur hatte ihn darum oft ausgelacht und phantasievolle Geschichten über die angebliche Ehe von Sven gesponnen. Heute, nachdem ihrer beider Liebe nur noch Erinnerung war, verachtete er ihn sogar wegen seiner Heuchelei. Ihm, Remeur, wäre so etwas nie in den Sinn gekommen.

Wenn es etwas zu entdecken gab, kannte Remeur keine Angst. Er erinnerte er sich eines makabren Vorfalls in New York, als ihm ein kleiner Schwarzer im Gedränge eines schwulen Pornokinos die Brieftasche geklaut hatte. Remeur reagierte exakt so, wie New Yorker Polizisten es sich in Alpträumen vorstellen: Er wehrte sich. Er schrie, alles Englisch vergessend, auf deutsch: »Du verdammter Nigger, gib mir sofort mein Geld zurück. Ich will meine Brieftasche zurück.« Sven war leichenblaß geworden. »Jean hör auf, um Himmels willen sei still.« Remeur rannte dem Schwarzen nach und schrie immer weiter. Sven blieb zitternd zurück. Bis Remeur strahlend zurückkam und triumphierend seine Brieftasche schwenkte. Der kleine Schwarze war vor ihm und seinem Geschrei geflohen und hatte die Brieftasche in seiner Not hinter sich geworfen. »Er hätte dich erstechen können«, sagte Sven mit schwerer Zunge. »Hätte er mich erstechen sollen«, murmelte Remeur, der mehr Beifall für seine Heldentat erwartet hatte. »Es tut mir leid«, nuschelte er kleinlaut und schuldbewußt. »Aber ich laß' mich von so einem Anfänger nicht bestehlen.« – Im allgemeinen richtete er sich in Svens Gesellschaft nach dessen eher zivilisierten Vorlieben, »hoffungslos monogam«, wie er sich selbst nannte. Damals gab es für ihn keinen Grund, ins *Olympia* zu gehen. Seine *Olympia*-Zeit begann erst jetzt.

Seine Absicht war ihm klar – merkwürdig ist es, wie vieles uns zu denken selbstverständlich ist, das auszusprechen aber gegen jedes Tabu verstößt. Remeur wollte sich die *Olympia*-Jungs, von denen er nun schon so viel gehört hatte, von nahem ansehen. Wie war denn das mit den Strichjungen? Es war eine Erfahrung, die für Remeur neu war; bisher hatte er nie etwas mit ihnen zu tun. Oh, er kannte seinen Forscherdrang. Oft erzählten Kollegen und Bekannte schlüpfrige Frauengeschichten, in diesem unausrottbaren männlichen Offizierskasinoton, etwa über die Massagesalons von Bangkok oder über bestimmte Filme, die ihnen vorgaukelten, sie wüßten nun authentisch Bescheid über das Nuttenmilieu. Verbalerotik. In Wirklichkeit waren die meisten von ihnen zu bürgerlich-ängstlich, auch nur durch das Frankfurter Bahnhofsviertel zu gehen. Dann konnte Remeur sich eines spöttischen Lachens nicht enthalten. Denn ausgerechnet er wußte seltsamerweise aus eigener Erfahrung, wie es in einem Bordell oder in einem Massagesalon zugeht. Sein Vorwitz hatte auch davor nicht haltgemacht.

Die Geschichte in dem Massagesalon von Bangkok war kaum der Rede wert. Es war eine verlachte, besser gesagt, verkicherte Nummer. Er war mit einem der Mädchen nach oben gegangen, es war eine Bretterbude, durch die der volle Mond schien, alles von exotischer Primitivität und von exotischem Reiz. In der Mitte des Raumes stand eine Liege, auf der schon Hunderte von »Kunden« vor Remeur gelegen haben mochten. Die Prozedur, nicht frei von erotischer Dramaturgie, begann als halbwegs ernsthafte Gesundheitsmassage, ging aber bald schon in eine Massage der Stellen über, die sonst nicht der Gesundheit wegen massiert werden. Remeur lag auf dem Bauch, das Mädchen kniete rittlings auf ihm, vorwärts oder rückwärts, Remeur erinnerte sich nicht mehr, und das Mädchen massierte und massierte, fleißig und gewissenhaft. Um nicht laut heraus zu lachen, lachte er in das schmutzige Kissen, drehte sich dann um – und plötzlich stellte das kichernde Mädchen seine Tätigkeit ein.

Es zeigte auf eine Klingel über der Zellentür, die tatsächlich gerade geläutet hatte. Sie sprach zwar kein Englisch, aber sie machte ihm verständlich, daß die Zeit der ersten »Sitzung« abgelaufen war. Wollte er mehr, mußte er noch einmal bezahlen. Die Situation erinnerte an das Cliff-Hanger-Ending von Serienfilmen. Sie kann mich doch jetzt nicht hier so liegenlassen, dachte Remeur, jetzt muß es auch weitergehen. Also gut, ich bezahle noch einmal. Und beide lachten und kicherten und massierten und ließen massieren. Remeur bezahlte noch drei weitere Male, hörte sich die lange, lange Lebensgeschichte des jungen Mädchens an, warum sie »Ding-Dong« mache mit den Fremden. »I number one«, sagte sie, was Remeur als Eigenwerbung mißverstand; es bedeutete, wie er später erfuhr, daß sie bei den Gesundheitsbehörden von Bangkok registriert war und als gesund befunden worden sei. Von AIDS war damals noch keine Rede. Remeur verließ die luftige Behausung mit einem guten Gefühl, relaxed, dachte er: Nicht einmal Feministinnen könnten mir nachweisen, daß ich ihr etwas Böses getan hätte. Es war eines seiner unschuldigsten Erlebnisse.

Sein Besuch im Bordell war von anderer Qualität. Das Abenteuer trug sich noch während seiner Düsseldorfer Zeit zu. Er war vielleicht achtzehn Jahre alt oder noch jünger. Natürlich wußte er längst Bescheid über sich. Daß er aber von den Vergnügungen der anderen nichts wußte, ärgerte ihn, nagte an seinem Selbstbewußtsein. Ich muß wissen, wie das geht. Ich muß wissen, wovon sie reden. Daß er, der Erzähler, der Redner, der alles, was er sah und fühlte, sofort in Wörter umsetzen mußte, sich nie mit Erzählungen und Reden, Wörtern also, zufrieden gab, war eine Eigenschaft von ihm, der er immer nachgab: Er mußte alles selbst erleben. Er hatte gehört von einem Bordell, einem Edelpuff in Düsseldorf, Rethelstraße Nummer 74. Die Hausnummer sei groß und rot. Man könne das Haus nicht verfehlen.

In einer Nacht stand Remeur auf der Rethelstraße vor dem Haus Nummer 74. Er hatte etwa fünfhundert Mark bei sich. Er war nervös, aber entschlossen. Er klingelte. Alles, was sich danach ereignete, war wie Szenen aus einem mehrfach nachgedrehten, abgedrehten Film. Remeur glaubte, das alles schon hundert Mal gesehen zu haben – und dennoch war es wirklich, greifbar, er fühlte sich wie in einem Traum. Das glaubt mir kein Mensch, dachte Remeur, wenn ich das erzähle, werden sie sagen, da spinnt er wieder, unser Jean, unser Gianno, unser Giannino – seinen liebsten Beinamen, wie seine Tante ihn als Kind genannt hatte, Hanserliebchen, pflegte er schamhaft zu verschweigen. Die Puffmutter öffnete ihm. Sie war dick, mütterlich, sie trug ein schäbiges Abendkleid mit einer Boa darüber. Remeur hatte sich vorher krampfhaft überlegt, was er wohl sagen würde an der Tür. Er brauchte nichts zu sagen. Dafür war er der Puffmutter dankbar. »Aber kommen Sie nur herein, junger Herr, guten Abend, ein gräßliches Wetter, nicht wahr, setzen Sie sich, die Damen werden gleich kommen.« Sie hatte Remeur in den Salon komplimentiert, es war ein kleinbürgerliches Wohnzimmer, nichts weiter, so ähnlich war das Wohnzimmer bei Remeurs zu Hause auch eingerichtet.

Die Puffmutter ging auf den Flur zur Treppe und rief mit ihren hohen, sanften Stimme: »Die Damen bitte, die Damen bitte!« Dabei klatschte sie mit ihren Patschhändchen. Schon kamen die Damen die Treppe herunter. Sie wirkten merkwürdig halbangezogen. Die eine trug ein Abendkleid, das in Knöchelhöhe etwas zerrissen war, die andere nur einen langen Rock und Büstenhalter, wieder eine andere nur einen seidenglänzenden Unterrock, insgesamt waren es sechs oder sieben. Sie stellten sich im Halbkreis um den jungen, verdatterten Remeur herum und lächelten ihn holdselig an. »Mit wem möchten Sie aufs Zimmer gehen?« fragte die Puffmutter. »Nur Mut, junger Herr, wählen Sie.« Es war wunderbar, daß sie mit ihrem sanften Kuppelstimmchen alle Peinlichkeiten überbrückte. Remeur wählte – und war sich sofort bewußt: Ich wähle bestimmt die falsche. Denn wen hatte er gewählt? Nicht wie andere Männer, die gewiß die »Dame« gewählt hätten, die in ihren Augen die höchsten erotischen Freuden versprach, Remeur hatte vielmehr die in seinen Augen schönste gewählt. Dabei war sie nicht einmal die schönste, sondern die interessanteste. Sie hatte einen langen Hals wie ein Modigliani-Modell. Ihre Augen standen schräg. Ihr Kinn war etwas vorstehend und hatte ein Grübchen. Sie war die »Dame«, die das Abendkleid trug, schmal und elegant, dazu noch einen Abendschal, den sie so drapiert hatte, daß er ihren überlangen Hals betonte und gleichzeitig verdeckte. Remeur nahm sie bei der Hand. Sie ging mit ihm die Treppe hoch, wo ihr Zimmer lag.

In dem Zimmer setzte sich die allzu grelle Spießbürgerlichkeit des Salons fort. Remeur erinnerte sich mit Sicherheit an das vielzitierte, in Wahrheit selten gesehene Bild vom röhrenden Hirschen an der Wand. Über dem Bett lag in Gesäßhöhe das obligate Handtuch. Das Zimmer war klein, sauber, gemütlich. In dem Handtuch erblickte Remeur ein Zeichen: Die Geschichte sollte also nicht im Bett, sondern offensichtlich auf dem Bett ablaufen. Genau so war es. Sein sexuelles Verlangen, das von Anfang an nicht stark war, schwand mehr und mehr. Zuerst mußte er hundert Mark bezahlen. Dann fragte die »Dame«, die sich auch vorgestellt hatte, Sonja oder so, ob sie etwas trinken sollten. Über das Haustelefon bestellte sie zwei Whiskysoda; wieder hundert Mark. Die Getränke brachte eine runzelige alte Frau; es hätte auch ein Mann in Frauenkleidern sein können, Remeur war nicht sicher.

Ein jahrhundertealtes Theaterstück, eine Posse, wurde jetzt ausschließlich für den jungen Remeur gespielt – die Alte gratulierte Sonja zum Geburtstag, »alles, alles Gute, mein Schätzchen, meine Sonja-Liebe.« Sie umarmten sich und küßten sich. Remeur blieb nichts anderes übrig, als auch zu gratulieren. Auch er wurde umarmt und geküßt. »Aber das müssen wir doch feiern«, sagte die Alte, ging und kam ein paar Minuten später mit einer Flasche Sekt zurück. Remeur mußte noch einmal hundert Mark bezahlen. Dann endlich war es soweit. »Wir müssen uns zuerst waschen, untenherum«, sagte Sonja. Sie zog sich aus. Dieses Rascheln von Frauenkleidern. Was alles Geheimnisvolles sie untendrunter tragen. Sonja wusch sich an dem Waschbecken im Zimmer. Sie winkelte das rechte Bein an, dann das linke. Schöne Bilder, dachte Remeur,

Degas im Original. Immer diese Bildungserinnerungen, er verspottete sich selbst, fühlte jedoch immerhin mit Befriedigung, daß er wenigstens eine Erektion bekam.

Auch er wusch sich und legte sich zu Sonja auf das Bett. Solange sie sich streichelten, fühlte sich Remeur immerhin sexuell erregt. Sonja war ein liebes Mädchen. Aber als sie dazu überging, mehr von ihm zu fordern – viel zu schnell, wie es Remeur schien, der sich das aber nicht zu sagen traute – spürte er von den Füßen bis zum Kopf: Es ging nicht. Ich kann es nicht. Ich will es nicht. »Es hat keinen Zweck«, sagte er zu Sonja, »ich geh'.« Sie lagen eine Weile stumm nebeneinander. »Du darfst noch nicht gehen«, sagte Sonja. Ihre Stimme klang plötzlich anders. Sie war frei von allem Nuttengehabe. »Du darfst noch nicht gehen. Du mußt noch zwanzig, dreißig Minuten hierbleiben, sonst lachen die unten dich aus, weißt du.« Remeur löschte das Licht. Sonja ließ es jetzt geschehen, obwohl sie es ihm vorher verboten hatte. In der Dunkelheit des Zimmers fühlte Remeur sich zum ersten Mal wohl. Er spürte den warmen Körper neben sich. Er küßte ihren Mund; auch das ließ Sonja jetzt geschehen. »Ich glaube, du bist schwul«, sagte sie. »Ja«, sagte er. »Das ist nichts Schlimmes«, sagte sie, »du brauchst darüber nicht traurig zu sein.« »Ich bin nicht traurig«, sagte Remeur, »aber du darfst mir nicht böse sein, daß ich nur wissen wollte, wie es ist, hier, bei euch.« »Ich bin dir nicht böse«, sagte Sonja.

Als er schon unten an der Haustüre war, riefen die Puffmutter und alle »Damen«, die im Salon mit einem dicken Amerikaner eine Art Fest feierten, einen Massengeburtstag offensichtlich: »Auf Wiedersehen, komm bald wieder, Schatzi! So ein süßer kleiner Schatz! So ein verdorbener kleiner Junge! Beehren Sie uns bald wieder, junger Herr!« Sonja war bis zur Türe mit ihm gegangen. Sie hatte nichts gesagt. Sie hatte nur träumerisch den rechten Arm gehoben, sie winkte ihm mit den Fingern nach. Sie lächelte, wissend, weise. Muß man auch erlebt haben, dachte Remeur draußen – und mied fortan die Rethelstraße. Ich hatte das völlig vergessen, dachte er bei sich, die weise Sonja und die Puffmutter. Das war an seinem ersten Abend im *Olympia*.

Ben hatte ihm einen Campari mit Orangensaft auf die Bartheke gestellt, es war gerade das Modegetränk im *Olympia*, als durch den Gang hinter der Bar ein Junge das Lokal betrat, auf Ben zuging, ihm einen Schlüssel gab und strahlend und zufrieden erklärte: »Das Zimmer ist okay!« Ben nahm den Schlüssel und hängte ihn an ein kleines Schlüsselbrett an der Bar. Remeur erinnerte sich daran, daß draußen über einer Haustür neben dem Lokaleingang tatsächlich etwas wie »Hotel Olympia« zu lesen war; die Bar nannte sich offiziell *Olympia-Stube*. Es gab also auch Zimmer zu mieten. Die Bedeutung dieser Entdeckung ordnete Remeur sofort hoch ein. Das Lokal erschien ihm immer interessanter.

Der Junge, der den Schlüssel gebracht hatte, war Harry. Er gefiel Remeur von Anfang an. Er hatte etwas Lustiges im Gesicht, etwas Pfiffiges, auch Durchtriebenes. »Aus Hunderten von Jungs«, hatte Sven früher gesagt, »werde ich den herausfinden, der dir am besten gefällt. Man braucht sich nur einen kleinen Verbrecher zu suchen.« Remeur mußte ihm Recht geben. Er liebte die kleinen Verbrecher.

Und Harry war einer davon. Er trug eine leicht fleckige Jogginghose und ein T-Shirt, Sandalen an den nackten Füßen, er machte einen halbangezogenen Eindruck, wie eben aus dem Bad gekommen, nur noch einmal hinuntergegangen für einen Drink. In dieser Baratmosphäre wirkte die Hotelgast-Rolle, die Harry spielte, merkwürdig fremd, fast exotisch. Nachdem er den Schlüssel abgegeben hatte, sah er nun Remeur an.

Remeur dachte: Er überlegt, was ich wert sein könnte. »Das ist Harry«, sagte Ben, der die Situation durchschaut hatte. »Harry wohnt hier. Harry ist gerade angekommen. Aus... Wo kommst du her?« »Aus Hanau«, sagte Harry. »Möchtest du etwas trinken?« fragte Remeur. »So ein Campari wäre nicht schlecht. Mit Eis. Und, au ja, mit Orangensaft.« Dabei hatte er aber schon das Glas von Remeur genommen und in einem Zug ausgetrunken. »Zwei Campari-Orange«, bestellte Remeur bei Ben. Harry hatte sich auf den Hocker neben ihn gesetzt. »Du hast eine tolle Uhr«, sagte er und zog sich Remeurs linken Arm heran, um dessen alte Cartier genauer zu betrachten. Wäre es nicht Harry gewesen, der neben ihm saß, sondern Sven zum Beispiel, dann hätte Remeur jetzt gespottet über die Uniform der feinen Schwulen (der Alt-Schwulen und der Geistes-Schwulen), zu der seiner Ansicht nach unbedingt eine alte Cartier und ein goldenes Dupont-Feuerzeug gehörten. Natürlich hatte auch Remeur ein goldenes Dupont-Feuerzeug in der Tasche; es war noch ein Geschenk von Sven.

»Du bist gut gelaunt«, sagte Remeur zu Harry; ihm fiel erst später ein, daß er zeitgerecht hätte sagen müssen: »Du bist gut drauf.« »Ja«, lachte

Harry, »es war ein irrer Tag. Mir ist heute alles gelungen, was ich angefangen habe.« Wie zufällig fiel seine Hand auf Remeurs Oberschenkel und blieb dort liegen. »Es war ein irrer Tag«, wiederholte Harry genüßlich, voller Erinnerungen an all das Irre, das er heute erlebt hatte. Etwas leiser zu Remeur sagte er dann: »Wenn du mir jetzt noch das Zimmer hier bezahlen würdest . . . « »Zeit verlierst du nicht«, sagte Remeur lachend. »Gut, abgemacht, ich bezahle dein Zimmer, sehen wir es uns einmal an.« Harry strahlte. Er sprang vom Hocker, griff sich den Schlüssel, den er erst vor wenigen Minuten gebracht hatte, stürmte durch den Gang, rannte fast die Treppe hoch. »So sind die Jungs«, sagte Ben und hob hilflos beide Schultern, »da mußt du wohl mitgehen.« Remeur ging mit.

Eine enge, hölzerne Wendeltreppe mit ausgetretenen Stufen und einem schwankenden Geländer führte nach oben. Eine Tür am Ende des dunklen Ganges stand offen, trübes Licht strömte heraus. Die einzige Lichtquelle im Zimmer war eine Nachttischlampe mit einem zerbrochenem Lampenschirm und einer funzeligen Glühbirne. Immerhin gehörte zu dem Hotelzimmer ein Bad, das fast ebenso groß war wie das ganze Zimmer, aber auch ebenso schlecht beleuchtet. Im Zimmer selbst stand nur ein Bett, der Nachttisch und ein Stuhl. Über den Stuhl waren Hemden, Unterhosen, Jeans, Socken geworfen, alles, was Harry wohl bei sich trug. Harry stand erwartungsvoll mitten im Zimmer. Das T-Shirt hatte er schon ausgezogen, jetzt nestelte er an seiner Jogginghose. »Nein, nein«, sagte Remeur, betrat das Zimmer und schloß von innen die Tür, »laß mich das machen mit der Hose.« »So einer bist du«, sagte Harry.

»Wie hast du es am liebsten?« fragte Harry. »Ich habe es auf jede Art am liebsten«, sagte Remeur. Sie lagen längst in dem erbärmlich quietschenden Bett, zufrieden und wohlig beieinander. Die zerrissene Unterhose, die Harry unter der Jogginghose getragen hatte, geisterte noch viele Jahre durch Remeurs Phantasie. Die Unterhose mit ihren angesetzten Beinen, lange bevor Boxershorts modern wurden, hatte etwas Amerikanisches. Tatsächlich war Harry ein halber Amerikaner. Sein Vater arbeitete bei der US-Militärverwaltung in Hanau, seine Mutter stammte aus Hanau. »Nein, um Himmels willen, die wissen nichts von mir. Mein Vater würde mich umbringen, wenn er erführe, daß ich gay bin. Aber sie kümmern sich auch nicht um mich.«

Remeur hörte den ersten Teil eines ewigen Dramas, das er selbst nur allzu gut kannte und von dem er wußte, es würde noch »gespielt« werden, wenn er schon lange nicht mehr unter den Zuschauern war. Harry erzählte ihm sein junges Leben. Was er alles tun wollte. Nach Amerika zu den Großeltern fliegen zum Beispiel. Und reich werden. Remeur sagte nichts, hörte nur zu. »Und hier?« fragte er plötzlich, »du, hier?« Harry verstand, was er meinte. »Wenn du mir nicht gleich sympathisch gewesen wärst, hätte ich nie mit dir gesprochen. Ich bin kein Stricher, das brauchst du nicht zu glauben.« Harry ereiferte sich und stellte sich etwas beleidigt. »Ich muß gehen, Junge«, sagte Remeur, »kommst du noch mit?« »Nein, ich bleib' jetzt hier.« Remeur hatte sich angezogen. »Das Geld für das Zimmer stecke ich dir in die Jeans«, sagte er. »Ist gut«, sagte Harry fast schon im Schlaf. Remeur steckte Geld für ein paar Übernachtungen in die Jeans; damit hätte Harry auch im *Hilton* schlafen können. Bevor er ging, küßte er Harry. Der Junge schlief schon. Remeur streichelte ihm das Gesicht. Er sah so lieb aus, der kleine Verbrecher.

Unten im *Olympia* waren nur noch ein paar vereinzelte Gäste. Zu Ben sagte Remeur: »So sind die Jungs«, indem er dessen hilfloses Schulterheben imitierte. »Der Harry ist nett«, sagte Ben. »Er ist nett«, bestätigte Remeur, »man muß sie immer ganz nehmen, mit allem, mit aller Lust, mit allen Sorgen, kaum kennt man sie, schon hat man Angst um sie. Draußen stellt man sich das, je nach Gemütslage, abgrundtief gemein oder vergnüglich vor, auf jeden Fall simpel, ex und hopp. Es ist aber nicht simpel. Ach Ben, ich habe noch nie einen einfachen Menschen kennengelernt. Oder gerate ich nur immer an die komplizierten?« Ben hatte ihm aufmerksam zugehört. »Du hast verdammt Recht«, sagte er. Von da an waren sie Freunde. Remeur gewöhnte es sich an, jeden Tag zweimal ins *Olympia* zu gehen. Er begann dort den Abend und er beendete ihn dort. Es lag auf seinem Weg.

Später kam es ihm so vor, als sei er den interessantesten Menschen in seinem Leben ausgerechnet in diesem verrufenen *Olympia* begegnet. Nur der Ordnung halber will ich erwähnen, daß auch ich ihn dort getroffen und kennengelernt habe. Das war am Ende einer langen, trunkenen Nacht. Im *Olympia*, wo die Grenzen zwischen Tag und Nacht nie exakt auszumachen waren, herrschte noch Hochbetrieb. Remeur hockte in seinem üblichen Grandseigneur-Habitus an der Bar, plauderte munter mit dem allgegenwärtigen Ben und einem hübschen, schwarzlockigen Knaben, der neben ihm hockte, Klaus, der über die Sottisen und Paradoxien Remeurs laut und fröhlich lachte. Er war wie ein kleiner Engel, der die heimatliche Hölle zu einem Seitensprung verlassen hatte. Wo kam er noch her? Von weit her, vom Lande irgendwo, aus der Gegend um Paderborn. Ein katholischer Gymnasiast – über das Alter wurde im *Olympia* nicht gern gesprochen – der von zu Hause »ausgerissen« war, als ihm bewußt wurde, daß er schwul sei, und er sich in seinem Dorf allzu verlassen vorkam. Jetzt trampte er schon einen Monat durch Deutschland, hatte fast nur Enttäuschungen erlebt, hatte indes seinen fröhlichen Abenteuervorwitz noch nicht verloren. Nur etwas verbittert hatte ihn der Monat. Aus kindlichen Gedanken formten sich die Umrisse eines seiner religiösen Herkunft gemäßen Absolutismus. In seiner Fröhlichkeit schwang ein gefährliches Element von Lust an Selbstzerstörung mit.

Wer Remeur und Klaus nebeneinander hocken sah, bemerkte es sofort, es war nicht zu übersehen: Remeur war verliebt, er war gefesselt, er sah den Jungen an, als wollte er ihn fressen. Er spielte auf, was ihm nicht schwer fiel. Er fuhr in Worten sein brillantestes Blendwerk auf – es war so absurd, wie er sich hier produzierte, als befände er sich in einer philosophischen Disputation auf höchstem Niveau und nicht in einer fragwürdigen Stricherkneipe.

Hinten am Tisch des Dons unter dessen wohlwollendem Patronat spielten zwei Jungen Schach, ein Langhaariger mit Tätowierungen auf den nackten Armen und mit schweren Augen, die seinen Drogenkonsum verrieten, und ein Kurzhaariger, fast Kahlköpfiger mit einer braven, runden Brille, doch hin- und herflirrenden Augen, im *Olympia* »die Hektische« genannt. Als Klaus bemerkt hatte, daß die beiden seelenruhig Schach spielten, war er an der Bar nicht mehr zu halten. »Moment, ich komme gleich wieder«, sagte er zu Remeur, der über diese Entwicklung nicht so arg glücklich war, immer wieder eifersüchtige Blicke auf den Schachtisch warf, an dem bald auch Klaus saß und selber mitspielte; zuerst gegen den Langhaarigen gewann, dann gegen »die Hektische«.

»Ich hasse Schach«, zischelte Remeur mir zu, »dieses alberne Bildungsgetue.« Auf die kuriose Situation machte er mich allerdings selbst aufmerksam: »Jetzt sitzen die hier und spielen Schach, während die Leute draußen sich wahnsinnige Vorstellungen machen von dem sündigen Treiben, das angeblich hier drinnen herrscht.«

Da er vorerst jedoch, wohl oder übel, auf seinen Klaus verzichten mußte, wandte er sich mir zu und erklärte mir ohne lange Vorrede Teile seiner Lebens- und Liebesphilosophie: »Sind die Jungen, die Jugend, meine ich, nicht unsere einzige Hoffnung? Erkennen wir in ihnen nicht unsere Träume, unsere Sehnsüchte, unsere Ideen, an denen wir vielleicht gescheitert sind, schuldig geworden sind, verbogen durch die Bedingungen der Existenz, die aber in ihnen, den Jungen weiterleben? Ich erkenne mich in ihnen allen wieder. Selten ist mir das so deutlich geworden wie bei Klaus. Vielleicht liegt es daran, daß ich auch katholisch war. Mein Gott, was war ich für ein frommer Junge. Ich bin nicht mehr katholisch. Aber an Gott habe ich nie gezweifelt. Ich weiß gar nicht, was das heißen soll, an Gott zweifeln. Ich habe mit Gott das beste Verhältnis. Wir verstehen uns prächtig. Nur an den Teufel habe ich keine Sekunde geglaubt.

Die Kirche, fürchte ich, hat den Teufel nur für sich erfunden. Aber ich will Sie nicht mit meinen trivialen Weisheiten belästigen«, sagte er – und log dabei, was mir bald klar wurde, nachdem ich ihn besser kannte: Wenn er etwas sagen wollte, war er der letzte, der vor einer angeblichen Belästigung zurückgeschreckt wäre. Solche Rücksichten gehörten nicht zu seinem Fundus. Ausgerechnet er war ein Muster an Rücksichtslosigkeit. Wen er kannte und wen er in sein Herz geschlossen hatte, nahm er rücksichtslos in Beschlag. Das Seltsame war, daß jeder, der ihn kannte, sich ihm gern fügte. Er besaß die seltene Gabe eines höheren Charmes. Er wußte das, und er setzte ihn gezielt ein. In Wirklichkeit beendete er damals das Gespräch mit mir, weil Klaus das Schachspiel aufgegeben hatte und wieder neben Remeur hockte. Die beiden disputierten nun nicht mehr, sahen sich nur an, tranken ein wenig, rauchten, sagten nichts, sie tranken und rauchten sich an. Remeur hatte eine Hand um Klaus' Nacken gelegt, zog den Jungen an sich, sie küßten sich. Remeur streichelte eine Hand von Klaus, küßte ihre Innenseite, ihre Außenseite, führte die Hand an sein Gesicht.

Ich hatte mich diskret zurückgezogen, unterhielt mich mit dem Don – oder mit wem, ich weiß es nicht mehr. Als ich zur Bar sah, waren die beiden verschwunden. Die Nacht, über die bis dahin ein harmlos heiterer Stern gewacht hatte, sollte schlimm enden. Plötzlich wurde die Tür aufgerissen, kalter Wind fegte herein, es war wie im Film, Männer mit dunklen, lauernd blickenden Gesichtern strömten in das Lokal, immer mehr, Männer in Trenchcoats, in Zivil also, aber auch Polizisten in Uniform, es waren so viele, man konnte sie nicht zählen. Kaum waren sie erschienen, hörte man – hörte man es wirklich? Oder hörte man es nur im Geiste? – »Los, los, aufstehen, an die Wand, Paß vorzeigen!« Wer keinen Ausweis bei sich hatte, mußte sich an die andere Wand stellen. Razzia.

Das Unternehmen stand unter der Leitung eines verblüffend jungen, blonden Polizisten mit blauen Augen, tatsächlich wie aus dem Musterbilderbuch der SS; hätte man ihn nicht leibhaftig vor sich gesehen, man hätte es nicht für möglich gehalten. Er stürmte herein, wieder hinaus, rannte in den Gang, an dessen Ende sich die Toiletten befanden, brachte von dorther tatsächlich den tätowierten Langhaarigen, der sich dort wohl versteckt hatte, und hielt ihn fest im Griff. Das SS-Jüngelchen war überall, zackig wie ein Hampelmann, immer kommandierend, in seinen blauen Augen das Bewußtsein seiner moralischen Mission und seiner Überlegenheit.

Weiß der Himmel, mit was für einem Sündenpfuhl er hier aufzuräumen gedachte. Es gab Geschrei, Krach, der alte Don schlug zurück, nachdem er sich geweigert hatte, von seinem Tisch aufzustehen und sich an die eine Wand zu stellen; einer der Männer im Trenchcoat hatte ihn am Ärmel gezupft. Ben schimpfte unablässig wie ein aufgeschrecktes Huhn. Die Atmosphäre von innerer Erregung war unerträglich. Jeder im Lokal wünschte: Wenn sie nur bald wieder gehen würden. Aber die unerbittliche Prozedur der Kontrolle dauerte zwei quälende Stunden.

Ein alter Mann mit einem bärbeißigen Gesicht – Ben nannte ihn scherzhaft hinter vorgehaltener Hand einen »Müllkutscher im Fummel« – nuschelte immer wieder nur den einen Satz: »Das kenn' ich. So war das bei den Nazis. Ich war im KZ. Ich war im KZ.« Obwohl er zu den wenigen Glücklichen gehörte, die einen Paß bei sich hatten, ging er immer wieder zu den Polizisten, die auf der einen Seite diejenigen bewachten, die sich nicht ausweisen konnten, hielt ihnen seinen Personalausweis vor die Nase und erklärte: »Ich war im KZ. Ich war im KZ.« Von den Polizisten interessierte sich keiner dafür, daß er im KZ war.

Das *Olympia* erschien jetzt viel voller als vorher. Es waren nicht nur die wegen ihres ständigen Hinaus- und Hereingehens unzählbaren Kriminalbeamten und Polizisten, hinzugekommen waren auch die Gäste, die sich oben im Hoteltrakt aufgehalten hatten. Das waren erstaunlich viele, viel mehr, als man erwartet hatte. Verschlafene Jungen, die sich gerade noch Hose und Hemd zuknöpften; Ältere, die ratlos das Geschehen beobachteten, die meisten mit einem schwachen Anflug von Galgenhumor. Unter ihnen befanden sich auch Remeur und Klaus. Beide waren leichenblaß. Klaus' Haar stand widerspenstig vom Kopf ab. Er strich immer wieder darüber, aber die Haare legten sich nicht. Obwohl beide gar nichts sagten, sich geduldig den Anweisungen fügten, wurden sie von dem Blonden, Scharfen besonders hart traktiert. Ich hörte, wie Remeur mit gepreßter Stimme flüsterte, er konnte vor Erregung kaum sprechen: »Dazu haben Sie kein Recht.« »Ich werde Ihnen zeigen, wozu ich ein Recht habe«, fuhr der Blonde ihn an. »Stellen Sie sich hierhin, Sie beide.« Es war die dritte, bisher noch unbenutzte Wand des *Olympia*. Remeur und Klaus mußten sich davor stellen. Der Blonde füsterte einem der Trenchcoatmänner etwas zu. Dieser ging nach draußen, kehrte aber kurz darauf mit einer Kamera und einem Blitzgerät zurück. Er fotografierte die beiden nebeneinander, beide mit ihren kalkweißen Gesichtern, Klaus mit seinen abstehenden Haaren, Remeur, dessen Krawatte ungebunden um seinen Hals hing und der sein Jackett über dem Arm trug. So »ausgezogen« habe ich ihn nie wieder gesehen.

»Jetzt sind wir das Paar des Monats«, sagte Klaus. Es sollte lustig klingen, war aber nicht lustig. Remeur legte schützend seinen Arm um ihn. Irgendwann einmal wurde doch zum Abmarsch geblasen. »Du kommst mit«, herrschte der Blonde Klaus an. »Sie bleiben hier«, sagte er zu Remeur, der, zwar hoffnungslos, aber noch einmal flüsterte: »Dazu haben Sie kein Recht.« Diejenigen, die mitfahren mußten, wurden nach draußen geführt. Auf der Straße standen drei oder vier Mannschaftswagen mit blitzendem Blaulicht. Die Delinquenten wurden auf zwei Wagen verteilt. Remeur lief hinter dem einen Wagen her, in dem Klaus saß. »Ich kümmere mich um dich! Du kannst dich auf mich verlassen! Hörst du, du kannst dich auf mich verlassen!«

Dann hockte er wieder an der Bar, düster in sein Glas sehend. »Ich war im KZ«, sagte immer noch der Müllkutscher. »Gehen wir nach Hause«, sagte Remeur zu mir. Draußen war schon die Dämmerung vorüber. Bald würde heller Tag sein. »Merkwürdig ist, daß mich niemand nach meinem Paß oder sonst einem Ausweis gefragt hat, weder nach meinem Namen noch nach meiner Adresse«, sagte Remeur. »Sie haben nur dieses Bild gemacht. Dieses böse Bild, das Paar des Monats. Ich habe das noch nie erlebt. Ich kam mir erniedrigt vor, zum ersten Mal.«

»Was glauben Sie«, fragte er mich, »was für ein unwürdiges Schauspiel, was für ein Zerrbild des Lebens dies in den Augen eines Jungen wie Klaus geboten hat? Ist er nicht gezwungen zu glauben, daß wir für die Liebe in dieser Weise bezahlen müssen? – Unter uns«, sagte Remeur und neigte sich flüsternd an mein Ohr, »es gibt überhaupt keinen Unterschied zwischen Strichjungen und anderen Jungen. Wußten Sie das?« Er fragte, als hätte er mir gerade ein Staatsgeheimnis anvertraut.

Da ich Remeur erst Monate später wiedersah und ich den Vorfall vergessen hatte, habe ich nie erfahren, was aus dem Foto und aus Klaus geworden ist. Von da an war Remeur jedenfalls ein »Registrierter«, ein »Abgelichteter«, ein Bild in den Akten.

Remeurs Passion für das *Olympia* dauerte jedoch unverändert an. Jeden Abend sammelte er neue Erkenntnisse, und so kurios und überraschend diese auch waren, jede Nacht schrieb er sie zu Hause mit seiner unglaublich kleinen Notierschrift mit spitzer Feder in ein dickes, kunststoffgebundeses Schreibheft. So notierte er zum Beispiel, daß alle älteren Gäste im *Olympia* von Luiz schwärmten, einem kleinen Serben, dem es nie genug wurde. Er war so geil dahinter her, gefickt zu werden, daß er, so wurde flüsternd erzählt, denjenigen, der mit ihm schlief, während der Nacht ein paar Mal weckte, um den abgespielten Liebesapparat noch einmal zum Klingen zu bringen. Remeur hatte mit Luiz nichts zu tun. Er war nicht sein Typ. Vielleicht fürchtete er sich sogar ein wenig vor dessen sagenhaften Ansprüchen. Aber er betrachtete ihn mit Wohlgefallen.

Das hatte man als Gast im *Olympia* schnell heraus, welchen Jungen man trauen konnte und welchen nicht. Es kam nur darauf an, die Schwulen von den Nichtschwulen zu unterscheiden, wozu es allerdings einer gewissen Lebenserfahrung bedurfte. Denn, wie es der weltweite Ehrenkodex der Stricher vorschreibt, verstanden sie sich natürlich alle als nicht schwul. Das mußte man einserseits respektieren, andererseits durfte man auf keinen Fall daran glauben. Es stimmte nicht. In Wirklichkeit verhielt es sich umgekehrt: Es gab kaum Nichtschwule unter ihnen. Remeur war sogar der Überzeugung, daß es überhaupt keine Nichtschwulen unter ihnen gab. Bestimmt hätte es niemand gegeben, der ihn darüber hätte täuschen können. Den anderen hätte die Lust gefehlt, das Fieber, der Vorwitz – mit Geld hatte das nichts zu tun. »Gefährlich«, sagte er eines Tages, »sind nur die anderen. Sie fühlen sich nicht geliebt. Sie fühlen sich angeekelt, gedemütigt vielleicht sogar, ich verstehe das. Vor ihrem Zorn muß man sich in acht nehmen. Am besten, man fängt gar nichts mit ihnen an.« So ging er konsequent allen Fixern aus dem Weg, die sich für ein paar Mark anboten. Er wollte nichts mit ihnen zu tun haben. Er hielt sich vielmehr an die altmodische Regel: »Man muß um die Jungen werben wie um eine schöne Frau. Ich könnte das auch anders sagen: Man muß die Jungen gern haben.« – Im *Olympia* war man weitgehend unter sich. Die anderen kamen erst gar nicht herein. Wo sie sich aufhielten? Remeur wußte es nicht. Er suchte nicht nach ihnen.

Lachend erzählte er mir eines Tages eine Erinnerung, die ihn noch nach vielen Jahren amüsierte: »Ich hatte einmal einen kleinen, sehr jungen

Freund, sehr jung, aber ein geiles Paket, sage ich Ihnen. Nachdem es ihm gekommen war, lag er starr neben mir im Bett. Er rührte sich nicht, als habe ein Krampf ihn lahmgelegt. Ich wußte, er würde keine Berührung mehr dulden. Ich wußte, daß er an die Ermahnungen seiner Mutter dachte oder an etwas ähnliches. Die ganze homosexuelle Welt stürzte auf ihn ein. Ich berührte ihn nicht, ich sagte nichts, ich stand auf, zog mich an, setzte mich auf einen Stuhl neben dem Bett und rauchte eine Zigarette. Ich rauchte noch eine Zigarette, bis er sich endlich rührte. Er sah mich nicht an, zog sich an, sagte kein Wort. Er hatte schon die Klinke in der Hand, die Tür geöffnet, als er plötzlich innehielt und zu mir zurückkam. ›Du bist lieb‹, sagte er. ›Du auch‹, sagte ich.«

Auf jeden Fall unterscheiden sich Stricher von Nutten dadurch, daß sie sich besser anziehen können. »Wie können Frauen im allgemeinen, Prostituierte im besonderen, sich nur so entstellen«, sagte Remeur. »Und das gefällt den Männern wirklich?« fragte er mich in seiner zuweilen verblüffenden Naivität.

Wer häufiger im *Olympia* verkehrte, konnte ein auffallendes Paar dort nicht übersehen. Der ältere von ihnen war klein von Gestalt, aber hart, drahtig. Der jüngere war großgewachsen, von ausnehmend guter Figur. Sein Markenzeichen gewissermaßen waren die strahlend weißen Hemden, die er ausschließlich trug, immer offenstehend bis zum Bauchnabel. Man sah ihn gern an. Die beiden waren überhaupt ein schönes Paar. Immer waren sie gut gelaunt. Immer waren sie umgeben von einem Gefolge Jüngerer und Älterer. Der kleine Drahtige war, wie Ben Remeur zugeflüstert hatte, der Inhaber des *Olympia*, nicht nur der Inhaber, er war der Besitzer des Hauses. Er war ein reicher Mann, der seinen Reichtum genoß.

Jeden Samstagabend nach zehn Uhr stürzte der junge Schlanke mit dem weißen Hemd ans Telefon und ließ sich die Lottozahlen durchgeben. Dann wurden unter Assistenz des ganzen Lokals die Lottoscheine der beiden kontrolliert. Es müssen zehn oder fünfzehn Scheine gewesen sein. Gewonnen haben sie nie etwas, nur kleine Beträge, aber der junge Schlanke wollte unbedingt reich werden. Das ging monatelang so. Remeur begann die beiden zu bewundern und zu beneiden, daß sie so lange zusammenblieben.

Aber eines Tages war alles anders. Es war tatsächlich wieder ein Samstagabend. Remeur erwartete schon das allwöchentliche Ritual mit den Lottozahlen, als er die beiden ansah und ihm klar wurde, daß daraus heute nichts werden würde. Der kleine Drahtige war sichtlich betrunken. Sein Gesicht glühte wie im Fieber. Mit einer Armbewegung wischte er alle Flaschen und Gläser von einem Tisch. »Ben«, brüllte er durch das Lokal, »heute abend sind alle meine Gäste. Sie können essen und trinken, was sie wollen. Alle meine Gäste. Nur der nicht!« Er brüllte, seine Stimme überschlug sich und er zeigte auf den jungen Schlanken, dessen Blick etwas flackerte und dessen Hemd an diesem Abend auch nicht so makellos weiß war wie sonst. Es mußte einen furchtbaren Streit zwischen beiden gegeben haben. Wer war schuld? Was war schuld? Als ließe sich das Irrationale rational erklären. Der Mensch fällt immer wieder darauf herein. So lange hatten sie sich geliebt, und nun haßten sie sich.

Da tauchte Fickri auf. Fickri war der kleinste und vermutlich auch der jüngste Junge, der je im *Olympia* gesehen worden war, ein Türkenjunge. Seine schwarze Lederjacke war um zwei, drei Nummern zu groß. Seine Hosen waren zu groß, zu lang und zu weit. Fickri hatte ein kleines, liebes Gesicht, aber er bemühte sich, immer böse und brutal dreinzuschauen. Wer ihn an der Jacke zupfte, mußte damit rechnen, von ihm einen harten Faustschlag ins Gesicht zu erhalten. Man mußte lachen, wenn man ihn sah – er wirkte wie ein klein geratener Kingkong, der mit beiden Fäusten gegen seine Lederbrust schlug –, aber wenn man über ihn lachte, wurde Fickri noch böser. Er gab unmäßig an, wen er alles schon besiegt habe, wen er in die Flucht geschlagen habe. Wie hart er mit seinen Gegnern umgehe – und er hatte nur Gegner: Eine Welt voller Feinde. Wie er, nach seinen eigenen Worten, die Arschficker verachtete. Die Bahnhofsstricher. Die Klo-Bumser. Die Bilder-Wichser. Ein kleiner Mann, der mutig dem Leben ins Gesicht sieht. Er war eine komische Figur, eine Karikatur aller *Olympia*-Jungen.

Ausgerechnet Fickri saß nun plötzlich in dieser unguten Nacht am Tisch des betrunkenen *Olympia*-Bosses, der ein Gelage veranstaltete, und Fickri ließ es still geschehen, daß der drahtige Boss ihm übers Haar strich und die Wangen tätschelte. Das konnte nicht gutgehen. Der junge Schlanke mit dem weißen Hemd stand neben Remeur an der Bar und beobachtete knirschend vor Zorn die Szene. Plötzlich schoß er vor, wie eine zischende Schlange, und versetzte dem kleinen Fickri einen Kinnhaken, daß dieser vom Stuhl flog. Der drahtige Boß griff zu mit seinen betrunken schlenkernden Armen und zerriß mit einem quälend lauten »rrattschsch« das berühmte weiße Hemd. Der Schlanke stürzte weiter auf Fickri. Ihn, sonst keinen, wollte er treffen. Im Lokal bahnte sich aus wer weiß welchen Gründen eine wüste Massenschlägerei an. Alle, die sich noch wenige Minuten vorher vertragen hatten, waren plötzlich böse aufeinander und schlugen zu. Remeur bangte um den kleinen Fickri. Nur allzu gut kannte er den Haß aus Eifersucht. Er stellte sich dazwischen. Bekam auch einen Schlag ab. Seine Nase blutete, und auf seinem teuren Cashmere-Jackett sammelten sich die Flecken. Es gelang ihm jedoch, Fickri, der etwas besinnungslos wirkte, aus dem Lokal zu zerren, ihn in ein Taxi zu schieben, das zufälligerweise vor der Tür stand, und mit ihm nach Hause zu fahren.

Das hatte er noch nie getan, einen Jungen aus dem *Olympia* mit nach Hause zu nehmen. Fickri saß unglücklich in einem schweren Ledersessel – sogar der Sessel war, wie alles, zu groß für ihn – und besah sich eingeschüchtert die Bücher, Bücher, Bücher in Remeurs großer Wohnung. Die Situation war ihm rundum unangenehm. Remeur hatte sich liebevoll um ihn gekümmert, sein blutverschmiertes Gesicht mit kaltem Wasser abgetupft, nachgesehen, ob er einen Zahn oder mehrere verloren habe – einer war locker. Remeur hatte Tee gekocht, hatte irgendwoher einen Kuchen hervorgezaubert. Fickri hatte so etwas Leckeres noch nie gegessen. Noch nie hatte sich einer so um ihn gekümmert, daß er hätte dankbar sein müssen. Genau das war es. Fickri war nicht gern dankbar. Und was dieser Remeur, dieser ihm unnahbar, undurchsichtig scheinende Mensch von ihm wohl wollte, das konnte er sich überhaupt nicht erklären. Der soll mir kommen, dachte Fickri, ich laß' mich nicht ficken, von dem nicht, der soll mir nur kommen. Außerdem hätte er immer noch heulen mögen vor Zorn über die dumme Schlägerei im *Olympia*, daß es ihn so aus den Pantinen geworfen hatte.

Remeur saß nur stumm da, schmunzelte und beobachtete selbstzufrieden Fickri beim Kuchenessen. Fickri hatte plötzlich einen Einfall, wie er Remeur wohl beeindrucken könne. »Du wissen, daß ich vierzehn Jahre bin, du wissen?« fragte er Remeur. »Ach«, sagte dieser, »so jung hätte ich nun doch nicht gedacht.« »Du nicht glauben?« fragte Fickri und war sofort wieder so aufgebracht, als habe man seine Ehre und die Ehre seiner Familie und die Ehre seiner Nation angegriffen. »Doch, doch«, sagte Remeur beschwichtigend, »ich glaube es dir«, und lachte. »Nein, du mir nicht wirklich glauben. Ich dir zeigen, ich keine Haare am Schwanz.« Fickri hatte den Gürtel seiner Jeans schon geöffnet, als Remeur den Kopf schüttelte und seine Hand auf Fickris Gürtelschnalle legte. »Nein, nein«, sagte er, »ich bestelle dir jetzt ein Taxi, hier hast du Geld für das Taxi, und du fährst sofort nach Hause.« Als es klingelte, schob Remeur Fickri zur Tür. »Mach's gut, Fickri«, sagte Remeur.

Fickri hat nie verstanden, was da vor sich gegangen war. Es war ihm nicht geheuer. Wenn er Remeur später sah, grüßte er ihn scheu, verzog sich aber bald in einen Winkel weit weg von Remeur. Remeur hatte sein Weltbild durcheinander gebracht.

Von den vielen Jungs, die Remeur im *Olympia* kennenlernte, war Mark der einzige, der ihn aus dem engeren Kreis des *Olympia* heraus und immerhin ein kleines Stück in seine eigene Welt hineinführte. Das lag an Marks raffinierten Public Relations für sich selbst: Remeurs Urteil war ihm wichtig. Sexuell hatten sie seit der einen, der ersten Nacht nichts mehr miteinander zu tun. Nicht daß ihnen die Erinnerung daran peinlich oder sonstwie unangenehm gewesen wäre. Aber andererseits war die Nacht auch nicht so berauschend, daß sie der Erinnerung oder gar der Wiederholung wert gewesen wäre. Mark leitete von daher immerhin die Berechtigung ab, Remeur fortan seinen »alten Freund« zu nennen. Remeur, weil es ein hübscher Junge war, fühlte sich davon sogar geschmeichelt. So hatte Mark ihm oft schon von seiner »Arbeitsstelle« am Bahnhof erzählt, einem Video-Shop, den die Jungs *Old Men* nannten, daß Remeur sich vornahm, den Laden selbst zu besichtigen.

Auf den ersten Blick handelte es sich um einen normalen Porno-Shop für Homosexuelle. Viele Magazine mit den üblichen, einschlägigen Fotos, auch ein paar Bücher, vor allem aber ganze Regalwände voller Videos, amerikanische, französische, deutsche, zum Kaufen und zum Ausleihen. Die imposante Auswahl übertraf zwar jedes »normale« Angebot bei weitem, aber das eigentliche Geheimnis des Ladens war das weiträumige Video-Kino, das aus mindestens fünfzig Einzelkabinen bestand, die sich an den dunklen Gängen eines wahren Irrgartens befanden. In jeder Kabine stand sich eine relativ breite Bank, von der aus man auf einem kleinen Bildschirm Filme sehen konnte: Mit einer handlichen Fernbedienung, rechts von der Bank, konnte man unter fünfzehn Filmen wählen. Ein paar flimmerten und zuckten – es waren die meistgesuchten –, aber die meisten Filme waren über die erstaunlich widerstandsfähige Anlage einwandfrei zu sehen. Wenn die Kabinen, die von innen abzuriegeln waren, offenstanden, wurde der Film mit Hilfe eines Spiegels nach außen übertragen, so daß der Besucher, auch ohne sich in eine Kabine einzuschließen, durch die Gänge des Kinos an einer lebendigen Porno-Galerie vorbeiwanderte und von einer Szene in die andere geführt wurde.

Ein paar der dunklen Gänge – nur alle drei, vier Meter glühte ein blau gefärbtes Lämpchen – führte aus dem Irrgarten der Kabinen heraus in gleichsam funktionslose Inseln des Nichts, die sich bei näherem Hinsehen als Warteräume und Treffpunkte für Stricher und Freier herausstellten. Man belauerte sich, signalisierte mit Augenzeichen Einverständnis oder Mißfallen, drehte sich um, ob er auch folge, führte erst an geheimer dunkler Stelle die allfälligen Marktverhandlungen; erst danach schloß man sich dann gemeinsam in einer der Kabinen ein. Es gab Spezialisten des Voyeurwesens, die sich sofort auf die Kabinen rechts und links dieser einen, nun gleichsam durch heiliges Geschehen herausgehobenen Kabine stürzten. Manche stellten sich auf die Bank und verfolgten mittels selbstgebastelter Spiegel die Aktion im Innern der mittleren Kabine. Andere vollbrachten athletische Kunststücke, um durch die in verschiedenen Höhen angebrachten Löcher in die mittlere Kabine zu sehen. So begannen sie ihre Beobachtung etwa mit dem Blick durch das unterste, ungefähr in Sitzhöhe angebrachte Loch, gingen dann über zu dem mittleren, meist größten Loch, das eine Gesamtübersicht gewährte, und endeten schließlich mit dem obersten Loch, das auf der anderen Seite nur noch stöhnende, verzerrte, schwitzende Gesichter zeigte. Die Voyeure hingen keuchend vor der Wand, hinter der sich die einsame Seligkeit vollzog. Die gespreizten Hände hatten sie zum Abstützen gegen die Wand gepreßt, das Gesicht dicht an den Löchern, so daß sie Spucke und Sperma ihrer Vorgänger riechen konnten. In wenigen Minuten erlebten sie alle Höhen und Demütigungen ihres Lebens.

Nicht alle Paare, die sich zusammengefunden hatten, erlaubten den Voyeuren die Beobachtung. Selbstverständlich wußten alle von ihnen. Manche machte es sogar besonders wild, den geilen Blick zu spüren und die gierigen Augen durch die Löcher zu sehen. Sie zogen sich auf eine besonders schamlose Weise aus, daß man von den Nebenkabinen aus nur ja alles gut sehen konnte, wobei allein die Beschreibung der verschiedenen Arten der Zurschaustellung ein Kompendium homosexueller Wünsche und Vorstellungen ergäbe. Manche zogen sich nackt aus, manche waren nackt, ließen aber einen Mantel oder einen Pullover an, manche zeigten den Spionen in den Nebenkabinen ihren erigierten Penis, indem sie ihn liebevoll streichelten. Andere indes verklebten sorgfältig alle Löcher mit Papierschnipseln: Ende der Vorstellung, so daß man in den Nebenkabinen nur das schabende Geräusch aus- und angezogener Kleidung und zurückgehaltenes Gestöhn hörte. Ein besonders häßliches, »unkameradschaftliches« Verhalten äußerte sich darin, in die Nebenkabinen glühende Zigarettenkippen zu werfen, was auch hartgesottene Voyeure vertrieb; nur Rentner, die nach noch tieferer Erniedrigung lechzten, gaben danach die Kabine immer noch nicht frei.

An den dunklen Treffpunkten des Tag und Nacht geöffneten Video-Labyrinths, das an das Bühnenbild eines Fellini-Films erinnerte oder stärker noch an dessen Original: an Lustgärten altrömischer Dimension, konnte man zuweilen merkwürdig schüchternen und harmlosen, kurios ernsten Fachgesprächen lauschen, die – in der stets verklärenden Sicht eines Remeur – das Leben in seiner fortdauernden Unschuld besangen, wie Remeur sich ausdrückte, ohne die antibürgerliche Umgebung auch nur zur Kenntnis zu nehmen. »Wie kannst du Schwule von Normalen unterscheiden?« fragte ein Stricher einen kleinen, dicken Rentner. »Zunächst einmal«, hob der Rentner zu einer langen, umständlichen Rede an, »ich schließe bei keinem das eine oder das andere aus.« Remeur erinnerte sich, daß im *Olympia*, sobald sich auch nur zwei zusammenfanden, sofort Schach gespielt wurde; manche Partien zogen sich über Wochen; und Remeur, der bereits seit seiner Kinderzeit keiner Art von Spielen einen Reiz abgewinnen konnte, begann sich schon zu fragen, ob er nicht doch noch Schach lernen sollte. Daß Schach jedoch das innerste Geheimnis dieser angeblichen Lasterhöhle war, amüsierte ihn ebenso wie das ernste Gespräch einer Gruppe von Strichern im *Old Men*, die darüber diskutierten, ob es schicker sei, unter einem Sweat-Shirt ein T-Shirt zu tragen oder nicht. Die Überraschung prägt den Wert eines Geheimnisses.

Die Jungs unterschätzten ihre Bedeutung für das *Old Men*. Denn ohne sie war dessen Betrieb nicht möglich. Sie hätten streiken können, indem sie einfach nur wegblieben. Sie konnten aber nicht streiken, weil es ihnen an einer Organisation fehlte und weil sie auf den jämmerlichen Verdienst in den Kabinen angewiesen waren. So hielten sie sich in Gruppen zusammen, verachteten und verspotteten ihre Kunden und hielten sich selbst – selbstverständlich – für nichthomosexuell, obwohl sie es alle, bis auf wenige Fixer und Hascher, selbstverständlich waren. Mark gehörte zu den Privilegierten im *Old Men*, die halb angestellt waren, ohne Steuer und Versicherung allerdings, nur mit ein paar Mark festem Trinkgeld in der Woche, für die er die Kabinen sauber machen mußte. Die auf dem Boden verstreuten Papiertaschentücher mußte er in einen Papierkorb einsammeln. Die Dose mit Kondomen, einer Sonderleistung des Hauses *Old Men*, mußte er täglich erneuern. Darüber hinaus blieben die Kabinen unberührt, denn die Geschäftsleitung hatte gerade den Schmuddelcharakter als geschäftsfördernd erkannt und wachte über dessen Konservierung.

Daß Remeur Mark auf seiner »Arbeitsstelle« besuchte, war diesem peinlich. Es war ihm gleichgültig, was Remeur hier sah, aber es war ihm unangehm, Remeur hier zu sehen. Denn Remeurs Leben spielte sich in seiner Vorstellung in anderen Welten ab, so daß er hier nichts verloren hatte. Hätte er Proust gelesen, hätte er sich beim Erscheinen Remeurs vermutlich an den Ausspruch von Baron Charlus erinnert: »Hoffentlich ist er wenigstens so diskret und grüßt mich nicht.« Aber Remeur war tatsächlich so diskret und feinsinnig, daß es keiner diesbezüglichen Ermahnung bedurfte: Er beachtete Mark in dieser Umgebung kaum. Erst abends im *Olympia* sagte er ihm leise: »Du solltest dir eine andere Arbeit suchen.« Mehr wurde von ihnen über das Thema nicht gesprochen.

Remeur hatte Mark auch im Krankenhaus besucht. Er dachte nicht gern daran. Es gab im *Olympia* immer wieder geflüsterte Gerüchte, zum Teil mit ziemlich brutalen Scherzen verbrämt, dieser oder jener sei krank. Es schien, daß man sich auf das schönende Wort »krank« geeinigt habe, obwohl jeder wußte, was damit gemeint war, HIV-positiv, Karposi, AIDS, es gab tausend Wörter, die doch alle das gleiche bedeuteten: Tod. Manchmal hieß es auch: »Nein, nein, er hat wirklich Krebs.« Oder: »Nein, nein, er hat sich wirklich das Bein gebrochen«, so daß man schließlich zwischen relativ harmlosen Krankheiten und *der* Krankheit unterschied. Als der stämmige, braungelockte Engel, den sie den »Duke« nannten und der im *Olympia* gleichsam den kriminellen Vorsitz führte, der tätowierte Langhaarige, laut erklärte: »Den süßen kleinen Mark mit dem großen Maul und dem kleinen Hintern hat es nun also auch erwischt!« wurde Remeur von einer elementaren Angst gepackt. Keine Sekunde dachte er daran, sich angesteckt zu haben. Obwohl er sich auf seinen vielen Reisen rund um die Welt ungefähr mit allen Krankheiten angesteckt hatte, die man nur bekommen kann, war dieser Gedanke ihm völlig fremd. Er dachte an Mark und dessen aussichtslose Lage, egoistisch dachte er sofort aber auch an die fatalen Unannehmlichkeiten, die ihm nun mit Krankenhausbesuch und lästiger »Kümmerei« bevorstanden.

Ich bin kein Kümmerer, dachte er bei sich, und ich muß mich ständig kümmern. Einst hatte er jede Verantwortung abgelehnt, er wollte unabhängig sein, niemandem Rechenschaft schuldig. Sven war die letzte Bindung, und so sollte es bleiben, hatte sich

Remeur vorgenommen. Aber seitdem er fast jeden Abend im *Olympia* verbrachte, war die Einhaltung dieses Grundsatzes auch fast jeden Abend in Gefahr geraten. Ich laß' mich zu sehr auf die Jungen ein, sagte er sich wütend. Dann allerdings auch wieder: Daß ich sie wirklich gern habe, ist, genaugenommen, das einzige an mir, das zählt.

»Was ist mit Mark?« fragte Remeur Ben, »ich habe ihn schon ein paar Abende nicht mehr gesehen. Ist er wieder mit seiner Mutter zur Großmutter gefahren?« Ben tat zuerst, als habe er die Frage nicht richtig verstanden, dann beschäftigte er sich umständlich mit dem Zapfen einer Lage Bier. Schließlich mußte er antworten: »Nein, nein, Mark ist im Krankenhaus.« Remeur brauchte nicht zu fragen, in welchem Krankenhaus. Sie waren immer nur in einem, in der Uni-Klinik selbstverständlich.

Am nächsten Morgen erkundigte sich Remeur im Aufnahmebüro der Klinik, ob ein Mark Wenders hier liege und in welcher Station. Er ging durch den schönen Park zu der abgelegenen Isolierstation. Das Grün der Bäume war noch frisch und sah an den Spitzen naß und cremig aus. Es war früher Sommer.

Mark saß in einem schön gemusterten Bademantel, der offensichtlich erst ein paar Tage alt war, im Aufenthaltsraum und führte das große Wort. Er lag mehr, als er saß. Auf beiden Seiten seines Sessels stand je ein Ständer für Infusionsflaschen. Vier tropften gleichzeitig in seine Venen, Blut, ein Antibiotikum, Traubenzucker und ein Mittel, um die Durchblutung im Gehirn zu fördern. Er sah jämmerlich aus, totenbleich, noch kleiner, spitzer als sonst. Aber er lachte, er dirigierte die kleine Gesellschaft. Während sich Remeur bei seinem Anblick das Herz zusammenkrampfte, sah es aus, als fühle Mark sich besonders wohl. Einer der vier Patienten im Zimmer hatte Remeur schon nach fünf Minuten in ein Gespräch verwickelt. Er sei Schauspieler. Beim letzten Film mit Hildegard Knef habe er eine entscheidende Rolle in der Statisterie gespielt, einen singenden Transvestiten. Zufällig habe er den Film dabei. Ob Remeur ihn sehen wolle? Dieser hatte noch nicht geantwortet, als der Film schon im Videogerät lief. »Hier, genau hier«, der Komparse war an den Bildschirm gesprungen und zeigt die Szene, »hier, das bin ich! Jetzt gehe ich nach hinten ab. Haben Sie das gesehen? Später kommt noch eine Szene mit mir.« Mark konnte sich nur mühsam das Lachen verkneifen. »Vollfrau«, raunte er Remeur zu, »alles Vollfrauen hier.« Plötzlich saßen sie allein in dem Zimmer. Sogar der Alte, der im Aufenthaltsraum Antonius genannt wurde – wobei unklar blieb, ob es sich dabei um seinen Vornamen oder seinen Familiennamen handelte –, hatte das Zimmer verlassen. Antonius, spitzgesichtig und mit merkwürdig lachsrot gefärbten, spirrigen Haaren, die er zu allem auch noch hochtoupiert trug, war der Zimmernachbar von Mark. »Gehst du nicht zum Essen ins Zimmer?« fragte Remeur. »Ich esse hier«, sagte Mark. Tatsächlich wurde ihm das Essen in den Aufenthaltsraum gebracht. Er schäkerte überlegen mit der Krankenschwester. Er verteilte gnädig ein paar Komplimente. Außerdem stellte er umständlich Remeur vor: Wer konnte mit solch exotischen Besuchern aufwarten? Mark hatte es fertiggebracht, wo immer er auftrat, eine Sonderrolle zu spielen.

Remeur fühlte sich etwas mißbraucht und war, ohne es sich anmerken zu lassen, ein wenig schockiert. Die Stimmung dieses Aufenthaltsraumes machte ihn träge und taumelig, müde vor allem. Sterbensmüde, dieses fatale, für Remeur stets schillernde und verführerische Wort, spukte plötzlich in seinem Kopf, und er wußte nicht, wie er sich dagegen wehren sollte.

Vor wenigen Minuten hatte er eine Szene beobachtet, die ihn erschüttert hatte, daß ihm die Hände zitterten: Die verlegene Mutter eines vielleicht zwanzigjährigen Jungen verabschiedete sich von ihm, herumdrucksend, nicht mehr wissend, was sie tun oder sagen sollte. Sie wollte sich verabschieden, wußte aber nicht, wie sie es anstellen sollte. So sagte sie: »Ich geh dann also mal«, klopfte ihm auf die Schultern und flüsterte ihm zu: »Wird schon werden, wird schon werden.« Der nickte nur. Sie ging. Remeur, der daneben saß, würgte es im Hals.

»Alles Vollfrauen«, sagte der vorlaute Mark noch einmal, aß nur wenig von dem Essen, das zwar gut aussah, aber unangenehm roch. »Die Vollfrauen«, mahnte ihn Remeur, »sind wie das Salz in der Suppe. Sie sind wichtiger für die Emanzipation der Homosexuellen als beispielsweise so ein hoffnungslos angepaßter Normalo wie ich, der nie Ohrringe trägt und nie gefärbte und toupierte Haare.« Mark reagierte kleinlaut. »So hab' ich das noch nie gesehen«, maulte er. Remeur hatte ihm eine Rose mitgebracht – Mark hatte sie sofort in eine leere Sprudelflasche gestellt und sah sie immer wieder an, die Blume hatte für ihn etwas so Ausgefallenes, daß sie ihn glücklich machte – und eine große Flasche *Zino Davidoff*, Remeurs eigene Lieblingsmarke unter den Toilettenwassern. Er erzählte Mark, daß sein japanischer Freund Kyoshi alle Parfums »goodsmell-water« genannt hatte und gar nicht genug davon bekommen konnte. Er wußte, daß seine Kyoshi-Geschichten Mark immer am meisten amüsierten. So ein Kyoshi, der immer nur die teuersten Dinge gelten ließ, wäre er auch gern gewesen.

Nach dem Essen wurde es wieder lebhafter im Aufenthaltsraum. Es herrschte allerdings eine gereizte Stimmung. Auch Kleinigkeiten wurden zum Streit. Der »singende Transvestit« erschien beispielsweise in einem seidenen Morgenrock und wollte unbedingt einem Besucher sein Video zeigen. Mark bestand aber darauf, irgendcine dumme Fernsehsendung zu sehen, der er jedoch, nachdem er sich selbstverständlich durchgesetzt hatte und die beiden beleidigt abgegangen waren, keinen Blick schenkte.

Wie jeden Tag kam am Nachmittag seine Mutter zu Besuch. Sie war eine ungewöhnlich dicke Frau mit langen, locker fallenden, doch ungepflegt aussehenden Haaren. Jeden Nachmittag nahm sie eine neue Liste mit Wünschen von Mark auf, frische Erdbeeren etwa, Berge von Schokoladenriegeln, die Mark alle mit Namen bestimmte, gewaschene und gebügelte Pyjamas, T-Shirts. Den Nachmittag verbrachten sie mit Rauchen und Kartenspielen. »Sie ist etwas dick«, sagte Mark zu Remeur, als dieser sich verabschiedete, »sie war schon immer so dick«, sagte er, als müsse er sich für seine Mutter entschuldigen. »Sie hat ein schönes Gesicht«, sagte Remeur. Draußen atmete er tief durch und hätte am liebsten geweint, ging aber forsch wie immer in seiner tadellosen Herrenmanier durch den Park.

Noch einmal besuchte er Mark in der Klinik, genaugenommen, er versuchte ihn zu besuchen. Wie bei seinem ersten Besuch kam er unangemeldet, ging in den Aufenthaltsraum, den er nun schon kannte, aber Mark war nicht da. Nur Antonius saß griesgrämig in einer Ecke und starrte auf das Fernsehgerät. Es lief eine Folge der Endlosserie *Verbotene Liebe*. Der Raum lag verlassen. Man spürte, wie Mark mit seinem unablässigen Geplapper, das Zimmer menschlich gemacht hatte. »Sie wollen ja wahrscheinlich Marki besuchen«, grummelte Antonius – er benutzte die Zärtlichkeitsform fast gegen seinen Willen – »Marki liegt auf der Intensivstation.« Dann begann er, wie es seine Art war, mit der Schuldzuteilung. Mark habe die roten Pusteln an seinen Beinen zu wenig ernstgenommen. Er habe gegen den Rat der Ärzte zu wenig Mineralwasser getrunken, dafür jedoch hätte seine Schwester – »wissen Sie, die mit Marks Mutter Streit hat« – ihm eine Flasche Whisky mitgebracht, die die beiden getrunken hätten. »Stellen Sie sich das vor, eine ganze Flasche Whisky.« Und ein Freund von ihm – »wissen Sie, auch so ein Stricher«, sagte Antonius nicht ohne grimmiges Behagen – habe ihn vorgestern besucht und wahrscheinlich – »ich vermute«, sagte Antonius – Drogen mitgebracht. Vorige Nacht habe man Mark jedenfalls hier auf dem Sofa gefunden, besinnungslos. »Ein Kollaps«, sagte Antonius wichtig. »Was soll aus so einem Jungen nur werden?« jammerte Antonius in einem falschen Ton. Remeur verschwieg, daß er befürchte, aus dem Jungen werde gar nichts mehr. Er erkundigte sich im Gang bei einer Schwester, wo die Intensivstation sei, und begab sich auf den Weg dorthin.

Am Eingang mußte er einen Kittel überstreifen, umgekehrt, wie ein Zahnarzt. Mark liege im letzten Zimmer rechts am Ende des Ganges. Die Türen der

Zimmer auf beiden Seiten des Ganges standen offen. Remeur rückte noch seinen für ihn ungewohnten Kittel zurecht, als plötzlich das ganze Personal in eines der Zimmer stürmte und sich dort an einem Bett versammelte. Man hörte die Befehle und die rauschenden und zischenden Apparate, wie man dies aus den Krankenhausfilmen im Fernsehen kennt. Remeur wagte kaum, in die Zimmer hineinzusehen, obwohl sie sich keineswegs vor ihm verschlossen. Über dem Sterben liegt eine gewisse Schamlosigkeit, dachte Remeur irritiert, aber ein Leben lang daran gewöhnt, alle Situationen in formulierbare Gedanken zusammenzufassen. In allen Zimmern flimmerten hinter den Betten grüne und rote Lämpchen, zeigten Computerbildschirme unendliche Kolonnen unentwirrbarer Zahlen und Zeichen. Männer und Frauen lagen nebeneinander. Das Geschlecht spielte keine Rolle mehr. Das Sterben war hier anders, als Remeur es einmal beobachtet hatte, als ein von Jägern angeschossener Hund noch im Tode seinen Kopf nach einer vorüberlaufenden Hündin drehte.

Die meisten Patienten lagen fast nackt auf den harten Betten, die wie eine Fortsetzung der Apparate aussahen. Die Betreuung der Patienten besorgte ein ausgesprochen häßlicher junger Pfleger. Er hatte tiefe Narben im Gesicht, gescheiteltes Haar und trug eine dicke Brille. Aber er sprach laut mit den Kranken, von denen die meisten wohl für immer das Sprechen aufgegeben hatten. Wie ein Geist war er gleichzeitig in jedem Zimmer, so sah es aus, redete unbekümmert: »Nun, Frau Theobald, die Nacht war wohl wieder qualvoll«, dann notierte er mit einem abgebrochenen Bleistift ein paar Werte der

Apparate in eine dicke Kladde. »Sehr gut, Frau Theobald, der Blutdruck hat sich merklich gebessert.« – Remeur stand ratlos zwischen Gang und Krankenzimmer. Er spürte die saugende Anziehungskraft des Todes. Wie schal erschienen ihm seine einfältigen Geschichten vom Leben gegenüber dieser aufregenden Anthologie des Todes. »Zu wem wollen Sie?« fragte der Pfleger. »Zu Mark Wenders.« »Der arme Kerl liegt in Zimmer 43. Das ist das vorletzte auf der rechten Seite. Warten Sie, ich gehe mit Ihnen.«

Mark lag wie aufgebahrt auf dem Bett. Es war ein Einzelzimmer. Er trug knallbunte Boxershorts, sonst nichts. An den Armen, an den Füßen, an der Nase, überall waren Schnüre gelegt, die ihn mit der gewaltigen Apparatewand hinter ihm verbanden. Um den Hals war eine Manschette gebunden, die sein Gesicht hochhielt, daß sein Hinterkopf etwas abfallend auf einem Kissen lag. Es war eine äußerst unbequeme, doch ungemein würdige Haltung. Die Augen waren geschlossen. Er atmete röchelnd, was Remeur sofort daran erinnerte, daß Mark damals im *Olympia* im Schlaf auch solchermaßen geröchelt hatte. »Sie können ruhig mit ihm reden«, sagte der Pfleger, der Remeurs Verlegenheit bemerkt hatte. »Mark, du hast Besuch!« rief er, als sei Schwerhörigkeit das eigentliche Leiden Marks. »Mark, Herr Remeur ist hier! – Sind Sie ein Verwandter von Mark?« »Ich bin sein Freund. Sagen Sie ihm, Jean sei hier.« »Mark, hier ist dein Freund Jean. – Er wird Ihnen nicht antworten. Aber ich bin davon überzeugt, daß die Kranken alles hören.« Der Pfleger notierte auch hier wieder mit seinem Bleistiftstummel ein paar Zahlen in seine Kladde. »Ich lasse

Sie allein. Ich freue mich immer, wenn meine Kranken Besuch bekommen. Marks Mutter kommt jeden Tag. Sie bleibt aber vor der Tür der Intensivstation stehen und läßt sich von mir erzählen, wie es ihm geht. Sie hat Angst davor, ihn zu sehen. Marks Herzschlag ist übrigens heute wesentlich besser als gestern.«

Er ging und ließ den verwirrten Remeur mit Mark allein zurück. Wie abgemagert Mark war. Beinc und Arme waren nur noch Haut und Knochen. Auf der Brust zeichneten sich die Rippen ab. Er nahm Marks Hände in seine eigenen. Er erinnerte sich plötzlich, wie Mark im *Old Men* gewissenhaft verwichste Papiertaschentücher aufgesammelt hatte, aber seine Hände, das sah er jetzt erst, waren wunderschön. »Mark«, sagte er laut und wollte einen ähnlich geschäftlichen Ton anschlagen wie der Pfleger, aber es gelang ihm nicht. Er sagte nur noch einmal: »Mark.« Er näherte sich dem Gesicht und sprach etwas leiser: »Wenn du wieder gesund bist, gehen wir den feinen Anzug von Versace kaufen, den du dir immer gewünscht hast. Die Schuhe von Gucci, das Hemd von Lorenzini und die Krawatte von Hubert in Mailand. Als geborener Dandy mußt du dir die Namen merken. Die Namen sind wichtiger als die Sachen, wenn du Eindruck machen willst. Der dumme Antonius meint, du wärst hier, weil du deine Pusteln nicht richtig behandelt hättest. Aber mir machst du nichts vor, mein Lieber, du bist nur hier, weil du hier so schön aussiehst auf der Liege. So eitel dramatisch, wie nur du es sein kannst. Du willst mir angst machen. Ich kenne dich doch.« Man hörte allein das röchelnde Atmen von Mark, das leise Surren und Klicken der Apparate. Remeur hätte den Jungen gern umarmt und ohne jede Rücksicht auf etwaige Ansteckung geküßt. Aber damit hätte er alle Schnüre, Lebensschnüre vermutlich, durcheinandergebracht. Darum ließ er es. Er stand vor der Liege und flüsterte – so leise, daß auch ein Gesunder ihn kaum verstanden hätte – »ich wollte sagen, daß ich dich gern habe.« Dabei bemerkte er, daß Tränen über sein Gesicht liefen.

Er streichelte noch einmal Marks Hände und verließ darauf wortlos das Zimmer. Draußen vor dem Eingang zur Intensivstation stand tatsächlich Marks Mutter, wie der Pfleger es gesagt hatte. Sie verfolgte gierig mit den Augen jeden, der die Station verließ, als könne dieser ihr Nachricht geben über ihren Sohn. Remeur, der vorher nie mit ihr gesprochen hatte, sagte: »Sein Herzschlag soll heute viel besser sein als gestern.«

Remeur ging etwas schwankend durch den Park der Klinik. Er setzte sich auf die nächste Bank und versuchte zum ersten Mal in seinem Leben das Antitränenrezept von Frau Lehnig. Frau Lehnig war seine erste Lehrerin, die ihn Lesen und Schreiben gelehrt hatte, privat, unmittelbar nach dem Zweiten Weltkrieg, als die Schulen noch geschlossen hatten. Weil ihr Mann immer noch nicht aus Kriegsgefangenschaft zurück war, weinte sie zwischendurch immer wieder ein wenig. Damit das außerhalb des Zimmers keiner sah, vor allem ihre alte Mutter nicht, wandte sie eben jenes Rezept an, das Remeur als Sechsjähriger gelehrig beobachtete: Man legt ein mit kaltem Wasser befeuchtetes Tuch auf die Augen; dann tupft man die Feuchtigkeit mit einem weichen Tuch vorsichtig ab. Auf der Parkbank versuchte Remeur das Verfahren mit zwei Papiertaschentüchern. Das eine hatte er im Vogelbrunnen befeuchtet, danach betupfte er mit dem trockenen Tuch seine Augen.

Entschlossen erhob er sich und ging, Grandseigneur wie eh und je, durch den Park. Er sah sich Blumen und Bäume an. Im *Olympia* wurde er nie wieder gesehen.

Im Zimmer 415 lief inzwischen Beethovens Violinkonzert und fand kein Ende. Beide Patienten hatten das Essen stehengelassen. Die Nachtschwester räumte es kopfschüttelnd weg. Beide Patienten schliefen.

Drittes Kapitel

Himmelgeist

Am Sonntag bekam Herr Mellenthin Besuch. Ein etwa zwanzigjähriges Mädchen stellte er als seine Tochter vor, einen etwa zwanzigjährigen Jungen, der sich im Krankenhaus offensichtlich unwohl fühlte, als deren Freund. Eine kleine, zur Korpulenz neigende Frau, Frau Weidenfels, schien eine entfernte Freundin zu sein. Herr Mellenthin behandelte seine Besucher ziemlich brummig, so daß sie schon bald wieder gingen, einerseits mit dem Gefühl, ein Werk der Barmherzigkeit vollbracht zu haben, andererseits mit der Sicherheit, Herrn Mellenthin nicht allzu lange belästigt zu haben. Immerhin hatten die Besucher, ohne es zu wissen, ein erstes persönliches Gespräch zwischen den beiden Patienten vermittelt, indem diese nämlich am Abend, kichernd wie junge Mädchen, eine Liste unverschämter Mitbringsel für Kranke zusammenstellten. Auf der Liste standen am Ende: Pralinen für Zuckerkranke; Blumensträuße, die in keine Vase passen; Rasierwasser aus dem Sonderangebot der Drogeriekette; Pyjamas, die drei Nummern zu groß sind; Fachzeitschriften, die halbwegs Gesunde sofort wegwerfen; Champagner für Leberkranke. Herr Mellenthin übertrumpfte alles mit einem »geschmackvoll gebundenen kleinen Band« *Aphorismen im Krankenbett.*

Sie hatten laut gelacht. Schwester Gisela kam herein, schüttelte ihre Kissen auf, maß Fieber, Puls und Blutdruck und sagte: »So ein Besuch hebt doch gleich die Laune.« Er, der Patient am Fenster, sah melancholisch durch die Balkontür auf die Pagode von Kanton. Ihm war aufgefallen, daß Herr Mellenthin plötzlich ein blaßblaues Nachthemd trug, nicht mehr das blaßgrüne, während er selbst feine weiße Schlafanzüge bevorzugte, wie Jean Remeur sie wohl auch getragen hätte. In die Stille hinein sagte er schüchtern, ängstlich fast, als dürfe man so etwas nicht aussprechen, und er sagte es nur, weil er es sagen müsse: »Erzählen Sie weiter, Herr Mellenthin.«

Remeur überlegte später oft, wer ihm damals von Himmelgeist erzählt hatte. Er war mit seinen Eltern umgezogen in die Düsseldorfer Gegend, und er fühlte sich dort so fremd, wie Stadt und Land ihm immer geblieben sind. Er arbeitete in dem Geschäft seines Vaters. Exakt müßte es heißen: er tat so, als arbeite er dort. In Wirklichkeit wanderte er umher, dachte nach, bedauerte, daß er die Schule leichtfertig aufgegeben hatte, und erklärte, er wolle das Abitur als Externer nachholen. Seine gutgläubigen Eltern nahmen die Idee sogar ernst. »Über meinem Leben stand eine erschreckende Einsamkeit«, sagte er später pathetisch. In diesen Ton verfiel er immer, wenn er von sich erzählte. Wer ihn nicht kannte, mußte glauben, daß seine eigenen Geschichten ihn selbst am meisten rührten.

Über die Details seiner jugendlichen Existenz war nie Genaueres zu erfahren. Unklar blieb beispielsweise immer die Sache mit dem Abitur. Hatte er es nun nachgeholt? Oder war es bei der »Idee«, wie er sagte, geblieben? Hatte er studiert? Und was? Selbst die Natur des väterlichen Geschäftes blieb verschwommen. Es wechselte in den Reden vom Restaurant zum Getränkegroßhandel. Er liebte jede Art von Mystifikation, am meisten die um seine Herkunft, die er stets als etwas halbseiden darstellte. Remeur war vor allem ein begnadeter Schwadroneur. Immer sammelte sich um ihn ein Kreis andächtiger Zuhörer, obwohl die Geschichten, die er erzählte, fast immer dieselben waren. Die Himmelgeister Geschichte stand vornan. Immer erzählte er sie mit kleinen Variationen, neuen Ausschmückungen und Abschweifungen. Dennoch blieb es den Zuhörern meist verborgen, warum er sie so über alle Maßen wichtig nahm.

Himmelgeist ist ein südlicher Vorort von Düsseldorf. Am Rhein gelegen, ungefähr gegenüber dem kleinen, mittelalterlichen Zons, von Düsseldorf aus gesehen, die letzte Station vor Benrath – das Benrather Schloß, die Benrather Sprachlinie. Der junge Remeur war allerdings weder aus kunsthistorischen noch linguistischen Motiven heraus nach Benrath gepilgert. Er hatte vielmehr gehört, ein mehr geflüstertes Gerücht, daß sich am Rhein, irgendwo in einem Wäldchen zwischen Benrath und Himmelgeist, die Homosexuellen treffen.

Daß ich schwul bin, war mir immer klar, solange ich denken kann, sagte er. Auch als ich es noch nicht benennen konnte, habe ich es trotzdem geahnt. Ich erinnere mich an eine Szene, die ich im Alter von sechs, sieben Jahren erlebte. Ich war mit ein paar Jungen aus der Nachbarschaft zum Schwimmen an die Mosel gegangen. Wir wohnten damals in Trier. Ich habe in der Mosel schwimmen gelernt. Der Fluß war klar und sauber. Man konnte bis auf den Grund sehen, Steine und Muscheln. Wenn man Glück hatte, fand man dann und wann eine römische Münze. Ich war noch im Wasser, als ich plötzlich sah, wie meine Freunde einen Sandhügel hochrobbten und betont still waren. Letzteres fiel mir vor allem auf, weil sie sonst laut herumkrähten. Ich ging ihnen nach; sie sahen mich bedeutungsvoll an, ich solle nur ja still sein, »psst!«. Auf der anderen Seite des Hügelchens zogen sich ein paar Mädchen um, zogen ihre nassen Badesachen aus und ihre trockenen Alltagskleider wieder an. Es war ein freizügiges Theater, das sie uns vorspielten. Ich war mir ziemlich sicher, daß sie von unseren Logenplätzen wußten. Meine Freunde waren nicht nur still, sie waren ernst und andächtig geworden. Das große, ernste Unbekannte ließ ihren vorlauten Witz verstummen. Später war Zeit für Witze. Das gehörte zum männlichen Komment. Aber im Moment des Erlebnisses bebten sie – vor Lebensangst, darf man vermutlich sagen. Ich erinnere mich noch heute ihrer Gesichter, weil ich mehr sie, meine Freunde, als die Mädchen beobachtete. Ich war in doppelter Hinsicht verblüfft: Zum einen, daß die nackten Mädchen, sie, meine Kameraden, so erschütterten, zum anderen, daß das Erlebnis mich selbst so unberührt ließ, so völlig an mir vorüberging. Schon damals erinnerte ich mich blitzartig, wie gierig ich dahinterher war, die Jungen, meine Freunde eben, oder auch Ältere beim Aus- und Anziehen zu beobachten und sie nackt zu sehen. Die Situation war mir also keineswegs fremd. Aber die Mädchen waren mir zu glatt, zu fremd, sie interessierten mich nicht. Was ich in den Augen meiner Freunde sah, rechnete ich mir aus, war wohl die Begierde. (Für meine eigene Geilheit wußte ich edlere Namen.) Und derlei Begierde war unanständig, unkeusch, unschamhaft, Sünde. Den Sündenbegriff fand ich in diesem Falle äußerst praktisch: Er war eine Generalabsolution für meine Nichtbegierde. Das blieb so während meiner ganzen Kindheit und frühen Jugend. Nur ich selbst wußte, wie verlogen die Heiligkeit meines Rufes war. Später, in Himmelgeist zum Beispiel, aber auch schon in Trier – die Geschichte gehört nicht hierher –, brach der Konflikt auf wie ein eiterndes Geschwür.

Als Kind und als Jugendlicher wußte ich von all den diesbezüglichen, komplizierten Zusammenhängen natürlich nichts. Ich ahnte nur dunkel, daß ich etwas anderes suchte als meine Freunde, wobei sich das »andere« keineswegs auf das Sexuelle beschränkte. Ich suchte grundsätzlich etwas anderes, und ich war stolz darauf. Zumindest in diesem Punkt verlief meine Bewußtwerdung als Schwuler etwas anders als in den meisten einschlägigen Schilderungen: Es hat mich nie gestört. Ich fühlte mich weder ausgeschlossen noch diskriminiert, auch nicht mit einem bösen Mal gezeichnet. Ich fand mich eher ausgezeichnet und hervorgehoben: Ich hatte mein Schicksal selbst gewählt, dachte ich, obwohl das nur die halbe Wahrheit war.

Das Bild, das mich um diese Zeit regelmäßig zum Masturbieren anregte, war in meinem Geschichtsbuch die Abbildung *Der sterbende Gallier und sein Weib* – aus den Kapitolinischen Museen, glaube ich. Das Weib hätte ich am liebsten abgedeckt. Aber der hinsinkende nackte Gallier aus weißem Marmor, die Pracht seiner Glieder, das Muskelspiel auf seinem straffen Leib, er war unvorstellbar schön, daß mir die Tränen kamen, wenn ich das Bild sah. Später, viel später hat nur der Barberinische Faun in der Münchener Glyptothek mich noch einmal ähnlich aufgeregt, daß ich mit offenem Mund davor stand und am liebsten vor der Erkenntnis solcher Schönheit auf die Knie gesunken wäre. Mir wurde die alttestamentarische Wendung klar: Ich erkannte ihn.

So wählerisch war ich nicht immer. Sex ist allenfalls komisch für den, der ihn beobachtet, nicht für den, der daran betciligt ist, für den jugendlichen Eleven schon gar nicht. Aber gelitten, wenn man das so nennen darf, gelitten unter meiner Homosexualität habe ich allein deshalb, weil ich so einsam war, zumal ich nicht wußte, daß die heterosexuellen Jungs in ihrer Pubertät mindestens ebenso einsam und unsicher waren wie ich. Sie konnten immerhin darüber reden, ich aber mußte darüber schweigen. (Zu allem anderen kam damals noch hinzu, daß der unselige Paragraph zu dieser Zeit noch voll wirksam war und auch angewendet wurde, so daß man schweigen mußte, ob man wollte oder nicht.) Wie sah ich aus? Wie wirkte ich auf die anderen? Ich hätte es gern gewußt. Vielleicht bin ich schwul, weil ich nicht schön bin, die Homosexualität als Ersatz für andere, höhere Weihen, derer ich nicht für würdig befunden wurde. Zweiflerische Gedanken verstörten mich zuweilen. Ich mußte darüber nachdenken, Tag und Nacht. In Wirklichkeit war ich ein süßer, hübscher, kleiner Bacchus mit genießerisch dicken Lippen, der sich mit Lust auch von der häßlichsten und ältesten Schwuchtel hätte verführen lassen. Ich hätte ihn auch gern selbst verführt, wenn ich nur gewußt hätte, wie man das anstellt. Ich kam mir mutterseelenallein auf der Welt vor. Daher war Himmelgeist für mich so wichtig.

Ich war mit dem Bus nach Benrath gefahren, eine lange Tour. Ich hatte sogar das Schloß besichtigt, obwohl ich anderes im Sinn hatte. Es war ein brütend heißer Frühsommertag. Das, was ich suchte, mußte am Rhein sein. So ging ich zum Ufer und begann meine Wanderung. Es wurde ein langer Weg. Damals kannte ich mich wohl noch nicht so genau; heute weiß ich, aufgegeben hätte ich die Suche nie.

Zuerst verlief der Uferweg durch einen gepflegten Park. Dann wurde die Landschaft etwas wilder. Stranddisteln und großblättriger Sauerampfer wuchsen im Gebüsch. Das Wasser, der Fluß, damals noch nicht gar so verschmutzt, mit dem typisch fauligen Geruch des Sommers. Zuweilen tuckerte ein Lastkahn flußauf oder flußab. Ein hügeliger, ziemlich schmutziger Sandstrand, mit zauberhaften Mulden allerdings, ein dichter Gebüschstreifen und dahinter ein schmales, manchmal auch breiter werdendes Waldstück, das die Uferpartie von den Gemüse- und Rübenfeldern trennte. (Da die meisten Bauern hier Weißkohl anpflanzten, der später zu Sauerkraut verarbeitet wird, Kappes, wie man hierzulande sagt, nannte man die Bauern Kappes-Bauern.) Die Aufteilung des Ufers – Strand, Wald, Felder – setzte sich so fast bis zur Düsseldorfer Innenstadt fort, wo der hügelige Sandstrand später durch eine immer breiter werdende Wiese ersetzt wurde.

Trotzdem war der Spaziergang konsequent am Ufer entlang komplizierter, als man auf den ersten Blick glaubte. Denn immer wieder wurde der Weg durch Wasserläufe unterbrochen, flache, schmale Rinnsale, breitere, über die man auf Steinen balancierte, aber auch regelrechte Bächlein, so tief, daß man nicht einmal hindurchwaten konnte, sondern kilometerlange Umwege in Kauf nehmen mußte, um sie auf einer Brücke landeinwärts zu überwinden.

Wenn ich mich richtig erinnere, war es am Flußkilometer 669. Später kannte ich die Betontafel mit der Zahl, wußte, daß man hier, von Himmelgeist kommend – was der weitaus nähere Weg war – durch die Felder zum Fluß abbiegen mußte, um in den Zauberwald zu kommen. Auf der gegenüberliegenden Seite des Rheins, auf der Zonser Seite also, war eine graubeige, mit Staub überpuderte Fabrik, ein Zementwerk vielleicht, deren lautes Mahlwerk ständig im Wald zu hören war. Dieses Knirschen, Krachen, Zischen, Dröhnen war die unendliche Hintergrundmusik. Ich war am Ziel.

Durch das Unterholz schlichen Männer jeden Alters mit erstaunlicher Gewandtheit. Ich beobachtete einen, der still, getarnt, gleichsam zum Blattwerk erstarrt, in einer Art Laube stand und seinerseits einen anderen Mann beobachtete, den ich aber nicht sehen konnte. Es war klar, was hier los war, und es war gleichzeitig auch unklar. Statt Badehosen trugen hier fast alle Männer Unterhosen, die aber am Bauch nieder- und an den Beinansätzen hochgerollt waren, was ihnen ein martialisches Aussehen verlieh; die Himmelgeister Mode dieser frühen Saison. Es sah geil aus. Man ging ruhelos umher, hatte immer einen anderen im Blick. Man überholte sich oder ging aneinander vorbei, blieb stehen, sah auf den Fluß, wo Schiffe fuhren, oder auf die gegenüberliegende Seite, von wo die Fabrik gleichmäßig tönte. Man faßte sich zwischen die Beine und beobachtete den anderen, ob und wie er die eindeutige Geste erwidere. Ich beobachtete das zum ersten Mal in meinem Leben, diesen Tanz aller Tänze.

Ich hatte das Spiel sofort verstanden. Meine Jugend – ich war zweifellos der jüngste am Platze – wirkte sensationell. Ich ging aufrecht über den Weg unter den Bäumen und bemerkte plötzlich, daß eine ganze Schar geiler Männer mir folgte, Augen fast hinter jedem Baum. Es war reizvoll und begann mir doch auch ungemütlich zu werden: Wie sollte ich je wieder herausfinden aus diesem Irrgarten?

Als ich einmal den Wald verließ, näher an den Fluß ging, entdeckte ich hinter einem größeren Stein in einer raffiniert ausgesuchten Sandmulde den zweifellos hübschesten und nächst mir jüngsten Jungen an diesem Tag am Strand. Er war nur wenig älter als ich. Aber er kam mir unendlich viel schöner vor, und, vor allem, schien er mir bestimmt erfahrener. Sein blondes Haar war von der Sonne gebleicht. Er war der einzige Mensch, den ich an diesem Tag nackt sah. Die Unbekümmertheit beeindruckte mich. Mir gefiel überhaupt alles an ihm. Er lag mit dem Kopf nach hinten mit halbgeschlossenen Augen in der Sonne, die gespreizten Beine hoch auf den Stein gelegt. Von der Mitte seiner Lenden zog sich eine feine Spur blonder Härchen den Bauch herauf. Selbstvergessen spielte er mit seinem gewaltigen, erigierten Glied. An dem Getanze ringsum beteiligte er sich nicht; es schien ihm völlig gleichgültig zu sein. Es schien so. Denn als ich an ihm vorbeiging und kurz darauf hinter einem Felsen stehen blieb, um zu sehen, wie er sich verhalte, stand er sofort auf. Auch er trug jetzt die obligate Unterhose; seine war weiß wie Zitroneneis, und außerdem war sie hoffnungslos zu schmal für seinen aufrecht stehenden Penis, dessen rotgeriebener Kopf wie ein Signal oben herauslugte. Er sah sich um, folgte mir langsam. Ich ging weiter, lockte ihn in ein Gebüsch. Er kam mir nach, stellte sich nah neben mich, daß ich das brisante Gemisch aus dick aufgetragenem Sonnenöl und Schweiß roch, den Bocksgeruch. Er streichelte meine Lippen, eine Geste, die mich von da an ein Leben lang wild vor Geilheit machen sollte. Ich streichelte seinen Schwanz, »groß«, sagte ich. »Wenn man so etwas sieht«, sagte er und zeigte auf meinen nicht weniger erigierten Schwanz. In dem Moment knisterte es, rechts und links, Äste krachten vom Drauftreten. »Es ist schrecklich, diese geilen Böcke hier«, sagte er. »Schrecklich«, bestätigte ich, obwohl ich ahnte, daß die geilen Böcke sich von mir weniger unterschieden, als mir lieb war, oder daß es mir zumindest beschieden war, bald einer der geilen Böcke zu werden. »Komm mit zu mir auf meine Decke«, sagte er, »vorn am Wasser, hinter meinem Stein. Die suchen immer nur hier im Gebüsch. Ich geh' zuerst. Du kommst fünf Minuten später nach.« Sagte es und balancierte mit nackten Füßen und in seinem aufregend schmalen, weißen Slip zu seinem verborgenen Nest.

Ich hatte Herzklopfen. Und ich war glücklich. Zum ersten Mal – abgesehen von der Trierer Episode, die nicht hierher gehört – hatte ich einen Freund, der, so sah es aus, alles wußte, was ich wissen wollte, alles wollte, was ich auch wollte. Dabei war er so schön, daß mir vor Seligkeit taumelig wurde. Ich war also doch nicht allein. Die Einsamkeit hatte ich mir nur eingebildet. Ihm, dem blonden

Schönen, da war ich sicher, hätte alle Seligkeit der Welt offengestanden, aber er hatte ausgerechnet mich ausgesucht. Eine Welle von zufriedener Selbstsicherheit erfaßte mich. Ich ging sofort ein auf den Plan des Schönen. Ich beobachtete, wie er zurückhuschte zu seinem Stein und dahinter verschwand. Hinter dem Stein lag mein Glück. Ich mußte jetzt nur noch die »geilen Böcke« abschütteln, sie in die Irre führen, sie ablenken von meiner Beute, von meinem nach Bock riechenden Fleisch. Ich mußte sie täuschen.

Vielleicht sollte ich einen anderen anlocken zum Schein, ihn vorausgehen lassen, dann selbst hinter ihm verschwinden zu »unserem« Stein. Für das Manöver hatte ich auch schon einen ausgesucht, einen relativ jungen, langen, dünnen, dunkelhaarigen, der mir vor allem durch sein nervöses Gezappel aufgefallen war. Er war überall und nirgends. Er stand drei, vier Schritte vor mir, beobachtete mich. Ich griff mir zwischen die Beine, wie ich es bei anderen gesehen hatte, schob die Hose herunter, spreizte die Beine, ich reckte meinen Schwanz wie eine Fahnenstange nach vorne. Er sah mir mit weiten Augen zu. Er verstand meinen Antrag. Er winkte mir zu und ging voraus. Kaum hatte er sich umgedreht, lief ich zu »unserem« Stein und verschwand dahinter.

Der Blonde hatte inzwischen die Hose wieder ausgezogen. »Wenn ich einen Steifen habe«, erklärte er mir feierlich, »vertrage ich keine Hose«, als eröffne er mir damit eine erstaunliche Lebensweisheit. Nichts fand ich einleuchtender; ich zog auch meine Hose aus. Wir kuschelten uns auf seinem schmalen Handtuch aneinander. Drüben mahlte lärmend die Fabrik. Es war wunderschön. Das Buch, in dem der

Blonde vorher gelesen hatte, es handelte von mathematischen Formeln – offensichtlich war er Student – lag unbeachtet und aufgeschlagen im Sand. Ich atmete die Duftmischung seines Körpers tief ein. Später sagte ich es frivol: Ich bin für den Freilandsex geboren – und dachte dann immer an den heißen Nachmittag von Himmelgeist.

Wir lagen vorwärts und rückwärts über- und untereinander. Ich nahm seinen Schwanz in den Mund, leckte ihn ab wie ein Eis am Stiel. Unter den Hoden die haarige Ritze habe ich mit der Zunge abgeschmeckt, während wir uns beidc gleichzeitig die volle Ladung eines den ganzen Nachmittag zurückgehaltenen Spermas ins Gesicht spritzten, über die Stirn, in die Augen. Es war alles verschmiert, tropfte dickflüssig den Hals herunter, über die Brust, den Bauch, den Schwanz, die Oberschenkel, als handle es sich um ein besonders kostbares Sonnenöl, ein Geheimrezept. Es schmeckte und duftete nach Austern, was ich allerdings erst viele Jahre später herausbekam. Wir sagten beide kein Wort mehr. Ich stand schwankend auf. Ich zog meine Unterhose wieder an, um das Versteck mit meinen übrigen Kleidern zu suchen.

Draußen vor dem Stein stellte sich mir sofort der andere Junge, den ich in die Irre geführt hatte, der lange, dünne, dunkelhaarige in den Weg. Er war wütend. Ich sah, daß er mich haßte. »Ich habe gesehen, was du gemacht hast«, sagte er tantenhaft. »Ich kenn' dich doch. Ihr wohnt seit kurzem in der Brentanostraße. Meine Freundin wohnt gegenüber.« Alles, was er sagte, war richtig. Jetzt erinnerte ich mich tatsächlich, ihn schon einmal irgendwo gesehen zu haben. »Ich muß deinem Vater sagen, was du hier treibst.« Ich war starr vor Angst. Ich ging zu meinen Kleidern, zog mich flatternd an. Auf den Gedanken, daß ich meinerseits doch auch der Freundin erzählen könne, was er hier treibe, auf eine so naheliegende Entgegnung bin ich nicht gekommen. Ich hatte nur Angst. Ich fühlte mich ertappt, gestellt, erpreßt, so glaubte ich damals. Ich rannte durch den Wald, stolperte, fiel hin, kratzte mir die Beine auf, lief über die Rübenfelder zur Bushaltestelle von Himmelgeist. Mein Atem ging keuchend. Ich rieb mir vor Nervosität die Hände aneinander, eine verrückte Angewohnheit, die ich damals zum ersten Mal an mir bemerkte: Wenn ich nervös bin, reibe ich mir die Hände, bis sie wund sind. Lächerlich. Es war wirklich zum Lachen. Mein Gott, was hatte ich schon Böses getan. Ich hatte eine Ahnung von Glück und Liebe erfahren. Aber im Bus auf dem Weg nach Hause glaubte ich, alle Leute würden mir ansehen, wo ich herkomme – aus dem Zauberwald von Himmelgeist, wo ich dem Leibhaftigen begegnet war: Er war lang, dünn, dunkelhaarig, jung und hatte ausgerechnet in unserer Straße eine Freundin.

Es passierte zunächst gar nichts. Die »Freundin« von gegenüber sah ich einige Male. Ich ging ihr aus dem Weg. Den langen, dünnen, schwarzhaarigen Freund, vor dem ich Angst hatte, sah ich nie. Der Sommer ging vorbei. Ich traute mich nicht mehr nach Himmelgeist, obwohl es mich mächtig dorthin zog. Auch im Herbst gab es noch ein paar warme, fast heiße Tage. Eines Morgens plötzlich fiel mein Blick auf einen ziemlich groß aufgemachten Artikel in der Lokalzeitung: »Mord in Himmelgeist. In einem Waldstück am Ufer wurde die verstümmelte

Leiche eines jungen Mannes gefunden. Der siebenundzwanzigjährige Mann, Bertolt Klebowski, war seinen Nachbarn in Oberbilk wegen zahlreicher Männerbekanntschaften aufgefallen. Die Polizei nimmt an, daß der Mörder aus Homosexuellenkreisen stammt.« Auf einem Foto des nun toten Bertolt Klebowski sah ich meinen Feind wieder, den Leibhaftigen, lang, dünn, dunkelhaarig. Ich erschrak über mich, weil ich, Gott soll mich strafen, nur Befriedigung empfand – obwohl ich schon wußte oder ahnte, daß die einschlägigen Formulierungen, »Männerbekanntschaften«, »Homosexuellenkreise«, mich mein Leben lang begleiten würden und am Ende, wer will es wissen, auch meinen Tod kommentieren würden.

Für dieses Jahr war die Himmelgeister Saison sowieso vorbei. Ich verlor die Geschichte aus den Augen, aus dem Gedächtnis, verdrängte sie wohl auch. Im nächsten Jahr erst, als um Pfingsten die ersten warme Tage den Sommer ankündigten, saß ich eines Nachmittags wieder im Bus nach Himmelgeist. Benrath, das wußte ich jetzt, war ein Umweg. Vor mich hinpfeifend und bester Laune ging ich zum Stromkilometer 669 über den Feldweg, bog dann ab zum Ufer und ging sofort zu »unserem« Stein. Aber ich blieb allein dort an diesem Tag. Den ganzen Sommer über hatte ich die herrliche Sandmulde für mich allein. Den schönen Blonden habe ich nie wieder gesehen.

Viertes Kapitel

Norderney

»Wenn man uns zuhört«, sagte Herr Mellenthin, »wird man uns für eine Kopie der beiden Alten aus der Muppet-Show halten.« »Aber uns hört doch keiner zu«, sagte der am Fenster mit schwacher Stimme. Es ging ihm nicht gut. »Weiß man's«, sagte Herr Mellenthin, »Schwester Gisela bezieht jeden Abend einen Lauschposten.« »Außerdem sind Sie doch gar nicht so alt. Wenn ich mir zum Beispiel Ihren schrägen Haarschnitt ansehe.« »Bemerkungen über meinen schrägen Haarschnitt betrachte ich als Drohung«, sagte Herr Mellenthin, »ich erzähle freiwillig weiter.«

Die fatale Neigung Remeurs zu intimen Bekenntnissen konnte in seinen späten Jahren schockierend sein. Ich hatte ihn im Verdacht, er wollte vor allem sicherstellen, daß man ihm zuhörte. Das schaffte er spielend. Er hatte kein Gefühl für Peinlichkeiten.

Einen Tag vor unserem Zusammentreffen im Café *Flore* waren ihm sechs Vorderzähne des Unterkiefers gezogen worden. »Das Gebiß ist *in preparazione*«, sagte er auf gravitätische Weise, laut zischend, daß rechts und links seines zahnlosen Mundes Speichelfontänen spritzten. Wenn er den Mund öffnete für sein merkwürdig meckerndes Lachen, an dem man ihn früher auf jeder Party, noch bevor man ihn sah, erkannt hatte, konnte man die vom Blut schwarzen, zu Schleifen gebundenen Fäden sehen, mit denen die Wunden seines Zahnfleischs genäht worden waren. Weiter vorn standen die Fadenenden ab, nach hinten schlängelten sie sich, als habe er ein Nest junger Schlangen im Mund, Natterngezücht. Ich sah ihm an, daß er den Schrecken genoß, den sein Aussehen hervorrief. Nie hatte er vorher seinen Mund so demonstrativ offengelassen. Nun erinnerte er mit seinem offenen Maul an einen Fisch auf dem Trockenen, der nach Luft schnappt. Vielleicht schnappte er wirklich nach Luft. Vielleicht ließ er den Mund so weit offenstehen, weil die Fäden ihn störten. Es ging ihm nicht gut. Doch das kam uns allen, die wir ihn kannten, erst viel später in den Sinn. Vorerst bemerkten wir nur: Er will auch daran seinen Spaß haben.

»Habe ich Ihnen eigentlich schon einmal die Geschichte von meinem ersten Fick erzählt?« fragte er zischend, speichelspritzend, laut, lauter als mit seiner gewöhnlichen, auf keinen Nachbarn Rücksicht nehmenden Stimme. An ein paar Tischen auf der Terrasse des *Flore* verstummte die Unterhaltung. Man sah sich diskret um nach unserem Tisch. Obwohl wir deutsch sprachen, oder vielleicht gerade weil wir deutsch sprachen. Verstanden hatte bestimmt jeder, was gemeint war.

Wärend sich Remeur zur Ouvertüre – ich wußte, daß er in seinem Erzähldrang nicht mehr zu bremsen war – mit dem Kellner in eine umständliche Diskussion einließ über die widerliche Waldmeisterlimonade, die er für sein Leben gern trank, vermutlich wegen der Farbe, die es aber im *Flore* nicht gab, obwohl er fast ein Leben lang, so kommt es mir heute vor, ein Leben lang Tag für Tag danach gefragt hatte. Während also Remeur mit dem gutmütigen, an allerlei Spleens seiner Gäste gewöhnten Kellner sein absolutes Lieblingsthema erörterte, die grüne Limonade, *l'aspérule ou le petit muguet*, erinnerte ich mich, daß Zahnprobleme ihn schon einmal zum Geschichtenerzählen angeregt hatten. Damals, es mochte drei, vier Jahre her sein, wurde er am Ende melancholisch, fast todtraurig. »Eines Morgens«, sagte er, »wurde ich wach; ich hatte einen furchtbaren Geschmack im Mund. Ich ging ins Badezimmer und stellte fest, mein Mund war voll Blut. Das Blut war mir in der Nacht aus dem Mund getropft. Das Gesicht war verschmiert mit Blut. Das Kissen, das Laken, die Bettdecke, überall Blut. Wie sollte ich das dem Jungen klar machen? Es hat seitdem nicht mehr aufgehört zu bluten.«

Er war so ungewohnt niedergeschlagen, daß man wußte, auch ohne es von ihm selbst zu hören, er war plötzlich alt geworden. Krankheiten vorher, auch schwere, ernste, damit hatte er umgehen können. Er zelebrierte sie geradezu. Nie wieder habe ich einen Menschen getroffen, der so gern krank war wie dieser durchtriebene Faun, an dem alles falsch war, selbst der Name. Der allmähliche Verlust der Zähne aber, dafür war der blutende Mund ein Signal, warf ihn um. Daß er immer den abgestanden Blutgeschmack auf der Zunge spürte, verlieh ihm zum ersten Mal einen Zug von Bitterkeit. Seine Geschichten wurden zynisch. »Ich bring' das nicht fertig«, sagte er einmal, »am Abend mit einem Jungen einzuschlafen, bis der am Morgen wach wird und sieht, wie mir das Blut wie Geifer aus dem Maul tropft.«

Nachdem das Problem der grünen Limonade endlich geklärt war, es gab natürlich keine, Remeur hatte Lindenblütentee bestellt, sah er mich an, öffnete weit sein Schlangenmaul, es sollte wohl eine Geste des Nachdenkens sein, und begann unvermittelt und laut, krächzend, fast brüllend, mit seiner Erzählung.

»Ich war verliebt in den Nachbarsjungen. Er war der Sohn des Bäckers. Norbert. Meine erste Liebe. Wir haben uns nie berührt. Wir haben nur ein paar Mal miteinander gesprochen; einmal, heimlich, eine ganze Nacht hindurch. Das war fast schon der Höhepunkt unserer Liebe. Es war verrückt und wunderbar. Ich will nicht sagen, daß es eine unschuldige Liebe war. Ich wäre schon gern schuldig geworden. Rein und heilig nenne ich die Liebe deshalb, weil ich in ihr den Sinn meines Lebens zu erkennen glaubte.

Wir wohnten in einem Eckhaus; er auf der Straßenseite daneben. Sein Zimmer lag jedoch im Hinterhaus über der Backstube, so daß ich von meinem Zimmer aus in seines sehen konnte. Wir waren erst seit kurzem dort eingezogen. Er war wohl zwei, drei Jahre älter als ich. Er war Lehrjunge in der Bäckerei seines Vaters, zumindest arbeitete er dort mit. So trug er am frühen Morgen zum Beispiel die Brötchen aus; das gab es damals noch. Für Bäckerjungen hatte ich zeitlebens eine besondere Sympathie. Bäckerjungen sehen so lieb und appetitlich aus, und sie riechen so lecker. Norbert, glaube ich, stand jeden Morgen um fünf oder sechs Uhr auf. Können Sie sich vorstellen, daß ich damals auch jeden Morgen um fünf oder sechs Uhr aufstand? Ich stand am Fenster und spähte in sein Zimmer.«

Remeur nippte an seinem Tee, hielt dann aber die Hand vor den Mund, weil er plötzlich bemerkt hatte, daß er wegen der fehlenden Zähne auch nicht richtig trinken konnte. An seinem Kinn tropfte etwas von dem grün-gelben Lindenblütentee entlang auf seine teure Cashmere-Hose, die er sich darauf zornig ansah. Er sperrte wieder sein Schlangenmaul auf und erzählte weiter.

»Ich bin sogar auf einen Stuhl geklettert, um besser in sein Zimmer hineinsehen zu können. Der Stuhl wurde mein Verhängnis. Oder auch mein Glück. Ich weiß es nicht. Ich muß Ihnen die Situation beschreiben. Norbert hatte unheimlich viele Freunde. Er war Mitglied in einem Akkordeonverein, das war damals gerade in Mode. Er konnte hinreißend spielen, Schlager, Volkslieder, aber auch Klassisches. Er war ein Virtuose auf dem Schifferklavier, ein Wunderknabe, so schien es mir, und so schien es allen. Alle liebten ihn – zu meiner Qual. Ich verstand, daß alle ihn liebten. Aber ich verzweifelte daran.

Mich liebte keiner. Ich hatte keine Freunde. Ich konnte nicht Akkordeon spielen. Das einzige, das ich ins Feld führen konnte: Ich machte mir Gedanken, und manchmal gelang es mir, teuflisch gut zu reden. Ich redete anders als die anderen. Das immerhin war mir mit meinen lächerlichen fünfzehn oder sechzehn Jahren schon klar geworden: Wenn ich gewinnen will, muß ich anders sein. Das andere, das ganz andere nannte ich: Ich muß ICH sein. Mit dem Training habe ich damals begonnen.

Es war eine schwere Zeit für mich. Seit unserem

Umzug war ich nicht mehr in der Schule. Ich hatte keine Lust mehr. Offiziell arbeitete ich in der kleinen Gaststätte meiner Eltern. In Wirklichkeit habe ich nicht viel getan. Ich bemühte mich darum, als Externer das Abitur nachzuholen. Das war die offizielle Lesart. Vor allem habe ich viel gelesen. Ich lebte in einer merkwürdigen Zwischenwelt von erwachsener Vernunft und kindlicher Einsamkeit. Ich war homosexuell, das war klar, ich empfand das als eine Verpflichtung, noch mehr ICH zu sein. Aber wie sollte ich jemals aus diesem Kleinbürgermief herauskommen? Meine Lebensaussichten schienen mir ziemlich hoffnungslos. Wo immer ich war, fühlte ich mich fremd und falsch am Platze. Aktiv wollte ich sein, aber ich hatte keine Ahnung, wo und wie ich damit beginnen sollte. Alle meine hellen Gedanken konzentrierten sich auf Norbert. Ich liebte ihn.

Wenn er das Akkordeon in seinen Armen hielt und nur so zum Spaß ein paar Melodien anspielte, hätte ich ihn vor Liebe fressen mögen. Er hatte glattes, braunes Haar, zur Seite gekämmt, was ihm etwas Aristokratisches gab. Über dem rechten Auge hatte er eine längliche, kaum sichtbare Narbe. Wann habe ich ihn je so nah gesehen, daß ich die Narbe hätte erkennen können? Aber ich wußte, daß es sie gab. Sie spielte in meiner Phantasie, wenn ich mir nachts sein Gesicht vorstellte, eine wichtige Rolle. Ich liebte sie, wie ich alles an ihm liebte, seine kecke Art, den Schal nach hinten über die Schultern zu werfen, seine engen, fast futteralartigen Hosen, seine Ringelsocken, seine schwarzen Slippers. Ich versuchte, mich mit möglichst ähnlichen Kleidungsstücken auszustatten. Aber an mir gefielen sie mir nicht. Ich kam mir zu dick, zu breit, zu klein, zu häßlich vor.

Ich redete und redete so lange, bis es mir tatsächlich gelungen war, über sechs Ecken in Norberts Freundeskreis einzudringen. Als irgendeiner den Gedanken äußerte, wir könnten doch einmal ganz früh am Morgen ins Hallenbad schwimmen gehen, war ich sofort der eifrigste Verfechter der Idee – und sah mich im Geiste schon mit Norbert in der Sauna hocken. Obwohl ich kein Geld hatte, setzte ich alles auf dieses Spiel und sagte: ›Ich lad' euch ein, anschließend frühstücken wir hier bei uns.‹ Ich wußte, daß mein Vater mich dabei nicht im Stich lassen würde. Um halb sieben stand ich an dem vereinbarten Tag vor dem Haus und wartete auf die anderen. Es kamen aber nur drei, Norbert war nicht dabei. Er hatte arbeiten müssen, sagte er später. Ich verfluchte die Schwimm-Idee. Es blieb bei dem einen Versuch.

Mit einer anderen Idee hatte ich etwas mehr Glück, es sah zumindest so aus. Diesmal lud ich Norbert ein, mit ins Kino zu gehen, *West Side Story*. Wir gingen auch gemeinsam in die Stadt. Es war ein Sonntag. Ich war selig. Zum ersten Mal hatte ich ihn für mich allein. Unterwegs entwickelte ich kühne musiktheoretische Gedanken, die ihn wohl mehr verblüfften als beeindruckten. Dann trafen wir drei weitere Freunde von ihm, die auf dem Weg ins Düsseldorfer Fußballstadion waren, Fortuna gegen Schalke, glaube ich, die mir Norbert allen Ernstes abgeworben haben. Ins Kino, sagte er, könnten wir ja immer noch gehen. Die vier sprangen in die Straßenbahn, Linie 26. Ich stand draußen. Sie sahen mich an von der hinteren Plattform. Mir kam es vor, als hätte ich Spott und Verachtung in ihren Augen gesehen. Ich fühlte mich ausgestoßen. Selten war mir so elend. Ich bin nicht ins Kino gegangen.

Ein paar Tage später kam es dann zu unserem Nachtgespräch, von dem ich schon erzählt habe. Norbert war spät in unsere Kneipe gekommen. Er erzählte mir, es war sonst niemand von seinen Freunden da, von einem Mädchen, seiner Freundin, die aber wohl nicht so wollte wie er. Das war mir natürlich völlig unverständlich. Ich glaube, er war ein wenig betrunken. Er war der letzte Gast. Mein Vater war schon schlafen gegangen. Ich hatte den Auftrag, die Tür zu schließen. Ich löschte das Licht. Ich nahm den Schlüssel. Norbert war immer noch da. ›Was hast du kürzlich von der Musik erzählt?‹ fragte er plötzlich. ›Erklär mir, wie du das verstehst mit den Tonfiguren. Daß Sprechen, Geräusche, Hupen, Türenquietschen, daß das alles Musik sei.‹ Ich erklärte es ihm, daß Musik organisiertes Geräusch sei. Es gehe darum, die Gesamtheit aller Töne in eine Form zu bringen. Vermutlich hatte ich darüber in einem abseitigen Werk über moderne Musik gelesen. Ich las nämlich alles, was mir vor Augen kam, und je extravaganter die Theorie war, um so mehr machte ich sie mir zu eigen. Von dem Leben aber kam ich auf das Sterben, auf die Liebe, auf den Tod. Es war tiefe, tiefe Nacht, und ich bemerkte mit Befriedigung, daß es mir zum ersten Mal gelungen war, ihn zu beeindrucken. Am Ende sagten wir gar nichts mehr. Es geschah auch nichts. Wir standen nur da in der Dunkelheit draußen vor unserer Tür und glaubten fest daran, etwas Wichtiges entdeckt zu haben.

Norbert sah auf seine Armbanduhr. Es war schon fünf Uhr morgens. ›Ich muß nach Hause‹, sagte er, schlug mir kameradschaftlich auf die Schulter und rannte weg. Ich verschloß endlich das Haus und ging in mein Zimmer. Ich sah, wie das Licht in Norberts Zimmer aufleuchtete. Ich sah, wie er sich rasch auszog, die Schuhe, seine schwarzen Slippers mit einem Kick in die Ecke schleuderte, Hemd und Hose auf das Bett warf, er trug eine hellblaue Unterhose, ich sah alles genau. Längst war ich auf meinen Aussichtsturm, den Stuhl, gestiegen, so sah ich auch, wie er die Unterhose auszog. Sein letztes Bild auf meiner Netzhaut war so, daß er nur noch seine rotweißen Ringelsocken trug. In dem Moment brach der Stuhl mit einem furchtbaren Getöse unter mir zusammen. Die Sitzplatte war zerbrochen. Ich lag am Boden, wimmernd oder stumm vor Schrecken, ich weiß es nicht mehr. Mit der Nase war ich auf die Fensterbank aufgeschlagen; sie blutete. Meine Unterschenkel waren wund zerkratzt. Noch immer war ich auf lächerliche Weise in dem Stuhlgerüst gefangen; ich steckte bis zu beiden Knien darin. So fanden mich meine Eltern, die der Lärm aufgeschreckt hatte. Wenn sie nicht blind waren, mußten sie sehen, was passiert war. Ich erinnere mich daran, daß niemand mich etwas fragte, was ich einerseits dankbar registrierte, was mich andererseits aber auch nervös machte. Meine Eltern halfen mir aus dem schrecklichen Stuhl heraus. Ich legte mich wortlos ins Bett. Sie ließen mich allein. Ich weinte, weil mir die wunden Beine weh taten, weil ich wütend war, weil ich mich schämte. Es kam mir vor, als wäre mein Leben zu Ende oder an seinem Tiefpunkt angelangt. Als Fünfzehn-, Sechzehnjähriger hat man von den Tiefpunkten, die das Leben bereithält, nur eine mäßige Vorstellung.

Über den Vorfall ist bei uns zu Hause nie gesprochen worden. Am Nachmittag nach dieser Nacht – ich trug ein gelbes Pflaster über der Nase, einen Wundverband um die Beine, und ich hinkte ein wenig – sagte meine Mutter: ›Ich meine, du müßtest einfach mal raus.‹ Ich sah sie ratlos an, ich verstand nicht, was sie meinte. ›Fahr doch mal irgendwohin‹, sagte sie. ›Für eine Woche oder so. Eine große Reise können wir uns nicht leisten, nur eine kleine.‹ Ich war schon bald begeistert von diesem Gedanken. Eine Woche lang studierte ich Landkarten, Fahrpläne und Hotelprospekte. Norbert sah ich nur noch von weitem. Manchmal hörte ich ihn Akkordeon spielen. Es schnitt mir ins Herz. Zuweilen ertappte ich mich dabei, daß ich auf einen Zettel ein ›N‹ malte; es sah aus wie das von Napoleon. Es wird kaum eine Verrücktheit von Verliebten geben, die ich damals ausgelassen habe. Aber die Idee, einfach wegzufahren, zu verschwinden, mich aufzulösen, war stärker als alles andere. Ich wollte an die Nordsee fahren. Noch nie hatte ich das Meer gesehen.

Indem ich wegwollte, wollte ich besonders intensiv da sein. Zu der Zeit schreckte ich vor keiner noch so verstiegenen Philosophie zurück. Mit Herzklopfen saß ich nach dieser Woche der Planungen im Zug nach Norden, Norddeich-Mole, wo ich übersetzen wollte nach Norderney. Es war die erste große Reise meines Lebens. Ich litt, und ich war glücklich. Ich fuhr weg, weit weg, und allein.

Daß die Reise in mehrfacher Hinsicht ein absurdes Unternehmen war, bewies unter anderem das Zimmer, in dem ich wohnte, im *Kaiserhof*. Es muß einmal das beste Hotel am Platze gewesen sein, war aber damals schon jämmerlich heruntergekommen, strahlte nach außen noch in wilhelminischer Pracht, während sich die Räume innen in einem kläglichen Zustand befanden. Es gab beispielsweise keinen Aufzug. Ich wohnte ganz hoch oben, auf der sechsten oder siebten Etage, unter dem Dach, in einem Stübchen, das früher wohl die Dienerschaft bewohnt hatte. Aber es gab selbst dort noch kostbaren, wenngleich bröckelnden Stuck an der Zimmerdecke. Desungeachtet trugen die Kellner Frack und beim Bedienen weiße Handschuhe. Die Zimmermädchen trugen knöchellange, hochgeschlossene, schwarze Kleider – wie Nonnen, dazu allerdings ein weißes Schürzchen, das hinten mit einer riesigen, gestärkten Schleife gebunden war. Mir fehlten damals die Erfahrungen, das Drumherum richtig einordnen zu können. Ich hatte eher das Gefühl, mich vor allem als Erwachsener behaupten zu müssen. So tat ich es ihnen gleich, indem ich Erfahrungen vortäuschte, obwohl ich in Wahrheit ein Kind war. Einmal bestellte ich mir eine Flasche Coca-Cola aufs Zimmer. Der Befrackte, der dafür die sechs oder sieben Etagen ohne Aufzug hochgekommen war, forderte dafür einen sündhaft hohen Preis, den ich anstandslos zahlte. Er muß mich für total verrückt gehalten haben. Das war mein einziger Ausflug in die große Welt.

Unten im Saal des Hotels fanden jeden Abend Bälle und Wettbewerbe statt, die nächtlichen Vergnügungen eines deutschen Badeortes in den frühen fünfziger Jahren, Wahl der Miß Norderney, der Miß Strand, der Miß Kaiserhof – nicht meine Welt, dachte ich. Nur die Zuschauerrolle, auf die ich mich sicher zurückgezogen hatte, begann damals schon, mir zu gefallen. Der Rolle bin ich fortan treu geblieben. Auf Norderney ging ich abends lieber ins Kino, das im ehemaligen Kurtheater untergebracht war und innen – mit Stuck, Logen und Kronleuchter – aussah wie eine Miniaturausgabe der Pariser Oper. Gesehen habe ich dort übrigens den deutschen Schlagerfilm *Fanfaren der Liebe* mit Dieter Borsche, eine unsäglich dumme Klamotte, die Billy Wilder jedoch nur wenige Jahre später mit Marilyn Monroe unter dem Titel *Some like it hot* zu einem Welterfolg machte.

Auch das Strandleben mußte ich erst kennenlernen. Damals war es üblich, daß die Norderneyer Kurgäste, später verlacht und verspottet, wie die Russen in ihren Kurbädern am Schwarzen Meer in gestreiften Bademänteln durch den Ort spazierten. Das erschien mir damals schon als ein Signal der Spießbürgerlichkeit. Selbstverständlich beteiligte ich mich nicht daran. Der Weststrand, der Südstrand, alles furchtbare Spießeridyllen mit Burgenbauen, Ballspielen und Gymnastik. Ich hatte mir meine Reise anders vorgestellt.

Einmal erlebte ich es, daß die Insel im Sonnenlicht lag, vom Meer her aber eine Nebelwand heranrollte, die so dicht war, daß man keine fünf Meter mehr sehen konnte, daß man taumelte am Strand und schon bald jedes Gefühl für Richtung verloren hatte. Plötzlich schlug dem Wanderer eine harte Welle über die Füße, so nah hatte er sich ans Ufer verirrt. Er wandte sich ab, drehte sich im Kreise und fand sich nach einigen Metern doch wieder am Ufer. Die Elemente wehrten sich, so sah es aus, gegen den kindischen Ferienbetrieb. Sie hatten mich auf ihrer Seite. Nach Nebel und dunklen Dunstwolken – Seenebel, heißt der Fachausdruck – blitzte plötzlich wieder die Sonne. Das donnernde Meer war grün und von grellem Weiß, das in den Augen schmerzte, wie man es zuweilen auf alten Seestücken sieht. Das war das Meer, wie ich es sehen wollte. Nicht den trägen Schlamm des Watts; dafür hatte ich keinen Sinn. Ich habe das Meer gesehen. Das machte mich glücklich auf der Insel. Ich schrieb damals sogar ein Gedicht, erinnere ich mich, an Norbert, aber auch an das Meer, weiß der Himmel, wie ich das zusammenbringen wollte, hochtrabend bestimmt, wie Jugendliche sich und ihre Erlebnisse stets zu überschätzen pflegen. Eine Zeile lautete: ›Bat um Entschuldigung, so spät zu kommen.‹

Für Norbert malte ich weiter den Buchstaben N in den Sand, das Napoleonsche N. Ich hatte ihn nicht vergessen. Wenn das Meer grün-weiß blitzte, fühlte ich mich ihm nah. Wenn nachts die Musik aus dem Hotelsaal von einer Mißwahl herauf in mein Zimmer drang, fühlte ich mich ihm nah. Wenn ich die Möwen auf den Laternenpfählen an der Promenade sitzen sah, fühlte ich mich ihm nah. Norbert war alles. Das war ein bitterer Trost. Aber er war doch alles, was ich hatte.

An einem sonnigen Morgen faßte ich den verwegenen Plan, die Insel zu umwandern, immer weiter nach Osten zu gehen, rundherum und schließlich wieder vor dem *Kaiserhof* anzukommen. Es wurde nichts daraus.

Kaum hatte ich den Südstrand hinter mir gelassen, im Blick weit vorne die Spitze des Leuchtturms an der Ostspitze der Insel, als ein alter Mann mit einem merkwürdig schlurfenden Gang, angetan in einem speckigen, abgewetzten, rot-blau gestreiften

Bademantel, neben mir ging, als wären wir zusammen unterwegs. Auf dem Kopf trug er einen verbeulten weißen Sonnenhut. In der rechten Hand trug er eine offensichtlich schwere Strandtasche, aus der eine aufgerollte Decke und ein paar Flaschenköpfe herausragten. ›Gehen wir auch nach Abessinien?‹ fragte er mich leutselig, etwas schleimig, schleppend, die Stimme war mir unsympathisch. Außerdem hatte ich keine Ahnung, wovon er sprach. ›Abessinien?‹ fragte ich. Den Nacktbadestrand nenne man Abessinien, erklärte er mir. Auf Sylt, das müsse ich erst einmal sehen, groß, riesig, fast auf der ganzen Insel Nackte und solche wie wir. ›Aber hier‹, sagte er, ›der FKK-Strand ist zwar erst da hinten, in der Nähe des Leuchtturms, aber in den Dünen‹, er zeigte nach rechts oben, ›in den Dünen sind hier auch schon alle nackt. Wenn du durch die Dünen gehst, kannst du deine Hose ruhig ausziehen.‹

Ich hatte ihm gespannt zugehört, mit offenem Mund, glaube ich, mich hatte der Blitz getroffen, und außerdem haßte ich diesen Mann. Weil er genau das gesagt hatte, was ich hören wollte, und weil er eben dieses auf eine bestimmt verteufelte Weise herausbekommen hatte. Zwar öffnete er mir ein Tor zur Welt, aber ihn, den Türhüter, haßte ich mit Inbrunst. Ich war naiv und dumm und ahnungslos und obendrein geil, und alles das schien dieser Alte in seinem häßlichen, schmierigen Bademantel genau zu wissen. Seine schleimige, schleppende Stimme schien mir der letzte Beweis seiner Nichtswürdigkeit.

Ich blieb auf der Stelle stehen. Ich tat, als suche ich etwas in meinen Taschen, das ich vergessen hatte. Ich tat, als wollte ich in die Dünen gehen. Auf jeden

Fall wollte ich den lästigen Begleiter los werden, ihn abschütteln, ihn nie mehr sehen. Auch wußte ich ja nun alles, dachte ich, er hat mir genug erzählt. ›Ich muß noch einmal zurück‹, murmelte ich unverständlich. Er ging weiter, schlurfend im Sand. Ich hatte Herzklopfen. Am Hals, in den Fingern spürte ich das Schlagen meiner Adern. Der Alte war erst ein paar Schritte vor mir, da drehte ich mich schon nach rechts und ging in die Dünen.

Wie war ich dumm, harmlos und naiv damals. Ich sehe mich, den Jungen, mit Mitleid: Was hatte ich noch alles zu lernen.« – Remeur sagte das in seinem gewohnt ironischen Meckerton, er sah mich an, blickte dann weg und stützte für einen Moment seine Stirn mit der Hand. Die Geste war typisch für ihn. Meistens hatte er dann in der einen Hand eine brennende Zigarette oder einen dieser langen Zigarillos, die er bevorzugte; wegen der Zahnwunden im Mund enthielt er sich diesmal jedoch des Rauchens. Vorsichtig trank er einen Schluck von seinem längst kalt gewordenen Lindenblütentee. Masken, dachte ich, er spielt wieder eine seiner Rollen. Hinter der Maske, glaubte der Zuhörer, Remeur sehe den Jungen von damals auf Norderney mehr mit Spott als mit Liebe. – »Ich hatte keine Ahnung«, sagte Remeur.

»Ich hatte ein paar Bücher gelesen, *Die Falschmünzer* von André Gide zum Beispiel. Darin kommt eine Szene vor, wie ein Junge, der von zu Hause durchgebrannt ist, bei seinem Schulfreund übernachtet, heimlich, ohne daß dessen Eltern darüber Bescheid wissen. Sie schlafen in einem Bett. Ich saß ratlos vor dem Buch, weil ich nicht verstand, warum Gide so liebevoll detailliert die Szene beschreibt:

Wie der Junge im Bett das Hemd, aber nur das Hemd anbehielt, und wie sich im Laufe der Nacht dann Hemd und Bettdecke verschoben. Wie die beiden Jungen Bein über Bein zusammen schliefen. Woher nur, fragte ich mich, kann Gide wissen, daß die Beschreibung dieser Szene mich elektrisierte, so sehr, daß ich von dem Buch außer dieser Szene nichts mehr wahrnahm. Ich blätterte in Warenhauskatalogen und blieb prompt – wie alle jungen Schwulen – bei den Abbildungen aus der Herrenunterwäscheabteilung hängen. (Neckermann-Unterhosen fand ich interessanter als die von Quelle.) Ich war so unheimlich geil damals, daß ich nicht davor zurückschreckte, einen gekreuzigten Christus erotisch zu finden. Als Onaniervorlage war mir alles recht. Ich fieberte. Die Welt, alles rundherum, es war groß und aufregend, es war traurig und phantastisch. Ich hätte weinen und jubilieren können und hätte weder für das eine noch für das andere einen Grund gewußt. Vorwitz immerhin war seit jeher meine stärkste Antriebskraft; sie ist es geblieben. In den Dünen, damals auf Norderney, war ich wie ein Windhund auf der Fährte.

Die heiße Stille, das leise Surren des Windes, die stumme Sandweit, das sanfte und endlose Tal und Hügel der Dünen – seitdem sind Dünen mir als Inbegriff einer sinnlichen Landschaft erschienen, ob in Nordafrika oder in Indien, in Afghanistan oder in Brasilien oder eben auch auf Norderney – ich erwartete die Ankunft des Pan. Er sollte sich mir bald zeigen.

Einmal kam mir ein junger Mann entgegen, der einen dicken Pullover trug, aber keine Hose. Ich dachte an die Worte des Alten mit dem schmierigen

Bademantel. Der Junge stapfte pfeifend durch den Sand, die Hose über die Schulter geschlagen. Ich sah ihm lange nach. Wie sich seine Hinterbacken wie bei einem Kutschpferd rhythmisch aneinander rieben. In einem Dünental entdeckte ich ein Paar, einen Mann und eine Frau, in zärtlichen Umarmungen. Das war mir peinlich. Ich guckte weg. Wahrscheinlich ist mir vor Verlegenheit das Blut in den Kopf gestiegen. Ich fühlte mich als Voyeur ertappt, fälschlich. Denn das war ich nicht und wollte ich nicht sein. Ich suchte nach Höherem.

Inzwischen war ich dahintergekommen, daß man von außen, also nicht von der Meerseite, sondern von der Landseite her den Betrieb in den Dünen besser überschauen konnte, die Wanderer, die Suchenden, die Lagernden. Von außen betrachtet, zeigte sich in den Dünen, die vom Meer her so uneinnehmbar schienen, ein wimmelnder Betrieb. Auf einer fernen Dünenspitze sah ich ein Fähnchen wehen, ein erstaunlich gut geschütztes Vogelnest, ein Adlerhorst, der weite Sicht gewährte, selbst aber kaum zu erobern war. Es zog mich magisch dorthin. Je näher ich der Stelle kam, um so stärker blendete mich die Sonne. Im Gegenlicht sah ich oben im Nest einen Athleten. Einen nackten Gott? Ich glaubte sogar zwei Gestalten zu unterscheiden, eine größere, breitere, eine kleiner und zierlicher. Waren sie wirklich nackt? Oder war es nur die gleißende Sonne, die mir die Vision vorspiegelte? Ich näherte mich dem Nest bis auf wenige Meter: Es war alles wahr, was ich vorher zu sehen geglaubt hatte. Zwei nackte Männer lagen in dem Sonnennest. Der eine, der größere, breitere lag auf dem Bauch, der andere, zweifellos jüngere lag auf dem Rücken mit hochgereckten, gekreuzten Beinen und sah mich ungeniert an. Ich sah in seine blitzenden Augen; ich sah seine Erektion; es kümmerte ihn nicht. Ich bewunderte und beneidete ihn um seine göttliche Unverschämtheit. Es stand für mich fest, daß ich mich genau dort oben irgendwo niederlassen würde. Nackt. Es war ein Moment der Seligkeit, und ich dachte nur: Norbert, Norbert, Norbert.

Während ich in der Sonne lag, fiel mir auf, daß von Zeit zu Zeit einer meiner Nachbarn Erkundungsgänge durch die näheren Dünen rundherum unternahm. Ich war ihnen natürlich ebenso aufgefallen wie sie mir. Ich hätte gern mit ihnen gesprochen, traute mich aber nicht: Vielleicht muß man schweigen an einem so heiligen Ort. Daß immer wieder Nackte durch die Dünen pilgerten, daran hatte ich mich inzwischen gewöhnt. Sie kamen von dem FKK-Strand, zu dem es von meinem Lagerplatz gegen Osten nicht mehr weit war. Sie streiften unruhig umher, Balztänze, sie suchten genaugenommen das gleiche, was auch ich gesucht hatte.

Aber meine Beziehung zu meinen Nachbarn war doch von einer anderen Qualität. Der jüngere vor allem sah mich jedesmal, wenn er vorbeikam, frech und herausfordernd an. Einmal hatte ich das Gefühl, bevor er hinter einem Sandberg verschwand, er winke mir mit den Augen zu. Unsicher, ob ich ihn verstanden und wie ich mich zu verhalten habe, kletterte ich vorsichtig auf den Berg und sah fast direkt unter mir, daß dieser durchtriebene Saukerl für mich eine Sondervorstellung arrangiert hatte: Der größere der beiden lag wieder mit breit gespreizten Beinen auf dem Bauch; der jüngere hockte neben ihm, streichelte mit Liebe seine Oberschenkel, seinen behaarten Hintern, der sich ihm entgegenstreckte. Dabei blinzelte er tatsächlich nach oben, ob ich ihm auch zusehe.

Ich lag gegen den heißen Sand gestemmt, gepreßt. Ich war wahnsinnig vor Lust und Qual. Mein Atem ging hechelnd, vermutlich habe ich laut gestöhnt. Plötzlich spürte ich eine Hand an meinem eigenen Hintern, die mich zärtlich streichelte, den Rücken, die Beine, die Hand kraulte mir den Nacken, tätschelte mir die Oberschenkel. Eine Stimme flüsterte Beruhigendes, nur Töne, Unartikuliertes, wie ein Wiegenlied zum Einschlafen. Ohne mich umzusehen, wußte ich sofort, wer es war, der mich streichelte. Es war der Alte in dem speckig glänzenden gestreiften Bademantel, der mich vorhin über Abessinien aufgeklärt hatte. Er hatte mir den Weg gewiesen, jetzt forderte er seinen Obulus. Ich ließ ihn einfach gewähren. Ich spreizte meine Oberschenkel, daß er nur ja an alles drankam, was er streicheln wollte. Er sollte immer weiter so tun bis in alle Ewigkeit.

Manchmal spürte ich einen Windhauch, den sein wehender, offenstehender Bademantel verursachte. Er hockte jetzt neben mir, über mir, er widmete sich mir mit totaler Hingabe. Ich liebte seine Hand, die er mit Spucke naß gemacht hatte. Ich liebte seine sinnlos geflüsterten Wörter. Ich spürte seinen harten Schwanz auf meinem Körper. Mit den Händen drückte er meine Arschbacken auseinander. Mit der Zunge leckte er die Ritze, gewissenhaft und sorgfältig wie eine Katze, er ließ keinen Zentimeter aus. Er war ein Experte, ein Hexenmeister in der Verführung jungfräulicher, minderjähriger Knaben, wie ich einer war. Dann endlich hatte er mich so weit: Mit der Fertigkeit eines Chirurgen stieß er seinen Schwanz tief in meinen After. Ich schrie auf vor Schmerz. Doch bald wich der Schmerz einer Gier, die nach mehr und mehr verlangte. Der Alte lag über mir. Sein Bademantel bedeckte uns beide. Er fickte mich mit langen rhythmischen Stößen. Ich hatte das Gesicht in den Sand vergraben und wimmerte vor mich hin. Norbert, dachte ich. Warum werde ich ihn nie sehen, nie spüren, nie streicheln dürfen? Es war eine Art Rache, die ich hier vornahm. Es war ein Aufbäumen des Selbstbewußtseins –, und ich wußte, es war das Ende unserer Liebe: Ich opferte sie in den Dünen von Norderney.

Ich weiß nicht mehr, wie lange ich unbeweglich gegen den Sandberg gepreßt lag. Der Alte war längst gegangen. Ich hatte ihn nicht angesehen. Ich habe ihn nie wieder gesehen. Auch meine beiden göttlichen Nachbarn waren schon fort. Einen ersten kühlen Abendwind spürte ich auf der Haut. Es fröstelte mich. Es war noch etwas glitschig, schleimig zwischen meinen Beinen, vielleicht auch blutig. Außer mir war vermutlich niemand mehr in den Dünen. Ich zog mich langsam an und ging mit merkwürdig steifen Beinen zurück ins Hotel.

Von Norbert erzählte mir kürzlich einer, ohne daß ich danach gefragt hätte, daß er verheiratet sei und drei Kinder habe. Es interessierte mich nicht. Was habe ich nur an ihm geliebt? fragte ich mich. Ich fand es nicht mehr. Ich konnte es mir nicht erklären.« – Auch im *Flore* war es schon Nacht geworden, als Remeur seine Erzählung beendete. Auf der Terrasse waren wir die letzten Gäste. »Haben Sie mir nicht früher schon einmal die Geschichte Ihres Coming-outs an der Plage l'Ondine an der Croisette in Cannes erzählt?« fragte ich Remeur. »Und noch früher die aufregende Geschichte, wie ein kleiner, rothaariger Stricher Sie auf Sylt erpreßt hat?«

Remeur nahm den Einwurf mit der ihm eigenen Gelassenheit. »Habe ich das erzählt? Nun ja, jeder Schwule erlebt mehrere Coming-outs, das ist ja gerade das Tolle.«

Fünftes Kapitel

London

Am Abend nach der Leberbiopsie stellte sich bei ihm ein unerklärlicher Fieberanfall ein. Die Säule des Fieberthermometers stieg fast, während man darauf sah. Am Ende pendelte sie sich auf 41,7 Grad ein. Im Zimmer 415 herrschte hektischer Betrieb. Das Gerät zum Messen des Herzrhythmus hatte man gerade hinausgerollt. Der junge Assistenzarzt fand zum Blutabnehmen und zum Anlegen der Infusion keine geeignete Vene und wurde immer nervöser. Des Patienten feiner, weißer Schlafanzug war auf beiden Armen von dunkelroten Blutflecken beschmutzt. Flüssigkeit aus Infusionsflaschen tropfte nun auf der einen Seite in seinen linken Handrücken, auf der anderen Seite in sein rechtes Handgelenk. »Ich habe gehört, daß Sie Ihr Essen immer zurückgehen lassen. Sie müssen etwas essen«, sagte der Stationsarzt. Der Patient nickte eifrig und sagte brav ja. Er zeigte, soweit man ihm Bewegungsfreiheit gelassen hatte, auf die offene Balkontür und murmelte: »Wie die große Pagode von Kanton.« »Er phantasiert«, sagte der Arzt, »wie hoch ist das Fieber jetzt?« »Nein, er phantasiert nicht«, sagte Herr Mellenthin, »er denkt nur nach über die vier oder zwei Türme der Pagode von Kanton.« »Ach so«, sagte der Stationsarzt und gab sich mit dieser Auskunft zufrieden. Herr Mellenthin hatte sich sogar aus dem Bett herausgehangelt und stand nun etwas hilflos und aufgeregt zwischen seinem Bett und der Balkontür. »Sie sehen schon etwas komisch aus mit Ihrem offenen Anstaltshemd«, sagte der Patient vom Fenster-Bett zwar matt, aber ironisch, als hätte er neuen Lebensmut gewonnen. »Die Hemden sind jedenfalls praktischer als Ihre feinen, weißen Schlafanzüge«, sagte Herr Mellenthin gereizt und legte sich wieder in sein Bett. »Ich habe es nicht böse gemeint«, sagte der Patient in dem befleckten weißen Schlafanzug. »Gut, gut«, sagte Herr Mellenthin, »ich erzähle Ihnen trotzdem eine Geschichte.«

Die Welt hat Remeur in London entdeckt. Bis dahin waren einige Jahre Einsamkeit vergangen. Jetzt war er zu einem Feriensprachkurs an einer privaten Schule in London. Er wohnte in Forest Hill, wo die Londoner Straßen plötzlich über Berg und Tal führen, so daß man ihr Ende stets vor sich sieht. Hat man jedoch Bergspitze oder Talsenke erreicht, stellt man fest, daß dahinter nur ein neuer Berg oder ein neues Tal liegen.

Von dem Wohnen in einer Familie ist ihm in Erinnerung geblieben, daß die ziemlich korpulente Dame des Hauses, die eine Neigung zu pastellfarbenen, durchsichtigen Chiffonkleidern hatte, meistens auf dem Sofa vor dem immer laufenden Fernsehapparat lagerte, während ihr Mann, Bob, abends während der Werbeeinschübe, angetan mit einer Küchenschürze mit Spitzenvolants, das Geschirr spülte. War der Werbeblock abgespielt und der Familienserienfilm wieder angelaufen, rief sie: »Bob, Bob!« Bob kam dann mit Schürze ins Wohnzimmer gelaufen, um den Anschluß nicht zu verpassen; meistens hatte er noch einen Teller oder ein Tasse und das Küchentuch in der Hand. Bob machte am frühen Morgen auch für Remeur das Frühstück, Spiegeleier mit Speck. Bob fuhr dann mit dem Vorortzug nach Charing Cross; dort in der Nähe arbeitete er in einer Immobilienagentur als Buchhalter. Remeur lief über sechs Ecken zu einer Bushaltestelle und wartete auf den richtigen roten Omnibus, 371b oder so ähnlich, der ihn zu einer alten Villa brachte, wo die Schule ihren Sitz hatte. Wichtig war vor allem das b; denn 371 ohne b führte in eine völlig andere Gegend.

Remeur beteiligte sich ziemlich uninteressiert am Unterricht. Die Lesestücke, die die Sprachschüler übersetzen und analysieren mußten, hießen »Mary has a little lamb« oder so. Remeur hätte lieber die Morgenzeitungen gelesen. Die unterbezahlten und daher nur wenig motivierten Lehrer schrieben neue Wörter und grammatikalische Besonderheiten mit grüner Kreide auf die schwarze Wandtafel. Offensichtlich ließ sich der grüne Kreidestaub nur schwer von den Händen abwaschen. So erkannte man die Lehrer daran, daß die Innenflächen ihrer Hände grün waren. Remeurs Beziehungen zu seinen Mitschülern hielten sich in Grenzen. Er bewunderte einen lustigen kleinen Schweizer, verwöhnter Sohn eines Architekten, der eine ganze Kollektion von Rollkragenpullovern besaß – Remeur führte seine lebenslange Liebe zu Rollkragenpullovern auf diese Begegnung zurück. Er bemühte sich um den kleinen

Schweizer, aber sie kamen nicht richtig zusammen. So machte der Schweizer zum Beispiel jeden Busausflug der Schule mit, einen Tag nach Canterbury, am nächsten Tag nach Salisbury und Stonehenge, dann nach Dover, dann nach Liverpool. Das kam Remeur sehr entgegen, da ihm gleichfalls jede Gelegenheit recht war, dem Unterricht zu entgehen. Immer saß er auf den Fahrten neben dem kleinen Schweizer. Sie redeten und lachten viel zusammen, aber am Abend, ehe Remeur auch nur dazu gekommen war, sich mit ihm zu verabreden, war der Schweizer verschwunden. Ihre Bekanntschaft beschränkte sich auf die Ausflugsfahrten.

Eine andere Kursbekanntschaft war der Spanier Rodriguez. Er sah aus wie ein Stierkämpfer; hatte etwas von einem Hagestolz, wie es Remeur schien, war aber auch etwas dumm. Zwar zeigte er sich gern mit ihm, aber beide hielten gegeneinander auf Distanz. Sie waren einige Male zusammen im Kino. Sie besuchten auch den damals berühmten Jazzkeller in der Regent Street, in dem Chris Barber spielte und in dem sich alle Sprachschüler von London trafen. Remeur erinnerte sich noch vierzig Jahre später daran und erzählte darüber, als wäre es gestern gewesen – vermutlich weil es sein einziger Ausflug in die Gefilde des Jazz geblieben ist. Einmal waren Rodriguez und er sogar im Konzert in der Albert Hall, aber Remeur haßte das allabendliche Theater, das Señor Rodriguez veranstaltete, wie Remeur ihn nannte, wenn es darum ging, etwas essen zu gehen. Rodrigues aß nur Spanisches. War in Soho nichts Spanisches zu finden, konnte er zur Not auch auf Italienisches ausweichen, aber um das Richtige und dazu auch noch das angemessen Billige zu finden, wanderten sie stundenlang durch die Straßen, bis sie schließlich in dem Restaurant landeten, dessen Karte sie als erste studiert hatten. Remeur war viel zu vorwitzig auf alles Neue, um diese »Begrenztheit«, wie er sagte, verstehen zu können. Die Haltung war ihm von Natur aus fremd.

Rodriguez hatte noch eine Macke: Schuhgeschäfte. Remeur zog mit ihm durch die Straßen von London, plapperte in seiner Weise ohne Ende und ohne Pause – was die beiden verband, war die Tatsache, daß beide gleichermaßen schlecht Englisch sprachen; waren sie jedoch unter sich, kauderwelschten sie hemmunglos drauf los – aber oft redete Remeur auch ins Leere: Rodriguez war verschwunden. Inzwischen wußte er, wo er ihn wiederfand: Er mußte zum letzten Schuhgeschäft zurückgehen; dort stand Rodriguez mit verzückten Augen und sah sich die Schuhe an, verglich die Preise zwischen den Schuhgeschäften in der Oxford Street mit denen in der Old Bond Street. Schon beim nächsten Schuhgeschäft fand die Schuh-Oper von neuem statt. Rodriguez war ein anstrengender Stadtbegleiter.

Remeur zog es vor, allein durch London zu wandern. Er kämmte die Stadt systematisch ab, besichtigte jede Sehenswürdigkeit, besuchte alle Museen, machte sich einen Plan der Theater und Kinos, die zu besichtigen waren, und mit der ihm eigenen Pedanterie erfüllte er das Programm bis zum letzten Punkt. Jeden Nachmittag nach der Schule fuhr er in die City von London, war am Abend immer wieder hingerissen von dem glitzernden Lichterspiel der Reklame, und kehrte erst spät in der Nacht, meist mit dem letzten Vorortzug, wieder nach Forest Hill zurück.

An einem trüben Regentag bemerkte Remeur zufällig in der Herrentoilette von Waterloo Station, daß die zwölf Kabinen an der rückwärtigen Wand alle besetzt waren und daß schon seit erstaunlich langer Zeit dort weder einer herausgekommen noch hineingegangen war. Das Neonlicht flackerte. Aus dem Inneren der technischen Anlage für Heizung, Wasser, Be- und Entlüftung war ein beständiges Rauschen zu hören. Wie Regen, wie Hagelkörner, die auf ein Glasdach prasselten, ein Höllenlärm, ein Wasserfall. Es war brütend heiß in dem einst weißgekachelten, doch inzwischen mit gelb-braunem Geschmier bedeckten Raum.

Es war in der Frühzeit, wie Remeur später sagte. Er stieg aus der unteren Klappenwelt von Waterloo Station die schmutzige Treppe hoch auf den Bahnhof, studierte zum Schein irgendwelche Fahrpläne und hielt in Wirklichkeit die Treppe im Auge. Ein paar Männer gingen hinunter, kamen aber bald auch wieder herauf. Mit schleppendem Tritt stieg plötzlich ein junger Mann die Treppe hoch, den Remeur nicht hatte hinuntergehen sehen. Er mußte also schon unten gewesen sein, als er dort die Kabinen inspiziert hatte. Remeur reagierte mit Alarm darauf. Diesmal wollte er wissen, was sich dort unten abspielte.

Der junge Mann sah erschöpft aus. Remeur kam es vor, als schwanke er ein wenig. Er ging jedenfalls unsicher. Sein Mund war leicht geöffnet, er sah sich spöttisch um. Auf dem Kopf trug er eine Ballonmütze, wie man damals sagte. Er trug keine Jeans, obwohl gerade damals die hohe Zeit der Jeans begonnen hatte; wahnsinnig enge waren besonders beliebt. Der Junge von der Waterloo Station aber trug statt dessen blaue Hosen, die offensichtlich zu einem altmodischen Arbeitsanzug gehörten, ein Tankwart oder ein Schreiner oder ein Matrose. Daß der eine Hosenträger, der linke, lose herunterbaumelte – vermutlich weil der zuständige Hosenknopf fehlte – erschien Remeur wie ein Signal der Geilheit. Das karierte Hemd des Jungen, das arg zerknittert war, stand offen. Um den Hals hatte er ein rotes Tuch gebunden. Remeur, dessen Eigenart es war, seit Kinderzeiten schon, »alles« gelesen zu haben und den Alltag stets mit der Lektüre zu vergleichen, erinnerte sich sofort an eine Erzählung von Hans Henny Jahnn, in der das rote Halstuch ein Geschenk für den Geliebten war. Stärker aber noch als Kleidung, Mütze und Tuch fielen die Lippen des jungen Mannes auf. Sie waren herausfordernd rot wie geschminkt oder zerbissen. Man kam erst später dahinter, daß es die Lippen waren, die alle Blicke auf sich zogen. Remeur musterte ihn mit Staunen. Mit wiegendem Gang ging der Junge direkt an ihm vorbei. Auch er musterte Remeur und sagte dann mit süffisantem Grinsen: »Du kannst jetzt runtergehen« und ging weiter. Remeur war erschrocken und blaß geworden. Wie hatte er mich unten bemerken können? Konnte man dort unten durch die Türen sehen? Oder woran hatte er mich erkannt? Remeur sprang die Treppe hinunter. Die Tür der dritten Kabine von links stand offen. Es roch stark nach billigem Tabak. Remeur hielt den Geruch für männlich.

Tatsächlich fehlte ihm jede Klappenerfahrung. Man sah das zum Beispiel daran, daß er sofort die Kabine betrat und prompt Schwierigkeiten bekam, die Tür von innen zu verschließen. Mit nur der leisesten Anfängererfahrung hätte er natürlich gewußt, daß man auch bei offenstehenden Türen erst von außen Geld einwerfen muß, sonst sind die Kabinen von innen nicht verschließbar. Das ist in der ganzen Welt so; der Mechanismus hat Weltgeltung; nur in Amerika funktioniert das anders: Die Benutzung der Kabinen – mit den spiegelnden, niedrigen Stahlwänden – ist dort im allgemeinen kostenlos.

Schon bald nach seinen Erfahrungen von London avancierte Remeur indes zum Klappenkenner. Aus den Kabinen heraus konnte er bereits am Schritt die erfahrenen Klappenbesucher von den unerfahrenen unterscheiden. Die Kenner gingen zielstrebig auf die Kabine mit den größten Löchern zu und immer hatten sie das notwendige Kleingeld abgezählt in der Hand. Ein Irrtum war ausgeschlossen.

Durch tausend Klappen ist Remeur gepilgert. Jede einzelne hatte ihre spezifischen Geräusche, Gerüche, Gewohnheiten. In Hamburg-Altona konnte man einst den freundlichen und hilfsbereiten Wärter der Bahnhofstoilette mit einem Zehn-Mark-Schein bestechen, daß dieser dem »Kunden« die Kabine neben dem hübschesten und geilsten Jungen zuwies. In München am Viktualienmarkt kannte Remeur eine Klappe, deren eine Wand zwischen den beiden Kabinen aus Ziegelsteinen bestand. Zwei Ziegel konnte man bei Bedarf herausnehmen. Jahrelang wurden die beiden Steine von den Besuchern immer wieder andächtig und sorgfältig in die Wand geschoben. Heute ist diese Klappe, wie so viele, wegsaniert. Wo sich einst die »öffentliche Bedürfnisanstalt« befand – was für ein aggressiv profanes Wort – steht heute ein Bistro.

Nürnberg hielt unangefochten die Spitzenstellung

in der deutschen Klappenkultur. Am Marientor, am Plärrer, in der B-Ebene, allein um den Hauptbahnhof herum gab es fünf »aktive« Klappen, von denen jede ihre besonderen Reize hatte. Remeur liebte vor allem die eine unter den Bahnsteigen, wo er regelmäßig einen Besucher traf, nebenan, der ganze Romane auf Toilettenpapier schrieb, seine Wünsche, seine Vorstellungen. »Ich will dich langsam ausziehen«, las Remeur, »nur dein T-Shirt sollst du anbehalten. Ich will dein Loch lecken, bis du jipperst vor Geilheit. Ich will meinen langen, harten Schwanz – sieh ihn dir genau an! – in dein naß gelecktes Loch stecken. Ich will dich ficken, daß dir Hören und Sehen vergeht.« Als Remeur ihm einmal in einem Antwortschreiben, auch auf Toilettenpapier, zu verstehen gab, er sei zu allem bereit: »Wo wollen wir uns treffen?« Da zog sein Nachbar beleidigt die Hose hoch, drückte die Klospülung, ging und ward nie mehr gesehen. Remeur kam noch oft hierher, wartete auf den »Romanschreiber«, suchte ihn, fand ihn nicht mehr. Er überlegte, was er nur falsch gemacht habe. Er begann damals nachzudenken über die sensiblen Seelen seiner Klappenfreunde. Klappenseligkeiten.

In Frankfurt, merkwürdigerweise, war mit Klappen nicht viel los. Einzige Ausnahme: die im Untergeschoß der Kleinmarkthalle. Dort »verkehrten« vorwiegend Metzgergesellen, Bäckerjungen, italienische Obstverkäufer und Gärtnerlehrlinge. Remeur liebte sie alle. Er erkannte die meisten von ihnen an den Händen. Viel mehr konnte er von ihnen nicht sehen. Denn die mittlere Kabine, die ausschließlich für die bestimmt war, die in der Markthalle arbeiteten – sie besaßen einen eigenen Schlüssel für sie –

hatte keinen Durchblick zu der Nachbarkabine, die Remeur besetzt hielt. Die Kontaktaufnahme verlief allerdings denkbar einfach und, da das Hallenpersonal immer in Eile war, recht zügig. Man brauchte nur seinen Fuß unter die Kabinenwand zu stellen und auf eindeutige Weise damit zu wippen. Das genügte meistens schon. Wenig später streckte der Nachbar, wie immer er aussehen mochte, seine Hand unter die Kabinenwand wie eine züngelnde, lockende Schlange. Remeur lernte das Studium von Händen, von jungen, alten, abgearbeiteten, gepflegten und von Händen mit zerbissenen Fingernägeln. Hände mit Ringen – was für Ringen. Handgelenke mit Uhren – was für Uhren. Arme mit zugeknöpften Hemden, mit hochgeschobenen oder hochgerollten Hemden, Jeanshemden zum Beispiel, mit Pullovern – was für Pullovern.

Remeur kniete sich vor die Kabinenwand, den Durchgriff, und führte die Hand an sein Geschlecht. Zärtlich liebkoste die Hand seine Oberschenkel, sein Glied, die Hoden, es war geil zum Wahnsinnigwerden. Die meisten Hände – es waren fast ausschließlich die Hände von Kennern feiner, leiser Berührungen – konzentrierten sich auf die Stelle unter den Hoden. Ginge es um einen Wettbewerb erogener Zonen, hätte diese Stelle alle Rekorde geschlagen. Aber das Spiel wirkte erst richtig in seiner Gesamtheit, alles das gehörte zusammen, das Wühlen zwischen der Kleidung, zwischen Hemd und Unterhose, zwischen Liebkosen, Befühlen, Streicheln. Die Körperstellung in dem schmalen Raum bedurfte einiger artistischer Verrenkungen, denn das System, sollte es funktionieren, beruhte auf einer selbstverständlichen Wechselseitigkeit. Die Liebe, die Wohltaten, dachte Remeur, die der Kabinennachbar ihm anbot, mußte er gleichermaßen zurückgeben.

Oft spürte er, daß der Nachbar Remeurs Hand, bevor er sie zu seinem Schoß lenkte, küßte und zärtlich streichelte. Daß er die Hand an seine heißen Wangen legte. Remeur tastete die Gesichter ab wie ein Blinder. Wie er es später liebte, sein Gesicht an Bartstoppeln zu reiben, wurden seine Hände zu Sensoren visueller Vorstellungen. Er unterschied Lippen mit dicken Wülsten, ein Kinn mit Grübchen, gerade oder geschwungene Augenbrauen, glatte und rauhe Stirnen. Ein Junge nebenan führte Remeurs Hand zu seinen Augen. Er weinte. Sanft streichelte Remeur die Augen, die Augendeckel, die samtene Haut unter den Augen. Alles, was er an Liebe besaß, schenkte er dem Jungen durch die Berührung. Er war gerührt. Er hing in verquerer Haltung vor dieser vulgären Klowand und fühlte einen Hauch vom Höchsten, das Menschen zu fühlen möglich ist. Auf solche Erlebnisse mußte man oft lange warten. Es bedurfte der Geduld. Liebe bedarf immer der Geduld und der Beharrlichkeit.

Die Entdeckungen der Hand waren ein Abenteuer. Atemlos hing er vor der Kabinenwand, die Geilheit ließ sich nur noch steigern durch die Vorstellung, daß es dem Nachbarn nicht anders ergehe. Man konnte sich rückwärts oder vorwärts an die Wand drängen. Beide Stellungen boten andere, neue Genüsse der Berührung. Längst war es beiden gleichgültig, ob man von außen ihre sublimen Leibesübungen bemerken konnte. Nicht selten streckte einer von ihnen sogar die Beine vorne aus der Kabine heraus. Von außen verfolgten diejenigen, die Bescheid wußten, die Szene mit Andacht bis zum

Schluß. Für andere sah es eventuell so aus, als habe sich drinnen einer eine Drogenspritze gesetzt. So etwas bermerkte man lieber nicht; man verließ eilends die Toilette. Eine Gefahr für die beiden in den Kabinen waren daher die Passanten draußen nicht. Für die Ahnungslosen tat sich in den Kabinen etwas Geheimnisvolles, für sie Undurchschaubares, Verhängnisvolles gar, dem man auf jeden Fall entgehen wollte. Nur vor Toilettenfrauen mußte man sich hüten. (Toilettenfrauen aller Nationalitäten gehörten für Remeur von Anfang an zu dem Geschlecht der Hallenbadfrauen, der Conciergen und Straßenbahnschaffnerinnen. Launische Hexen, die ihn zuweilen gutmütig an ihren dicken Busen drückten, die zuweilen allerdings auch mit dem Rufen der Polizei drohten – wegen mißbräuchlichen Aufenthalts in öffentlichen Toilettenräumen. Den Toilettenfrauen war letzten Endes nicht zu trauen.)

Oft hatte es seine eigenen physiologischen Schwierigkeiten, dic Hand des Kabinennachbarn an das erigierte Glied zu führen. Denn jetzt war es so hart, so hoch, so steil in den Himmel weisend, daß die Hand von der anderen Seite es kaum noch erreichen konnte. Oft hatte es Remeur erlebt, daß ihm und gleichzeitig auch seinem Nachbarn vor Erregung ohne jede Manipulation der Samen herausspritzte – gegen die Wand, hoch in der Klappe, bis ins Gesicht, und dann cremig auf ihrer beider Hände heruntertropfte. Die Hände liebten sich, verschmierten gegenseitig den kostbaren Seim und zogen sich langsam in ihre Kabinen zurück. Der Liebesakt war beendet. Wenig später hörte Remeur nebenan die Wasserspülung, der Nachbar ging. Er selbst saß noch erschöpft in der Kabine, ehe auch er ging. Draußen sah ihm ein Rentner nach, der, gestützt auf seinen Stock, an der Pinkelrinne stand und von außen alles beobachtet hatte. Er wußte Bescheid und war voller Neid und Bewunderung.

Die schönsten Klappen mit den interessantesten Abenteuern gab es in kleinen Städten. Jahrelang schwärmte Remeur von der Bahnhofsklappe in Radolfzell. Oft mußte man dort zwar lange warten. Aber man konnte sich die Zeit vertreiben mit dem Lesen jahrealter Inschriften, die in die Tür eingeritzt waren. »Wann legt mal endlich wieder einer Pornohefte her?« »Komm in die Klappe von Singen. Ich bin jeden nachmittag dort. Hier ist nichts los.« Dazwischen hatte einer geschrieben: »Ich will nicht mehr warten«, – bis sich nebenan die Tür quietschend öffnete und schloß, und es nebenan raschelte.

Der Sehschlitz zwischen den Kacheln beider Kabinen war schmal. Links mußte man aufstehen, um rechts hineinzusehen. Meistens genügte das Hineingucken schon. Der Vorgang des Guckens war die »Bekanntschaft« mit dem Nachbarn. Der von rechts wichste, der von links wichste. Nur selten verhielt sich einer abweisend. (Lediglich in der Bahnhofsklappe von Düsseldorf hatte einmal einer eine brennende Zigarette herübergeworfen und laut über die schwulen Säue lamentiert. Remeur hatte von daher eine lebenslange Aversion gegen Düsseldorf.)

In Radolfzell spielten die Jungs phantasievolle Spiele. Manche schoben Spiegel unter die Zwischenwand und veranstalteten von rechts und links Stummfilmvorstellungen, Schattenspiele der Lust. Der kleine Italiener aber, den Remeur hier kennenlernte, Luigi, war der wildeste von allen. An einem Abend, nachdem Remeur und Luigi gleichzeitig festgestellt hatten, daß sie durch den Spalt lugten, kam zuerst ein Fuß mit Turnschuhen in Remeurs Kabine unter der Kachelwand durchgekrochen, dann noch ein Fuß. Den Füßen folgten die Beine, braune, behaarte Fußballerbeine, die Unterschenkel, die Oberschenkel. Remeur kniete auf dem Boden und besah sich die Pracht, die sich ihm anbot.

Den Oberschenkeln folgte ein schmaler Unterleib mit einer rotgestreiften Turnhose, darüber ein loses, weißes, verschwitztes T-Shirt mit einem Sportvereinswappen auf der Brust, dem folgten Hände und Arme, die verführerisch und erwartungsvoll ihren dazugehörigen Unterleib streichelten. Remeur beteiligte sich längst an dem für ihn unwiderstehlichen Streichelspiel. Er steckte sein Gesicht zwischen die Beine von Luigi. Der heiße Duft von Schweiß, Urin, Sperma betäubte ihn. Vorsichtig zog er Luigis Sporthose herunter. Der Penis stellte sich steil auf, die violett glühende Eichel wuchs über die Vorhaut hinaus. Remeur küßte die Wurzel von Luigis Glied. Aus der Nebenkabine hörte er ein ohnmächtiges, wollüstiges Stöhnen und Grunzen. Remeur leckte den Schwanz ab, nahm die Eichel in den Mund, wühlte mit der rechten Hand zwischen den Schenkeln des Jungen, spielte mit dem Mittelfinger an dessen feuchtem Loch – und spürte bald, zu bald, aber doch erlösend, wie sich sein Mund füllte, daß es ihm rechts und links vom Mund niedertroff. Er verschmierte damit sein Gesicht, die Stirn, den Mund, die Nase. Remeur, der inzwischen seine ersten kulinarischen Erfahrungen hatte, schätzte den Geschmack des Spermas auf eine mittelgroße, frische Auster der Klasse Belon 3 – etwas salzig, etwas nach Meer, nach Tang, nach Fisch schmeckend, etwas nach Moder riechend.

Luigi reichte ihm ein Papiertaschentuch unter der Kachelwand hindurch. Remeur übernahm sorgfältig die Reinigung. Der Junge war so witzig und unkompliziert. Mit den Windungen einer Schlange zog sich Luigi wieder in seine Kabine zurück. Sie verließen gemeinsam ihre Kabinen und lachten sich draußen offen an. Luigi war ein Traum. Ein kleiner italienischer Fußballspieler, der es jetzt allerdings eilig hatte, nach dem Training, wie er sagte, nach Hause zu kommen. Remeur bewahrte ihm ein ewiges Andenken in seinem privaten Himmel. »Ich hätte ihn fressen können«, sagte er von ihm, wenn er über seine Klappenerlebnisse erzählte.

In London damals, Waterloo Station, hatte er ähnliches erlebt. Es war nicht so charmant wie in Radolfzell, brutaler, direkter, vulgärer. Er saß noch nicht auf dem Klo, als sich schon von den Kabinen rechts und links dicke, pochende Schwänze durch die Löcher in den Zwischenwänden preßten – zu Remeurs allfälliger Bedienung. Er befingerte und betatschte und beleckte sie, sah rechts und links durch die Löcher – die Wände waren wie ein Sieb, auch die Außentür, so daß er erst jetzt verstand, warum der junge Mann vorhin ihn erkannt hatte: Von innen konnte man den gesamten Raum außen überblicken. Man sah aber auch den Betrieb innen, sah, was in den entferntesten Nachbarkabinen geschah.

Für Remeur ging eine Welt auf. Hier also. Das also. Er hatte nichts gewußt von dieser Unterwelt. Er sah sie und war auch schon gefangen von ihrer anonymen Direktheit. Später, als es Parolen gab wie »Heraus aus den Klappen!«, die Zeit der Diskussionen, redete Remeur ebenso und befand für sich selbst, daß die

Parolen ihre Berechtigung hatten. Es war die Zeit seiner großen Reisen, mit und ohne Sven. Gerade er war ein Nutznießer der eben gewonnenen Freizügigkeit. Er dachte allerdings auch daran, wie die Rattenwelt, unten, ihn einst verzaubert hatte und welche Seligkeit er damals zuweilen gespürt hatte. Immer wenn ein Wichtigtuer aus der sogenannten Szene später voller Verachtung über den »schmierigen, armseligen Klappensex« sprach oder ein anderer ihm gestelzt den Unterschied zwischen Sex und Eros erklären wollte, wurde Remeur böse. Denn gerade dieser Unterschied bestand für ihn nicht. Für ihn war die Liebe immer die Liebe, immer die gleiche, eine, unteilbare. Es war die Liebe zu dem kleinen Luigi. Die Liebe zu seinen brutal aussehenden und doch so zärtlichen Lederjungs, zu den Metzgergesellen und Bäckerlehrlingen in der Markthalle. Die Liebe zur Welt, zur Sinnlichkeit. Es war die große, alles umfassende Liebe. Es war die Liebe zu Gott. In der Liebe zu den liebkosenden Händen, so kam es ihm vor, habe er seine Einsamkeit einem herrlichen Gott geopfert, so groß und schön wie der im Altarbild des Michelangelo in der Sixtinischen Kapelle.

Von dem damals noch gültigen und immer drohenden Paragraphen 175 ließ Remeur sich nicht mehr irritieren, obwohl, wie er es später in seiner mikroskopisch kleinen Schrift in seiner Kladde formulierte, schon der Gedanke an die Liebe zu einem Mann strafbar war. Die Liebe, dachte er, ist die reinste und edelste Empfindung, zu der ich fähig bin. Wie sollte das Sünde oder gegen das Gesetz sein? Wie sollte er Gott oder einen Staat achten, der ihm die Liebe verbot? Dieser Gedanke, der unter Homosexuellen üblich war, bewirkte letztlich, daß sie alle dem Staat und der Religion distanziert gegenüberstanden. Die Konsequenz hatten Remeur und seine Freunde allerdings nicht bedacht: daß sie die Haltung der Außenseiter angenommen hatten. Sie taumelten durch das Leben, verbohrten sich in ihre Einsamkeit und träumten von der Seligkeit.

In Nürnberg lernte Remeur Peter Hansen kennen. Eine klassische Klappenbekanntschaft. Peter, wie sein Familienname schon andeutet, war ein Norddeutscher, Kieler, Arztsohn, hellblond, groß, stark, alles war hell an ihm. Heimlich dachte Remeur, Peter sieht aus wie ein jugendlicher SS-Offiziersanwärter. Und auch daran dachte er, etwas beklommen, daß dieses Bild auf nahezu alle Schwulen magnetisierend wirkt. Ob auch das mit der Lust am Verbotenen zusammenhängt? Waren Lust und Verbot gleichmaßen Ergebnisse der Geschichte, sonst nichts? Peters strähnige, blonde Haare hingen ihm zuweilen über die Stirn, sogar über die Augen. Remeur konnte sich dann nicht sattsehen an ihm. Wenn sie zusammen waren, in einem Restaurant, im Kino oder im Theater, und Peter seinen Arm um ihn legte, dann war er so stolz und selig und glücklich, daß er still vor sich hin eine modifizierte Hölderlinzeile zitierte: »Einst lebt' ich wie Götter... und mehr bedarf's nicht.«

Aber sie waren nicht oft zusammen. Das war das Merkwürdige ihrer Beziehung: Sie trauten sich nicht. Sie paßten zusammen, dachten in vielem gleich und hatten Lust aneinander, aber gleichzeitig wehrten sie sich vor der Liebe. Lange hatten die beiden sich gesucht. Endlich hatten sie sich gefunden. Und nun sträubten sich beide gleichermaßen gegen jede Bindung, obwohl sie beide dunkel ahnten, daß ihre ängstliche Zurückhaltung, ihre Angst eben, letzten Endes das Ergebnis einer jahrhundertealten Verletzung war. Über eine Sonn- und Feiertagsliebe reichte ihre Beziehung nicht hinaus.

Peter war der Passive in ihrer Beziehung. Er wollte angerufen, gerufen werden. Auch er konnte Gedichte zitieren. Bertolt Brecht:

Sieben Male ruf ich dich
Sechsmal bleibe fort.
Doch beim siebten Mal, versprich
Komme auf ein Wort.

Remeur versprach's, aber er rief ihn nicht und blieb auch beim siebten Male fort. Peter war Medizinstudent in Erlangen. Zusätzlich zu dem monatlichen Scheck von seinem Vater, dem Doktor, verdiente er sich ein paar Mark als Verkäufer in einem Schnellimbiß. Remeur erkannte ihn, wo immer Peter sich aufhielt, auch in der dunkelsten Klappe am Geruch nach Pommes frites. Der Geruch hatte seine Haut durchdrungen. Alles an ihm, der so edelnordisch aussah, roch nach ordinärem Frittenfett. Für Paradoxes begeisterte Remeur sich stets. Daß Peter auch noch lange Unterhosen im Winter trug – vermutlich auf Geheiß seiner Mutter; Peter war ein braver Sohn – machte Remeur wild vor Begierde.

Sie liebten sich auf der schmalen, etwas quietschenden Schlafcouch in Remeurs winzigem Nürnberger Appartement. Peter wollte unbedingt gefickt werden – von vorne. Bisher hatte Remeur weder gewußt noch geglaubt, daß das möglich sei. Peter bewies es ihm. Seine Haut war weiß und weich und rein wie die eines Mädchens, makellos. Sie kuschelten zusammen unter drei, vier Wolldecken in dem schlecht geheizten Appartement und verzehrten mit Behagen die selbstgebackenen Weihnachtsplätzchen von Peters Mutter, die sie in einem großen Paket zusammen mit langen Unterhosen und wollenen Socken geschickt hatte. Das waren die schönsten Augenblicke ihres kurzen Zusammenlebens. Peter gab an mit seinen Erfahrungen: In Kiel hatte er einen brasilianischen Matrosen gekannt, von dem er schwärmte, von dem er wahrscheinlich zeitlebens schwärmen würde. Remeur liebte Peter. Aber es fehlte ihm der »Vorzug«, wie er sagte, das Wichtigste für ihn, das Liebe vollkommen macht: vorgezogen zu werden. Soll er sich doch seinen Brasilianer suchen, dachte er – und rief nicht an. Der Gedanke an eine feste Beziehung zu Peter nahm ihm den Atem. Nach und nach verloren sie sich aus den Augen.

Remeur umgab sich gern mit Geheimnissen, durchsichtigen und undurchschaubaren. Immer hatten sie einen Anflug von grellem Kitsch und waren dennoch nicht völlig zu wiederlegen. Rätselhaft vor allem war sein beruflicher Lebenslauf. Er führte das Leben eines Weltreisenden, war Journalist und war es auch wieder nicht. Hatte er geerbt? Wovon lebte er? Niemand wußte Genaueres. Er war von Nürnberg nach Frankfurt umgezogen, wohnte zeitweise aber auch in Paris, hatte Freunde in New York und Rio de Janeiro.

Selten wurde einer aus dem großen Kreis seiner Bekannten für würdig befunden, seine Wohnung zu sehen. Nur ein, zwei Mal hat er sie selbst beschrieben, wobei auffiel, daß die Wohnung in seinen

Beschreibungen immer wieder anders aussah. Er log in seinen Geschichten, daß sich die Balken bogen. »Es kommt darauf an, die Stimmung richtig herüberzubringen«, sagte er einmal. Das war wohl auch sein journalistisches Credo. Nur wenn er von der Liebe erzählte, hatte er einen Glanz in den Augen, zärtlich, andächtig und fromm, daß er seine Zuhörer manchmal fast zum Weinen brachte. Die weihevolle Stunde störte er dann allerdings gelegentlich durch frivole Bemerkungen wie diese: »Vom Gürtel abwärts ist dem lieben Gott der Mann am besten gelungen.«

In Frankfurt lief zunächst alles wie in Nürnberg. »Es klingt lächerlich«, sagte Remeur, »aber es bedurfte tatsächlich dieser Begegnung in der *Bali*-Sauna, daß sich mein Leben wendete.« Die *Bali*-Sauna, heute schon Legende, war teils Hotel, teils Sauna, es war die kurioseste schwule Sauna, die die Welt je gesehen hat – sieht man von dem Hamburger Sauna-Schiff ab, das in einem der Kanäle in der Innenstadt vor Anker lag und das nachts zuweilen schwer zu schwanken schien vor lauter Ficken, Stöhnen und Lustgeschrei.

Das *Bali*, wie man in Frankfurt sagte, ein grammatikalisches Wunder, bestand aus einem Gewirr von Zimmern, kleinen, großen, hellen, dunklen, einer Bar im Parterre und einer Sauna im Keller. Dem Saunagast stand das ganze Haus zur Verfügung, vom Keller bis zum Speicher, überall gab es versteckte Liebeslauben, jedes Zimmer hatte für Remeur bald seine Erinnerungen. Zu komischen bis grotesken Erlebnissen führte es jedesmal, wenn in Frankfurt Messe war, vor allem an den Buchmessetagen, oder wenn aus sonst einem Grund alle anderen Hotels ausgebucht waren und das *Bali* seine Zimmer auch »normalen« Hotelgästen anbot. Der junge Kellner an der Bar, Harry – genannt »La Harriette«, ein effeminiertes Bündel von schutzbedürftiger Empfindsamkeit, der von allen *Bali*-Gästen vorbehaltlos geliebt wurde, obwohl auch er über den giftigen Witz der Ironie verfügte, der seiner Gattung eigen ist – La Harriette flüsterte dann den Stammgästen zu: »Das ist keiner von uns«, oder: »Der gehört nicht zu uns.«

Das Versteckspiel, das dann begann, die Versuche von Verführung, Erfolge und Mißerfolge – das *Bali* war ein einziges Kabarett. Die Besucher waren Zuschauer und Akteure zugleich.

Eines Tages im Mai – wieso hatte Remeur das genaue Datum vergessen? Wie oft hatte er später darüber nachgedacht. Es war ein gewöhnlicher Wochentag, ein Mittwoch oder ein Donnerstag, es war nicht viel los im *Bali*. Ein älterer Mann hatte an der Bar Remeur von seinen Sorgen erzählt: Er war verheiratet, hatte zwei erwachsene Kinder, nächste Woche würde sein Sohn die Tochter eines reichen Kollegen heiraten. Er war ein Handwerksmeister, Spengler, wohnte im Taunus, besaß ein großes Haus mit Swimmingpool. Es ging ihm gut. Aber keiner von seinen Verwandten und erst recht keiner von seinen Nachbarn durften wissen, daß er in Wahrheit schwul sei. Er sah seiner Zukunft wie einer unabwendbaren Katastrophe entgegen.

Der unglückliche Handwerksmeister hob Remeurs Laune nicht. Er wollte schon wieder gehen; er versuchte noch einen letzten Saunagang, als plötzlich ein Prinz durch das kleine Saunafenster lugte. Ein junger Mann, schön, ganz anders, als Remeur sich immer seinen Prinzen vorgestellt hatte, etwas müde um die Augen, etwas Lachen um den Mund, Sven, Svenissimo, wie Remeur ihn bald zu Hause nannte, betrat die Szene.

Bis dahin waren alle Begegnungen Remeurs – das häßliche Wort Beziehungen haßte er, wußte aber kein besseres – auf kurze Dauer angelegt, Tendeleien, es war die schwulenspezifische Promiskuität, die, so kam es ihm vor, sein Leben beherrschte und jeden Gedanken an Zukunft verbot. Es war ein Taumel. Remeur fühlte sich gejagt, getrieben, gehetzt. Aber er genoß es. Das Immer-Weiter war sein Lebensmotiv. Jetzt lag er plötzlich schwitzend auf der Saunabank und konnte seinen Blick nicht von den grauen Augen Svens wenden. Immer wieder versuchte er es, in eine andere Richtung zu schauen. Meint er mich? fragte er sich. Doch Sven, der jetzt oben auf der Saunabank ihm gegenüber saß, sah ihn unverwandt an: Es war offensichtlich, daß er Remeur meinte; es war niemand sonst in der Sauna. Sie suchten beide nach Wörtern; es gelang ihnen nicht zu sprechen. Schließlich erhob sich Remeur aus seiner lasziven Liege-Lage, setzte sich, stand auf. »Gehen wir nach oben«, sagte er zu Sven, der nicht einmal versuchte, darauf zu antworten, sondern wortlos aufstand und mit Remeur den Saunaraum verließ, dessen Arm berührte, elektrisierend, sie hatten beide eine Erektion, die sie auch nicht verbargen. Sie küßten sich zum ersten Mal.

Sie stolperten oben in das erstbeste leere, dunkle Zimmer, verschlossen von innen die Tür, fielen, sich küssend, auf das Bett. Die schweißnassen Handtücher, die sie um den Leib gewunden hatten, schlangen sich ineinander, lagen an ihren Köpfen, Füßen,

Leibern. Remeur »versuchte« jeden Zentimeter von Svens Körper mit der Zunge, knabberte ihn an, spürte mit wohliger Besessenheit, daß Sven das gleiche mit ihm tat, kennerisch, sie überließen sich der Lust, die Zeit versank. Alles, was Remeur von Lust wußte, schenkte er Sven. Zum ersten Mal erlebte er diesen ungestümen Anfall von Zärtlichkeit und Vertrauen, er wird mir nur Liebes tun. Alles, alles sollte Sven haben, wenn sie nur nie enden würde, diese Seligkeit.

Sven ging dabei zielbewußt vor. Er kannte sich aus in den Mechanismen der Lust. Remeur war sein williges Opfer. Er wußte ihn geil zu machen. Er ließ sich seinerseits anstecken von dessen Geilheit. Erst dann begann er systematisch mit den Vorbereitungen des großen Werkes: Er legte sich Remeur zurecht, er hatte ihn soweit. Remeur stöhnte, sein Herz schlug, er glaubte zeitweise die Besinnung zu verlieren. Sven fickte ihn, stark, brutal, gnadenlos und zärtlich zugleich. Wie Tiere beleckten sie sich, »ja, ja«, stöhnte Remeur in sein Kissen, er biß in das Kissen, er schlief ein, fühlte im Schlaf die rhythmischen Stöße, die seinen Körper erschütterten, er wachte auf, schrie, als der glühend heiße Strahl seinen Körper durchzuckte und Sven langsam über ihm zusammensackte. Sie streichelten sich lieb, dankbar, rückten noch näher aneinander, ineinander, küßten die Stellen der Haut, die dem Mund gerade am nächsten lagen, die Ohren, die Brust, die Oberschenkel. Als Sven sich nach langer Zeit auf die andere Seite legte, zog sich Remeurs Herz zusammen, er sagte: »Bleib noch ein bißchen!« Der Satz blieb das Motto ihrer Verbindung. Sie erinnerten sich immer daran. Sie scherzten darüber, wußten aber im Inneren, daß sie nie einen ernsteren Satz gesprochen hatten als eben diesen, als sie noch nicht einmal ihre Namen kannten: Bleib noch ein bißchen!

Svens Antwort: »Ich wollte sowieso noch nicht gehen.« Sie blieben ein bißchen zusammen. Acht Jahre, alles in allem.

In der Szene war das Paar eine kleine Sensation. Keiner verstand ihre verrückte Liebe, die nicht auf Gemeinsamkeit, sondern auf Gegensätzlichkeit beruhte. Zwar war Svens berufliche Tätigkeit nahezu ebenso undurchschaubar wie die Remeurs – er arbeitete in der Manager-Etage eines Konzerns der Fotoindustrie und war vorwiegend mit Werbung beschäftigt – aber ihr Leben, ihre Gedankenwelt schienen zumindest entgegengesetzt. Sven lebte ein oberflächliches, reichlich gedankenloses Manager-Luxus-Leben. Keiner in der Firma durfte etwas von seinen Ausflügen in die schwule Welt wissen, obwohl er seit seiner Schulzeit schon darin aktiv war. Er war jedenfalls das helle, sonnige Element in der Beziehung Remeurs. Dieser hingegen vertrat das dunkle Element. Nach außen blieb ihre Verbindung rätselhaft. Wie hätte Remeur »Fremden« klarmachen können, daß er sich zum ersten Mal in seinem Leben tragen ließ von einer vorbehaltlosen Liebe? Daß er auf jeden Schutz und jede Vorsicht verzichtete? Daß er im »Falle Sven« nicht kalkulierte, was dieser wohl von ihm wolle und in welcher Weise die Verbindung für ihn unangenehm werden könne. Solche Gedanken waren ihm keineswegs fremd, und er erinnerte sich beschämt daran, daß es eben solche Überlegungen waren, die seine Beziehung zu Peter Hansen gestört hatten. Daß dieser wohl ähnlich gedacht hatte, war ein anderes Kapitel. Im »Falle

Sven« verbot er sich solch niedere Gedanken. Aber er versäumte es, wie er später mit Entsetzen begriff, nach den Gedanken Svens zu fragen.

Fast auf den Tag ihrer Bekanntschaft ließ es sich zurückdatieren, daß Remeur begann, sich mit Mode zu beschäftigen. Sven, den man vorher auf allen Tuntenbällen (vor allem in Berlin) und in allen Saunen der Welt gesehen hatte, begann plötzlich, erstaunliche Bücher zu lesen. Er las sie lange, schwer, er biß sich durch sie hindurch: Remeur hatte sie ihm gleichsam verordnet. Sven zog um in eine sündhaft teure Wohnung, eine – nach Remeurs innenarchitektonischen Vorstellungen – nahezu total leere, einstige Herrschaftswohnung, weil Remeur seine vorherige Wohnung spießig genannt hatte. Sie kritisierten sich scharf gegenseitig. So eng sie zusammen waren, so bedingungslos füreinander, so merkwürdig kühl blieb ihr Verhältnis nach außen. Nie zogen sie beispielsweise zusammen. Oft schlief Sven bei Remeur, obwohl er gegen dessen Katze, Titulina, allergisch war. Manchmal, viel seltener, schlief Remeur bei Sven – das waren Feste. Erschöpft gingen sie wieder auseinander. Sie waren ein Paar – für manche schwule Paare, die sie kannten, wurden sie geradezu zum Vorbild: »Mit Sven und Remeur geht es doch auch«, sagte man – und sie waren auch wieder kein Paar. »Es ist gut«, sagte Sven, »solange man uns nicht versteht.« Sie selbst verstanden sich allerdings am wenigsten. Das betraf Ernstes, Tiefes, ihr Leben völlig Veränderndes, aber auch Äußeres, mehr oder weniger Komisches. So war es beispielsweise in der *gay society* von Frankfurt, in der sie zu Hause waren, ein offenes Geheimnis, daß Sven eine besondere Zuneigung zu dicken

Männern hatte. Schwule, die für ihre spitze Zunge bekannt sind, pflegten daher Sven besonders gern zu fragen: »Der Jean ist doch gar nicht dick. Was findet du denn an ihm?« Sven erklärte darauf: »Jean kann sich bei Bedarf dick machen wie eine Amsel.« Remeur trug seitdem in Frankfurt den geheimen Spitznamen: »Die Amsel«.

Remeur hatte in ihrer Verbindung den schwersten Stand. Denn Sven hatte ihm von Anfang an unverblümt klar gemacht, daß er, Jean, einer von vielen Liebhabern und Freunden Svens sei. Besser einer von vielen, dachte Remeur, als gar keiner, und so begann sein langsamer, sanfter, beharrlicher Kampf um die Alleinherrschaft. Den Anspruch hat er jedenfalls bis zum Schluß nicht aufgegeben. Sven, der zu allen Liebesdingen auch noch viel geschäftlich unterwegs war, hatte Freunde in Amerika, wo er studiert hatte, in Frankreich, in Portugal, wo sein Großvater wohnte, in Brasilien, Hunderte in Deutschland, feste, enge, weniger enge, gelegentliche, frühere, abgelegte. In der Phantasie Remeurs vermehrten sie sich noch einmal. Er litt tausend Qualen der Eifersucht und zitterte wie ein Gymnasiast, wenn Sven für den Abend sein Kommen angekündigt hatte: Der Geliebte kommt. Er bereitete die Wohnung vor, erklärte seiner Katze Titulina, sie müsse sich am Abend gut benehmen, er bestellte Plätze in Svens Lieblingsrestaurant, er suchte kleine Geschenke für ihn aus – sie durften nicht zu teuer sein, weil sie sonst nach Bindung ausgesehen hätten – er bezog das Bett mit frischen Leinentüchern. Außerdem achtete er darauf, daß auf dem breiten Bett nur eine Decke lag. Denn in seiner ihm eigenen Verdrehung von Frömmigkeit und Heidentum war ihm gerade um diese Zeit der Spruch eingefallen: »Der Teufel hat die zweite Bettdecke erfunden.« Remeur haßte es, wenn Sven sich zum Schlafen in der einen Decke isolierte.

Wenn dann allerdings das Telefon klingelte, rechnete Remeur fatalistisch mit einer Absage Svens. Tausendmal hatte er das erlebt. Stundenlang, tagelang, wochenlang wartete er vergebens. Wenn das Telefon klingelte und Sven ankündigte: »Ich komme gleich«, ärgerte sich Remeur ebenfalls: »Warum kommt er nicht einfach?« Dieses Kommen und Nichtkommen war der einzige Streitpunkt ihrer Freundschaft. Auch daran gewöhnten sie sich. Es war am Ende nur noch eine Neckerei unter Liebenden.

Wenn Sven auch behauptete: »Ich habe dich erst zu einem Schwulen gemacht« – er meinte damit, daß er Remeur erst in die schwule Gesellschaft eingeführt und ihm die Angst vor der Liebe genommen habe, womit er recht hatte –, so übersah er doch, daß Remeurs sanfte Beharrlichkeit sein Leben mehr beeinflußte, als er es für möglich gehalten hatte. Daß jeder unabhängig sein Leben lebte, das war die Bedingung ihrer Verbindung, ihre Stärke und Schwäche. Während alle weltweiten, kosmopolitischen Freundschaften Svens, vor denen Remeur sich fürchtete, in Krisen und Streitereien zerbrachen, wieder aufflammten, erloschen, war ihre Verbindung das Beharrende. Remeur sorgte dafür, daß Sven das bemerkte. Nur daß sie zuviel redeten, analysierte Remeur später, lange Zeit später, ihre Liebe: »Wir wollten sie verstehen. Aber sie war doch ein Geheimnis. Warum haben wir das Geheimnis nicht geachtet?«

Je länger sie sich kannten, um so schöner empfand Remeur ihre Verbindung, um so sicherer und selbstbewußter wurde er. Insofern stimmte es, was Sven sagte: »Ich habe dich erst zu einem Schwulen gemacht.« Es war Remeurs glücklichste Zeit. Er liebte und wurde wiedergeliebt. Er, der an Glück nicht gewöhnt war, wie er sagte, fühlte sich mit einem Male vom Glück verwöhnt. Er lebte in Einklang mit sich selbst. Endlich war er ein bewußter Schwuler geworden, er hätte es am liebsten jedem erzählt. Er hätte gern einen Rosa Winkel auf dem Pullover oder auf dem Revers seiner Jacke getragen – nach ihrer ersten New-York-Reise, nachdem er sich in der Christopher Street einen Rosa Winkel gekauft hatte, tat er das tatsächlich einige Zeit. »Ich bin schwul«, sagte er, »und ich war es immer gern.«

Sven und Remeur reisten damals durch die ganze Welt. Sie waren heute in Bangkok, morgen in Kuala Lumpur, heute in Haiti, morgen in Jamaika, in Paris, in London, in Kairo, in Tel Aviv, in Kalkutta, in Hongkong. Sie durchstreiften alle Badehäuser, Dampfbäder, Klappen, Bars, Diskotheken, Lederkneipen, dazu Museen, Galerien, Buchhandlungen, Antiquariate, Antiquitätenhandlungen. In einer schummrigen Strandbude an der Copacabana von Rio de Janeiro ließen sie sich von fünf, sechs nackten Knaben massieren. Sie übernachteten in Luxushotels und in den billigsten Absteigen. Sie liebten sich auf durchgelegenen, quietschenden Messingbetten und auf klimatisierten Prachtliegen wie im Hotel *Hassler-Villa Medici* in Rom unter einem Baldachin und umgeben von Stufen und einer Art Kommunionbank, wie man sie in den Schlafzimmern des Bayernkönigs Ludwig II. sieht. »Franz

Josef Strauß soll angeblich hier wohnen, wenn er in Rom ist«, sagte Sven. »Strauß treibt es mit dem Tölzer Knabenchor«, sagte Remeur. »Woher weißt du das?« »Ich weiß es nicht, aber wir könnten doch das Gerücht einmal in die Welt setzen.« Als Sven und Remeur bei *Hassler* mitten im Gewühle auf dem Bett vom Zimmermädchen überrascht wurden, ließen sie sich keine Sekunde dabei stören. »Soll sie doch gehen oder bleiben«, röchelte Remeur. Er hätte die Welt umarmen mögen.

In Los Angeles, wo sie zwischen ihren Betten im Zimmer des distinguierten Hotels *Sir Francis Drake* einen Nachttisch fanden, baten sie den verwirrten, zwischen Pflichtgefühl gegenüber dem Gast und dem eigenen moralischen Entsetzen schwankenden Portier telefonisch, die Betten aneinanderrücken zu lassen. Sie seien das so gewohnt. Der arme Mann erbleichte und fügte sich stumm – der Teufel hat die zweite Bettdecke erfunden. Auf Capri, auf Sylt und in Sankt Moritz avancierten Sven und Remeur zu Stammgästen. Sie durften sich als Mitglieder jenes schwulen Jet-Sets betrachten, der Tag für Tag, Jahr für Jahr ohne Rast und Ruh, wie gehetzt, durch die Welt zieht. Als sich ihr Abflug auf dem Flughafen von Kingston auf Jamaika verzögerte und Sven in gewohnter Fröhlichkeit und mit unermüdlichem Unternehmensgeist die Einrichtungen des Flughafens inspizierte, während Remeur etwas mitgenommen seinen bequemen Platz in der Bar behielt, antwortete Remeur auf Svens Frage, warum er dort bleibe: »Bin ich gefickt worden oder du?« Der Rücken schmerzte ihn. Er fühlte sich wundgefickt. Er schloß die Augen und träumte der Seligkeit nach, die er vor ein, zwei Stunden erst erlebt hatte.

Er wollte niederknien und den Göttern danken für das Glück. Sven sah ihn an, lachte, schüttelte den Kopf. So war sein Remeur. Das Leben war schön.

Jede Liebe, hatte Remeur einmal gesagt, hat ihren Anfang, ihren Höhepunkt und ihr Ende. Wie vieles, was Remeur sagte, war auch dieser Satz kühn und leichtfertig, daß Remeur ihn nach kurzer Zeit gern zurückgenommen hätte: Die dunklen Wolken, die sich über ihm zusammenzogen, bemerkte er nicht. Unsere Liebe fängt erst an, dachte er.

Eines Tages bat Sven ihn, seinen Hund Samson zu hüten, weil Sven für etwa eine Woche geschäftlich nach Paris reisen müsse. Samson war von unbestimmbarer Rasse, ein liebes Tier, und seine Haare fielen ihm über die Augen, seine drolligste Eigenschaft; er verstand sich sogar mit Titulina. Außerdem krabbelte er mit Vorliebe bei Remeur unter eine Kommode, unter der er dann ohne Hilfe nicht mehr herauskam. In der Woche mußte Remeur die Kommode zehn- oder zwanzigmal hochhieven. »Du bist ein dummer Hund«, sagte er zu Samson, »wir gehen jetzt gemeinsam deinen Herrn am Flughafen abholen«, sagte Remeur und bestellte ein Taxi.

Das Flugzeug hatte Verspätung. Remeur langweilte sich. Samson langweilte sich, suchte nach einer Kommode, unter die er kriechen könne, fand Gott sei Dank keine. Als die Passagiere der verspäteten Paris-Maschine durch den Ausgang kamen, sah Remeur bald Sven, strahlend, lachend, wie er ihn kannte; für den Bruchteil einer Sekunde glaubte er, der neben Sven gehende Passagier sei mit diesem gereist, nur jetzt am Ausgang würden sie sich trennen. Was für ein absurder Gedanke, sagte er zu sich selbst. Samson stürzte zur Belustigung aller Passagiere bellend auf Sven; Samson achtete nicht auf den makellosen, fast weißen, neuen Leinenanzug von Sven. »Ich muß mit dir sprechen«, sagte Sven in ungewohnter Feierlichkeit. »Kommst du mit zu mir?« Nichts war Remeur lieber als diese Aufforderung, wenngleich der Ernst in Svens Stimme ihn irritierte. Zu Hause sagte Sven: »Ich weiß nicht, ob es dir aufgefallen ist, aber ich habe mich verliebt.«

Remeur war bleich geworden und starrte ihn an. Verliebt? Plötzlich begriff er, daß er von Sven, wie immer er selbst auch zu ihm gestanden habe, einer völlig anderen Kategorie zugeordnet worden war. Vielleicht war er, der sich auf so lächerlich selbstsichere Weise für den Geliebten gehalten hatte, nur der Freund. Und prompt sprach Sven es auch schon aus: »Warum sollen wir nicht Freunde bleiben?« Vielleicht redete Sven weiter, gab Erklärungen, wer, was, warum, wo. Remeur hörte nichts davon, verstand nichts, es hämmerte in seinem Kopf, es würgte in seiner Brust. »Und meine Liebe«, sagte er, »ist sie gar nichts wert? Ich hasse die Freundschaft«, sagte Remeur und verstand mit einem Male Proust, der auch die Freundschaft gehaßt hatte; das bezog sich auf eine Stelle in der *Recherche*, über die Remeur jahrlang gegrübelt hatte. »Ich will nicht dein Freund sein«, sagte er zu Sven und stand schwankend auf. Sollte er gehen, sollte er bleiben? Sven küßte ihn, »bleib hier«, sagte er; er war ebenso unentschieden wie Remeur.

Christoph, so hieß die neue Liebe von Sven – es war tatsächlich jener, den Remeur schon am Flughafen bemerkt hatte. Hatte er den Rivalen mit dem feinen Gespür des Liebenden erkannt? Er erschrak vor dem Gedanken. Denn wer könnte schon kämpfen gegen die Liebe? Christoph war in allem das Gegenteil von Remeur, und außerdem war er auch noch der reiche Erbe eines dänischen Tuchkonzerns, und dick war er obendrein. Christoph war der häusliche Typ. »Wen setzt du an meine Stelle?« fragte Remeur zornig in einem Gefühl von Entwürdigung. »Haben wir nicht acht Jahre über die schwulen Paare gespottet und uns für etwas Besseres gehalten? Jetzt suchst du Geborgenheit bei Christoph.« Dieses Wort »Geborgenheit«, das Sven tatsächlich benutzt hatte, machte ihn rasend. »Geborgenheit, ich hätte sie dir nicht geben können. Ich habe nicht bemerkt, daß du nach ihr gesucht hast, nach einem stillen Glück in der Geborgenheit. Ich kann dir nur Unruhe geben. Wir hatten immerhin eine Chance«, sagte er traurig, »wir haben sie verspielt«, und verließ schwankend, wie betrunken Svens Wohnung. Samson bellte hinter ihm her.

Trotz dieser Entschiedenheit hielt sich ihre Freundschaft, oder wie sollte man ihre Verbindung jetzt nennen, noch ein Jahr. Es war ein böses Jahr. Remeur sagte später: »Ich habe keine Lächerlichkeit einer beleidigten, verlassenen Ehefrau ausgelassen.« Von ihren Freunden unterschied er diejenigen, die zu Sven hielten, und die, die zu ihm hielten. Besser gesagt: Er sortierte Svens Freunde aus. Er mied alle Bars und Restaurants, die er früher mit Sven besucht hatte. Stundenlang stand er nachts vor den erleuchteten Fenstern von Svens Wohnung. Später wußte er nicht mehr, warum. Er berichtete: »Es ist unglaublich, was man durch das simple Beobachten eines Fensters alles herausbekommen kann.« Der unbeteiligte Erzählton konnte indes nicht darüber hinwegtäuschen, daß Remeur nie unbeteiligt war, wenn er von seiner Geschichte mit Sven erzählte. Die Liebe war zu Ende, aber in seiner Erinnerung bestand sie immer fort.

Als die drei, Sven, Christoph und Remeur, sich zufällig in einer Bar trafen, sich zuerst weltmännisch wie »Bekannte« unterhielten, wurde Remeur plötzlich von einem elementaren Zorn gepackt, einer Wut, die er nicht mehr zu steuern vermochte: Am liebsten hätte er dem schleimig-freundlichen Christoph ein volles Glas ins Gesicht geschüttet; zu dem Zweck hatte er extra eine Runde bestellt. Bevor die Getränke aber gebracht wurden, hatten sie sich bereits so zerstritten – ausgerechnet der feine Remeur fiel gezielt und absichtlich, wie man sah, aus der Rolle –, daß Sven mit Christoph beleidigt abgezogen war. Remeur saß verlassen auf seinem Hocker. Als der maulende Barkeeper sich über den Streit beklagte, jetzt habe er zwei gute Gäste verloren, antwortete ihm Remeur: »Sie brauchen nur noch ein Wort zu sagen, und schon haben Sie drei Gäste verloren. Überlegen Sie es sich!« Nein, mit Remeur war in diesem Jahr nicht gut Kirschen essen, wie man sagt. Daß er kurz darauf das *Olympia* entdeckte, erschien ihm wie eine wohltuende Therapie. Die Episode in der Bar allerdings erzählte er besonders gern: »Wie gern hätte ich ihm das Glas ins Gesicht geschüttet. Ein Leben lang werde ich dieser einen Gelegenheit zur Tat nachtrauern. Andererseits, es war vermutlich die einzige Dummheit, die ich damals nicht begangen habe.« Er sollte Sven nie wiedersehen. Sie blieben keine Freunde. Sven zog mit Christoph zusammen in eine andere Stadt. Er war in seiner undurchschaubaren Managerkarriere eine Stufe aufgestiegen. Sven schrieb von Zeit zu

Zeit kurze Briefe von vielen Weltgegenden, die er auch mit Remeur besucht hatte. Remeur antwortete nie.

Remeur verstand sehr wohl, daß ihre Liebe zu Ende war. »...daß man doch zu seiner Qual nimmer es vergißt«, zitierte er Goethe. Taumelig vor Glück hatte er Svens Glück vergessen. »Darum«, so sagte er, »mußte ich in die Grube. Ich war zu glücklich.« Es war die Rache der Götter, als deren Rivalen er sich empfand. Der Neid der Götter war ihnen zum Verhängnis geworden, zur Falle. »Geborgenheit, wie sollte ich wissen, daß er danach suchte.« Er war wieder allein. So wenig er es sich oder gar anderen erklären konnte, er fühlte es auch mit Stolz, manchmal, nachts, auch mit Angst. Er war traurig, nervös, er wurde krank. Mit dem Leben ist es wie mit der Liebe.

Als er kurz darauf in eigenen Geschäften nach Hongkong kam, auf Einladung seiner freizügigen Gastgeber für zwei, drei Tage eine der sündhaft teuren Corner-Suiten im *Mandarin* Hotel bewohnte, betrachtete er mit Bestürzung die Pracht und die Herrlichkeit um sich herum. Nach einem ermüdend langen Flug setzte er sich auf einen harten Stuhl auf dem Balkon und sah sinnend über das flimmernde Lichtermeer, während stumme, leise huschende Diener ihn mit Tee versorgten und in alle Zimmer der Suite Blumen und Geschenke verteilten. Er hatte es gar nicht bemerkt, was mit ihm geschah: er weinte. Dicke Tränen tropften aus seinen Augen, von seiner Nase. Er weinte. Er schluchzte. Er gab sich den Tränen hin. Weinkrampf kann man es nicht nennen, es war ein Anfall von Schluchzen, von tief innen heraus, der nie zu enden schien. Ob ich es je wieder erlebe, dachte er, die Schönheit des Lebens, seine unbekümmerte Heiterkeit. Er sah den immer fröhlichen Sven bei der Ankunft in einem Hotel. Wie oft hatte er das erlebt. Und wie hatte er diesen Moment geliebt. Wenn Sven zuerst das Zimmer inspizierte, sich dann wohlig auf das Bett legte, sich räkelte. Wie Remeur ihm die Stiefel auszog und dabei alles Wichtige erklärte, was man über die Stadt wissen mußte. Wie sie sich liebten zur Ankunft und zum Abschied. »Sie nicht vergessen Dinner, Mister Direktor sagen, ich Sie erinnern Dinner«, flüsterte höflich einer der huschenden kleinen Chinesen-Diener. »Ja, ja«, sagte Remeur, »beruhige deinen Mister Direktor, ich komme schon.« Er stand auf, ging unter die Dusche und machte sich fein für das Dinner. »Sven war ein Kapitel meines Lebens«, dachte er, »das nun zu Ende ist.«

Sechstes Kapitel

Amsterdam

Am nächsten Tag war das Fieber verschwunden, als hätte es sich um einen Scherz gehandelt. Herr Mellenthin versuchte vom Krankenbett aus, über das Telefon einige Geschäfte zu erledigen. Er sprach mit Versicherungen und Krankenkassen, und er rief immer wieder Frau Weidenfels an, er brauche diese oder jene Versicherungsnummer. Der Patient vom Fenster-Bett saß an diesem schönen Sommernachmittag in einem seiner feinen, weißen, frisch gewaschenen und gebügelten Schlafanzüge auf dem Balkon und sah etwas unglücklich über den Park des Krankenhauses. Er las, besser gesagt, er blätterte unlustig im letzten Tagebuch von Camus, der fast für jeden Tag neue Skrupel und Depressionen notiert hatte. Alles in allem war das Leben nach Camus eine himmelschreiende Unverschämtheit, die durch nichts zu entschuldigen war. Dabei hatte der Patient nach dem Anlegen des frischen, unbefleckten Schlafanzugs gerade wieder Zutrauen zum Leben gefaßt. Er besah sich die Verbände um seine linke Hand und sein rechtes Handgelenk, um die hastigen, nicht sehr kunstvollen Einstiche vom Abend zuvor zu verdecken, und dachte: Ich werde es schaffen; so schnell bringt mich keiner um. Unter großem Geschnaufe erschien am Abend auch Herr Mellenthin auf dem Balkon, um die Sommerluft zu genießen. Zu seinem Nachthemd hatte er eine Decke um sich geschlagen und und sein dickes schwarzes Haar von der linken Seite auf die rechte frisiert. Er sah aus wie ein römischer Senator, der eine festliche Toga angelegt hatte. »Ich muß Ihnen eine Geschichte erzählen«, sagte er ohne Vorbereitung. Der Patient vom Fenster-Bett nickte nur.

Durch die engen Gassen um das Hotel *American* herum, in dem Remeur wohnte, wehte am Sonntag ein ziemlich kalter Wind. Gegen 18 Uhr machte er sich, wie geplant, auf, die Anna Pawlownastraat zu suchen. Er ging zwar zielsicher, wie es seine Art war, aber er verlief sich einige Male. Er streifte das Rijksmuseum und befand sich nach einer schon erschöpfend langen Wanderung plötzlich in einem Park, als ihm bewußt wurde, in die falsche Richtung gegangen zu sein. Er kannte sich nicht gut aus in Amsterdam. Er mochte die Stadt nicht besonders; er war immer nur aus Pflicht hier gewesen, nie zum Vergnügen. Außerdem fühlte er sich nicht wohl. Krank, elend, müde. Nachts war er immer wieder wach geworden, hatte leichtes Fieber, Herzklopfen, sogar Schmerzen in der Herzgegend.

Am Morgen war er, ein gehorsamer Bildungsbürger, zusammen mit Lisa im Taxi nach Den Haag gefahren und ins Mauritshuis gegangen. Die meisten Bilder kannte er bereits von regelmäßigen Wanderausstellungen, die das Museum beispielsweise in Paris veranstaltete, Vermeers *Kopf eines Mädchens*, die Ruisdaels und Rembrandts. Die Wanderausstellungen müssen schon eine lange Tradition haben; denn Proust hatte bereits in einer solchen Ausstellung Vermeers Mädchenkopf gesehen. Remeur dachte daran, daß im vorigen Jahr in Paris die Warteschlange der Besucher vor dem Grand Palais fast bis zu den Champs Elysées gereicht hatten, während sie hier in Den Haag neben ein paar alten Damen und einer fröhlichen Nonne die einzigen Besucher waren.

Er suchte wieder das Selbstporträt von Rembrandt von 1669. Der alte Mann mit dem verschwommenen Gesicht einer dicken alten Frau: Der Mann, der alles gesehen hat. Vor dem vermutlich noch späteren Selbstbildnis, auf dem der Maler mit höhnisch geöffnetem Mund und stieren Augen den Betrachter anstarrt wie dieser das Bild, hatte Remeur stets die Augen geschlossen und wie zum Schutz Rilke-Verse gemurmelt:

Der Tod ist groß.
Wir sind die Seinen
lachenden Munds.
Wenn wir uns mitten im Leben meinen,
wagt er zu weinen
mitten in uns.

Von Gebeten, dachte Remeur, darf man in der Öffentlichkeit nicht sprechen. Nach dem Besuch im Mauritshuis hatte er sich dann von Lisa verabschiedet, irgendwelche Geschäfte in Amsterdam vortäuschend. Sie würden sich erst spät am Abend im Hotel oder erst am nächsten Morgen, wenn sie gemeinsam von Amsterdam nach Frankfurt fliegen wollten, wiedersehen.

Am Rande des Oosterparks in Amsterdam hatte

Remeur sich in ein Café gesetzt, um noch einmal den Stadtplan zu studieren und die Anna Pawlownastraat zu suchen. Er wußte, was immer auch passieren würde, er würde die Suche nicht aufgeben. Es gehörte zu den Erfahrungen, die er mit sich selbst gemacht hatte: Was ich mir vorgenommen habe, werde ich tun. Nur führten ihn diesmal seine Gedanken und Erinnerungen immer weiter weg vom Ziel. Er schlürfte den ihm widerlich schmeckenden niederländischen Kaffee – ihm schmeckte nichts in dieser Stadt – und überließ sich einer leisen Schläfrigkcit mit offenen Augen.

Sein Leben lang hatte er versucht, aus dem Loch zu krabbeln, wie er sich ausdrückte. Doch kaum hatte er sich aus dem Loch herausgearbeitet, schon purzelte er auf der anderen Seite wieder hinein. Das Balancieren über den Rand der Möglichkeiten mit Exkursionen in die Unterwelt und in die Oberwelt hielt er offensichtlich für seine Bestimmung. Er war wie die Ameise in einer Wüste, die durchsetzt ist von den Trichtern der Ameisenlöwen, die unten im Zentrum des Trichters wie eine Spinne auf die herunterfallenden Ameisen warten. In höchster Todesnot versucht die Ameise, der Bestie zu entkommen. Der Ameisenlöwe, *Myrmeleon formicarius*, ist die Larve der relativ harmlosen Ameisenjungfer, *Myrmeleonida*, die zur Familie der Netzflügler gehört. Die gefräßige Larve indes ist ein hinterhältiges Biest, die ihr Beutetier, die zappelnde Ameise, mit den Zangen festhält und durch die Injektion eines Sekrets tötet; dann wird die Ameise ausgesaugt. Der Sand des als Falle gebauten Trichters ist so kunstreich aufgeschichtet, daß die fliehende Ameise kaum Tritt fassen kann. Immer rutscht sie nach unten in die Nähe der gefährlichen Zangen des »Löwen«. Hat sie es schließlich doch geschafft, oben den Kamm des Trichters zu erreichen – wütend schleudert der Ameisenlöwe ihr noch ein paar Sandkörner hinterher – da rutscht sie auf der anderen Seite doch tatsächlich in den Trichter eines weiteren Ameisenlöwen.

Remeur hatte für Ameisen eine besondere Sympathie. Schon als Kind konnte er stundenlang ihre Nester beobachten. Er unterschied kleine braune, kleine schwarze, große braune, ganz kleine schwarze und eine Sorte kleiner, die vorne schwarz und hinten braun waren. Als er mit Sven zum ersten Mal in Brasilien war, beobachtete er mitten in Brasilia auf dem Mittelstreifen einer insgesamt achtspurigen Autobahn ein ganzes Panorama von zusammenhängenden Nestern der grünen Blattschneiderameisen. Er konnte sich von dem Anblick nicht trennen. Vermutlich war er der einzige Besucher von Brasilia, der der mißratenen Architektur der neuen Hauptstadt kaum einen Blick schenkte, aber jeden Tag, solange Sven und er sich dort aufhielten, ein paar Stunden auf dem Mittelstreifen der Autobahn verbrachte, um die Ameisen zu beobachten. Er wußte alles von Ameisen. Da er immer alles gelesen hatte, hatte er selbstverständlich auch alles gelesen, was jemals über Ameisen geschrieben worden war. Noch den entlegensten Ameisentheorien schenkte er Beachtung. So las er zum Beispiel im Forschungsbericht eines amerikanischen Biologen, es sei ein Irrtum, Ameisen für fleißig zu halten. In Wahrheit seien sie besonders faul. Die schweren Lasten, die sie transportierten, würden sie nach kurzer Strecke schon einer anderen Ameise übergeben. Sie seien also nicht besonders fleißig, sondern besonders klug und organisiert. Remeur konnte sofort Beispiele anführen, die die Theorie stützten.

Ein früher Science-fiction-Film, *Phase IV*, in dem intelligente Ameisen versuchten, mit Menschen in Kontakt zu treten, gehörte zu seinen erklärten Lieblingsfilmen. Er hatte ein gleichsam intimes Verhältnis zu Ameisen, deren Leben sich weitgehend im verborgenen, im Unterirdischen abspielte. Wenn er beispielsweise nicht einschlafen konnte – Einschlafstörungen sollten ein Leiden seines Alters werden –, schloß er die Augen und stellte sich in der Dunkelheit ein wimmelndes Ameisennest vor, was ihn seltsamerweise beruhigte, während gerade dieses Bild andere Menschen verstören mochte. Man konnte vor Remeurs extravaganten Ansichten und Theorien nie sicher sein.

Als Kind, er hatte vielleicht zum ersten Mal in seinem Leben eine Oper gesehen, entwickelte er die Idee, Singen sei die natürliche Verständigungsmöglichkeit der Menschen. Die Gewohnheit zu sprechen sei dagegen eine von der Zivilisation geförderte Perversion. Man verstand nicht, was er meinte; schließlich konnte er seine verstiegene Theorie, die nur eine von vielen war, nicht vorsingen. So hielt auch er sich an das gewöhnliche Sprechen. Mit fast hämischem Vergnügen erinnerte er sich daran, wie er seine armen Eltern einst mit einer anderen Theorie erschreckt hatte.

Man hatte bei ihnen zu Hause eingebrochen. Aber die Polizei, die das Haus wohl besonders bewachte, hatte den jungen Einbrecher auf frischer Tat erwischt. Es war tatsächlich eine Situation, wie auf einem bekannten Cartoon: Der Einbrecher kletterte mit einem Sack voller Diebesgut aus einem der unteren Fenster der Gaststätte, draußen nahmen ihn die Polizisten fest. Es war gegen vier Uhr in der Nacht. Es gab natürlich einigen Aufruhr im Hause. Alle liefen durcheinander. Auch Jean war zu vorwitzig, sich dieses Ereignis entgehen zu lassen. Er stand also nun zusammen mit seinen Eltern am Fenster und beobachtete die Polizisten, von denen immer mehr kamen, und den Einbrecher, einen Paul Freiberger, der in der gegenüberliegenden Mietskaserne wohnte und der sich nun bemühte, im Dunkeln zu bleiben. Plötzlich sagte Jean: »Er ist schön.« »Wie? Was hast du gesagt?« fragte ungläubig seine Mutter. »Er ist wahnsinnig schön«, wiederholte der kleine Jean und starrte wie gefesselt auf die Lippen des jungen Verbrechers. Dieser wand sich vor Verlegenheit und zorniger Qual. Es war kein ausgefallenes Kunststück, mit ihm Mitleid zu haben. Daß er, wo nun alles mißlungen war, auch noch vorgeführt wurde wie ein Tier im Zoo. Ihn aber ausgerechnet schön zu finden mit seiner glühenden Stirn, schweißnassen schwarzen Haaren und seinen trotzig geschlossenen Lippen?

Remeurs Eltern sahen sich hinter dessen Rücken an und schüttelten den Kopf. Was für ein Kind war ihr Jean? Wenn er damals schon Bücher von Genet gelesen hätte, wäre seine ungewöhnliche Erkenntnis vielleicht verständlicher gewesen. Aber er war von selbst dahinter gekommen. Nur ahnte er noch nicht, daß diese Schönheit, die offensichtlich nur er und wenige Auserwählte sahen, daß diese Schönheit denen, die sie erblicken, zu einer tödlichen Last werden konnte.

Remeur erinnerte sich oft an diese Szene und sann

immer wieder darüber nach, was für ein geheimnisvolles Ereignis es gewesen sei und was für mythische, undurchdringliche Zusammenhänge zwischen Denken und Erleben wohl dahintersteckten, daß er viele, viele Jahre später die fast spiegelbildliche Wiederholung der Verbrecherszene noch einmal erlebt hatte, diesmal in Rio de Janeiro.

Er war gelangweilt durch die Innenstadt gebummelt. Dabei fiel ihm plötzlich auf, wie wohlgenährte Polizisten – in keiner Stadt der Welt erscheinen die Polizisten martialischer, männlich-brutaler als in Rio – einen dünnen Jungen fortführten. Zuerst hatte Remeur nicht gesehen, daß der Junge gefesselt war, daß er nicht ging, sondern geschoben, getrieben, schrittweise sogar getragen wurde. Die Polizisten brachten ihn zu einem belebten, kleinen, mit Bänken umstandenen Platz, wo sie den Jungen an einen in der Mitte stehenden Laternenpfahl ketteten und dann weggingen. Remeur rieb sich die Augen, er konnte nicht glauben, was er sah. Der Junge versuchte, die Fesseln an seinen Händen zu verstecken, indem er die zusammengebundenen Hände vorne unter sein T-Shirt steckte, als müsse er sie wärmen. In Wirklichkeit herrschte eine Temperatur von über dreißig Grad Celsius. Es war um die Mittagszeit, und die gefährlich leuchtende Sonne stand fast senkrecht über dem Laternenpfahl von Rio. Remeur hatte sich auf eine der Bänke gesetzt, sah hin, sah weg, er wußte nicht, wie er sich in dieser Situation verhalten sollte. Denn die Szene von Rio fehlte bislang in seinem Repertoire. Was ihn am meisten erstaunte, war die Tatsache, daß von der vorüberhastenden Menge offensichtlich niemand den Vorfall bemerkt hatte, und der Junge versteckte sein

Unglück so geschickt, daß niemand Notiz von ihm nahm. Er sah aus wie gelangweilt, an den Laternenpfahl gelehnt, als warte er auf ein Mädchen.

Nur Remeur saß da und redete sich selbst ein: Das kann nicht wahr sein. Um sich zu vergewissern, kein Opfer seiner eigenen Phantasie geworden zu sein, umkreiste er einmal den Laternenpfahl – nein, es war wahr, der Junge war an den Pfahl gebunden. Er war hier ausgestellt. Warum sind die Polizisten weggegangen, fragte sich Remeur. Soll der Junge von einem Polizeiwagen abgeholt werden? Warum lassen sie ihn in der Sonne schmoren? Handelt es sich um eine in Rio übliche Folter? Remeur hatte seinen Beobachtungsplatz etwas weiter nach hinten unter die Markisen eines Cafés verlegt, las seine Zeitung, beobachtete von hier aus nun den Laternenpfahl. Der Junge versuchte, seine Fesseln an dem Laternenpfahl nach unten zu schieben, um sich auf den Boden setzen zu können. Es gelang nicht, weil der Pfahl nach unten dicker wurde. Der Junge wechselte nun oft das Standbein. Sein stolzer Widerstand ließ langsam nach in der Erschöpfung. Fast hing er jetzt an dem Pfahl. Seitdem er dort angebunden war, waren fast zwei Stunden vergangen.

Remeur mochte und konnte nicht länger zusehen. Er bezahlte in dem Café seine Rechnung und versuchte, dem freundlichen Kellner in allen Weltsprachen – außer Portugiesisch allerdings, was er leider nicht beherrschte – klar zu machen, er brauche ein Flasche kaltes Mineralwasser und einen Pappbecher. Der Auftrag, vor allem der Pappbecher, schien große Mühe zu bereiten, aber Remeur, wie gewohnt, bekam am Ende alles, was er bestellt hatte. Er goß das Wasser in den Pappbecher und ging damit auf geradem Wege zu dem Jungen am Laternenpfahl. Dieser befand sich in einem Dämmerschlaf. Remeur berührte ihn an der Schulter, worauf der Junge ihn mit erschreckten großen Augen ansah. »Wasser«, sagte Remeur, »*water, de l'eau, acqua.*« Er wollte gerade ansetzen, dem Jungen, der den Mund schon geöffnet hatte, das Wasser zu geben und ihm beim Trinken zu helfen, als plötzlich drei von den wohlgenährten Polizisten um ihn herumstanden. Der eine schlug ihm als erstes den Pappbecher aus der Hand, daß dieser ein paar Meter weit flog und auf einer der Bänke platschend landete und auslief. Die anderen deckten ihn zu mit Schimpfen und Drohungen, er müsse sich auf irgendeiner Wache melden oder man wolle ihn mitnehmen, Remeur verstand nichts. Die Polizisten banden den Jungen los, und so, wie sie ihn gebracht hatten, gingen sie nun wieder mit ihm. Remeur setzte sich auf eine der Bänke. Wie immer nach großen Aufregungen, spürte er ein leichtes Zittern in den Händen. Er war unendlich traurig und müde. Der Junge war wahnsinnig schön, dachte er und lachte plötzlich vor sich hin: Du bist eben doch eine alte Schwuchtel, dachte er bei sich.

»Unten, wo das Leben spielt«, war einer von Remeurs Lieblingssätzen. Aber immer wieder versuchte er es, manchmal entsetzt vor sich selber, nach oben zu krabbeln und – getreu dem Ameisenbeispiel – fiel er prompt auf der anderen Seite wieder ins Loch. Das dramatische Ende seiner Verbindung mit Sven war eine solche Grube. Die Krankheit, so nannte er die fatalen, sich von Jahr zu Jahr verschlimmernden Folgen einer Hepatitis, äußerte sich zu dieser Zeit in rätselhaften Fieberanfällen. Die Temperatur stieg in wenigen Stunden auf vierzig bis einundvierzig, zweiundvierzig Grad. Meistens lag er dann apathisch in seiner abgedunkelten Wohnung, dämmerte, schlief ein, wachte wieder auf. Er war zu müde, das Licht anzuzünden. Er war zu müde, sich etwas zu essen zu machen. Er rief nicht einmal einen seiner vielen Bekannten an, die sich alle anboten, ihm zu helfen. Er wollte niemanden sehen, mit niemandem sprechen, am wenigsten mit denen, die ihm kluge Ratschläge gaben, er müsse zu diesem oder jenem Arzt gehen oder ins Krankenhaus. Nur mit Lisa plauderte er ein bißchen, jammerte bei ihr, weil er wußte, daß sie seiner Entscheidung, wie immer sie auch lautete, zustimmen würde. Er ließ sich trösten von ihr: »Du wirst sehen, morgen wird das alles ganz anders aussehen.« So war es dann auch meistens.

Im Halbdelirium mischten sich Vergangenheit und Gegenwart. Er hörte das Quietschen und Dröhnen eines Konzertsaals. Mehr als das Orchester schien ihm das Haus zu klingen. Das Haus war der eigentliche Klangkörper, wenn dies nicht wieder eine seiner verstiegenen Theorien war. Nie hatte er über Musik geschrieben, obwohl sie es war, die er von den Künsten am meisten liebte. Er hatte zu viel Ehrfurcht vor der Musik. Gewiß mochte er die großen Wagner-Opern, Mozart, Beethoven, auch die Italiener, aber eine fast kindliche Neigung hatte er zu den sentimentalen Russen, Modest Mussorgsky, Prokofjew, Tschaikowsky. Allein ihr hemmungsloses Bekenntnis zum Gefühl erfüllte ihn bei jedem Wiederhören mit Seligkeit, und er bewunderte es, wie es ihnen immer wieder gelang, am Rande des Kitsches zu balancieren. Zuletzt hatte er in der Alten Oper das Klavierkonzert Nr. 2 in g-Moll, Opus 16 von Prokofjew gehört. Optisch war der Pianist eine Enttäuschung. Auf den Plakaten sah er aus wie Jung-Siegfried. In Wirklichkeit war er ein aufgeschwemmter, gar nicht mehr so junger Amerikaner, der, wie es die Mode vorschrieb, eine Prinzen-Bluse trug, obwohl nicht einmal diese in ihrer Weite seine Beleibtheit verstecken konnte. Man übersah seine Figur jedoch, sobald er zu spielen begann. Seine Finger hasteten über die Tasten, als wolle er Staub wischen. Remeur verliebte sich sofort in das Stück, das mit einer Beschwörung des Chaos beginnt, aus dem sich im Laufe der vier Sätze die Ordnung erhebt, die schöne, klare, reine, triumphierend, jubelnd bis in den Himmel hinein. Prokofjew war zweiundzwanzig Jahre alt, als er das komponierte. Ich hätte ihn damals gern gekannt, dachte Remeur am nächsten Abend im Fieber. Wie viele hätte er gern kennengelernt und wie oft war es ihm mißlungen. Der Gedanke machte ihn nicht weiter traurig, längst sah er ihn mit den ironischen Augen des Alters, und er genoß es mit Stolz, das Leben immer geliebt zu haben.

Nachdem er bemerkt hatte, daß das Fieber ihn nur selten bei der Arbeit behinderte, seine Gedanken beim Schreiben eher beflügelte als dämpfte, begann er das Fieber zu lieben wie eine verbotene, in diesem Falle besonders geheime Droge. Lediglich sein zielloses Reisen durch die Welt schränkte er um diese Zeit ein. Er reiste nur noch, wenn es unbedingt notwendig war – zu Presseterminen, Tagungen, Ausstellungen, überall dahin, wo er den Stoff für seine Geschichten zusammensuchte. Er saß mehr am

Schreibtisch als früher und ratterte an manchen Tagen zehn oder fünfzehn Stunden lang, wie gewohnt, mit zwei Fingern und in rasender Geschwindigkeit auf seinem Computer, mehr oder weniger gedankenlos, als sei er selbst der Automat. Das war auch offiziell der Grund für sein Treffen mit Lisa in Amsterdam, offiziell, wie gesagt, er selbst wußte, daß der Grund ein anderer war.

Lisa war seine Freundin, Elisabeth Markenstein, die den Titel Lisaweta gleichsam ehrenhalber trug; Lisaweta hatte sich dann wieder zu Lisa zurückverwandelt. Sie selbst hatte Remeur einmal darauf aufmerksam gemacht: »Wir reden wie Tonio Kröger und Lisaweta.« Seitdem nannte er sie wahlweise Lisa oder Lisaweta. Das war schon lange her. Zeitweise hatten sie sich beide so sehr an den Namen Lisaweta gewöhnt, daß er, wenn er ihr zuweilen einen Brief schrieb oder aus einem anderen Grund ihre Adresse brauchte, Mühe hatte, sich an ihren richtigen Namen zu erinnern. Sie hatten sich vor vielen Jahren in München kennengelernt, wo sie damals als Kunsthistorikerin in der Alten Pinakothek arbeitete. Später zog sie nach Paris. Seit langem lebte sie jetzt schon in Berlin, bearbeitete Kataloge, schrieb Bücher und Artikel für Zeitungen und Kunstzeitschriften.

Remeur und Lisa besuchten sich gegenseitig. Sie trafen sich auf Kunstmessen und Ausstellungen. Sie führten endlos lange Telefongespräche miteinander – nur sie nahm er aus von seiner sonstigen Telefonphobie – »Wir müssen wieder einmal über alles sprechen«, war das Dauerthema ihres dreißig-, vierzigjährigen Dialogs.

Ihre Telefongespräche trugen zeitweise die charakteristischen Eigenschaften einer Sucht. Täglich telefonierten sie sowieso, manchmal aber sogar mehrmals am Tag. Dabei hatte Remeur fast Angst vor dem läutenden Telefon. Nie verriet er einem Fremden seine geheime Telefonnummer. Jahrelang hatte ihn ein Junge, der sich aus einem ihm unbekannten Grund an ihm rächen wollte, mit Telefonterror belästigt. Als er plötzlich jeden Morgen um fünf Uhr vom Telefonweckdienst angerufen wurde – einen düsteren Humor konnte man dem Telefonterroristen, der die frühen Anrufe wohl bestellt hatte, nicht absprechen – wurde es Remeur zu bunt, zumal er den Weckdienst auch noch selbst bezahlen mußte. So war es selbstverständlich, daß er den Spaß mit dem Weckdienst auf seine Kosten sofort abstellte. Er legte sich eine Geheimnummer zu. Von da an war Ruhe. Nur Lisa durfte fortan bei ihm zu jeder Tages- und Nachtzeit anrufen.

Sie redeten über Bücher, über Bilder, über das Essen – Lisa ermahnte ihn zur Diät, Remeur bat sie, statt Rotwein Tee zu trinken. Sie gehorchte ihm sogar. »Lisa ist der einzige Mensch, dem ich die Ausstattung meiner Wohnung anvertrauen würde.« Sie wußten beide über den Geschmack des anderen Bescheid. Wenn andere Leute, die gehört hatten, Remeur sammele Flaschen, ihm ihrer Ansicht nach ausgefallende Flaschen brachten, bedankte er sich artig, etwas zu glatt vielleicht, und warf die Flasche, sobald derjenige, der ihm die Flasche geschenkt hatte, das Zimmer verlassen hatte, achtlos in den Papierkorb. Nur Lisa wußte, welche Art Flaschen er wirklich suchte und sammelte; von ihr stammten die kostbarsten Stücke seiner Sammlung. Ihre gegenseitige Vertrautheit ist schwer zu beschreiben.

Daß sie wie Bruder und Schwester zusammenlebten – weder hatte Lisa je einen Bruder, noch hatte Remeur je eine Schwester – das zu sagen wäre zu wenig; denn sie wußten auch alles voneinander, das über das Brüderliche und Schwesterliche hinausging. Lisa hatte ihre kleinen, immer furchtbar dramatisch und traurig endenden Affairen mit verblüffend jungen Liebhabern; Remeur hatte mindest ebenso viele Affairen mit ebenso verblüffend jungen Liebhabern. Wenn gar nichts sonst sie trösten konnte, so gestanden sie sich immerhin untereinander, ein bißchen zynisch und hexenhaft, ein bißchen giftig, ihre hoffnungslosen Liebesgeschichten ein. »Du siehst, liebe Lisa, selbst darin haben wir den gleichen Geschmack«, mochte Remeur dann sagen. Während Lisa trotzig murmelte: »Warum muß es mein Schicksal sein, immer an diese hochnäsigen Schwulen zu geraten?« Sie liebten sich, sie brauchten sich, fast schien es ihnen, als könnten sie ohne einander nicht leben.

Wenn Remeur gerade wieder glühend einen Jungen liebte und die »Sache«, wie er glaubte, gut lief, erzählte er Lisa zunächst nichts davon, obwohl ihm das schwerfiel. Er verschwieg es ihr, nicht weil er es ihr verheimlichen wollte, sondern weil er sie nicht kränken wollte. Er erzählte es erst, wenn er bemerkt hatte, daß auch sie wieder verliebt war. Das war ihre Art, aufeinander Rücksicht zu nehmen.

Als Remeur und Lisa bemerkten, daß die langen Telefongespräche arg ins Geld gingen, schränkten sie die gegenseitige Telefoniererei etwas ein. Aber immer noch las Lisa ihm die Anfänge ihrer Artikel vor. Er mußte sie dann kritisieren, wichtiger aber war es, er mußte sie vorantreiben, er mußte ihr Mut machen, so und so weiterzuschreiben. Ohne seine Zustimmung konnte sie nicht schreiben. Bei ihm war es ähnlich: Bei allen seinen Verlags- und Kunstgeschäften, Schreib- und Buchprojekten, Lisa mußte zustimmen, sonst wurde aus der Sache nichts. Wenn ihm in New York etwa ein Name nicht mehr einfiel, wählte er sofort ihre Nummer; Lisa war immer für ihn da: »Wie heißt noch dieser Künstler, der die Stahlwände baut?« »Du meinst Serra.« »Ja, natürlich! Entschuldige, wie spät ist es bei dir? Entschuldige, daß ich dich geweckt habe.« »Macht nichts.« »Es geht dir gut?« »Ja, dir auch?« dann legten sie auf und hatten beide wieder ein gutes Gefühl. Wie soll ich je ohne sie leben, dachte Remeur. – Ihre gemeinsame Reise nach Amsterdam war Zufall. Lisa hatte in Den Haag zu tun, Remeur in Amsterdam, aber diesmal hatte er seine Pläne vor ihr verheimlicht.

Die Anna Pawlownastraat erwies sich als eine harmlose, von behäbigen alten Wohnhäusern gesäumte Parkstraße, die von einer Grachtenstraße abbog. Remeur versuchte, unter den wenigen Fußgängern solche auszumachen, die eventuell das gleiche Ziel wie er hätten, glaubte solche auch zu finden. Aber es war ein Irrtum. Schon von der Ecke der Anna Pawlownastraat an übte er sich darin, ohne Brille zu gehen, sah daher nur die Hälfte, und auch die war verschwommen. Dann irrte er sich auch noch in der Hausnummer. 25 glaubte er auf dem schmierigen Zettel, seiner Einladung und Eintrittskarte, gelesen zu haben. Die Nummer 25 war jedoch ein stocksteif-seriöses Wohn- und Bürohaus. Er wollte schon klingeln, irgendwo, sah dann aber doch noch einmal auf den Zettel: Der *Star* hatte die Hausnummer 52.

Bei dem *Star* handelte es sich um eine normale Lederbar. Von innen heraus hörte man laute Musik. Das Haus hatte zwei Eingänge. Von dem einen Eingang wurde man kurioserweise an den anderen verwiesen und von dem anderen wieder an den einen, ein kafkaeskes Verwirrspiel. Remeur klingelte an einer Seite, man hörte es laut schrillen durch das ganze Haus. Kurz darauf wurde an der anderen Hausseite geöffnet. Ein junger Mann in Lederkluft, der die Tür nur einen Spaltbreit offen hielt, sagte vorwurfsvoll: »Hier ist der Eingang!«, und hielt die Tür und einen schweren, schwarzen Sperrvorhang auf. Drinnen begrüßte ihn ein alter Mann mit einer scharfen Brille, von der allerdings nur ein Glas durchsichtig war, das andere war weiß beklebt, undurchsichtig. Auf dem Kopf trug er eine Lederkappe mit langem Schild, wie Drucker und Setzer sie in alten amerikanischen Filmen tragen. Er hatte eine kurze schwarze Lederjacke an, sonst war er bis auf einen Lederslip mit Stahlnoppen nackt.

»Du bist der . . . ?« fragte der Alte. Remeur sagte: »Ich bin der Jean. Ich hatte gestern Abend angerufen.« Der Alte sah auf eine zerknitterte, schmierige Liste, auf der mit krakeliger Kinderschrift zwanzig bis dreißig Namen geschrieben waren. »Ja, hier«, sagte er, »ich schreibe Jean R., weil vermutlich noch ein paar Jeans kommen werden. Remeur zahlte, wie vorgeschrieben, 25 Gulden für den Eintritt, weitere 25 Gulden für Getränke an der Bar. Der Alte empfahl ihm, sich gleich umzuziehen, weil es später vermutlich sehr voll würde. Die abgelegten oder umgezogenen Kleider sollte Remeur in eine große Plastiktüte packen. Diese wurde mit der Nummer 5 versehen – Remeur war der fünfte Teilnehmer überhaupt; seine ewige Pünktlichkeit erschien ihm wie ein unvermeidliches Laster. Für alles weitere sorge der Barkeeper.

Remeur tastete sich vor bis an die Bar, stieß sich dabei einige Male den Kopf an rohen Holzbalken, die frei im Raum standen und offensichtlich die niedrige Decke stützten, einmal stieß er auch an eine Sling-Vorrichtung, die daraufhin aufgeregt schwankte. Remeur war blind, er sah nur noch durch milchige Schleier, die in Wirklichkeit durchsichtige Plastikbahnen waren, die den ganzen Raum einhüllten oder abdeckten und die in der fast vollständigen Dunkelheit den Eindruck dieser milchigen, diffusen Undurchdringlichkeit hervorriefen. Ein paar Kerzenstummel, die an der Bar brannten, spiegelten sich tausendfach in dem Plastikpapier. Erst allmählich erkannte Remeur Menschen und Formen im Innern des Raumes. Das erste, was er sah und was er immerhin für ein interessantes Omen nahm, war der runde, nackte Hintern des Barmanns, der die merkwürdige Cowboy-Kleidung trug, *chaps* aus weichem Leder, die den Arsch frei ließen. Er heiße Jan, stellte er sich vor. Er war jung, nett und freundlich. Remeur, der gern ein Mineralwasser oder eine Cola getrunken hätte, sich hier aber genierte, so etwas Laues auch nur auszusprechen, bestellte ein Bier. Jan stellte ihm eine Flasche auf die Bar. Getrunken wurde aus der Flasche. Remeur taumelte etwas, die schummrige Dunkelheit machte ihn schwindlig.

Die wenigen Gäste, die neben Remeur jetzt schon an der Bar standen, gefielen ihm überhaupt nicht.

Ein alter Schwätzer zum Beispiel, der von Lederparties in Amsterdam, Berlin und Frankfurt erzählte, ein glatzköpfiger Wichtigtuer. Noch weniger gefiel ihm der auf- oder abgetakelte Schönling neben ihm, der eine vorschriftsmäßige Ledermontur trug, seine Garderobe aber immer weiter vervollständigte, noch ein Kettchen anlegte, Armbänder mit Stahlnoppen etwa, oder er zog beinhohe Stiefel über, brachte eine Schützenschnur an der Schulter an und zeigte gegenüber allen anderen an der Bar hochmütige Verachtung. Remeur mochte ihn ganz und gar nicht. Nach und nach kamen immer mehr. Den Raum mußte man nun schon als gedrängt voll bezeichnen. Immer waren die Neuankömmlinge zuerst hektisch und schweigsam mit ihrer Garderobe beschäftigt. Sie zogen sich an, zogen sich um, zogen sich aus. Remeur hatte seinen Platz genau in der Ecke gewählt, in der diese Umzieh-Geschäfte vonstatten gingen. Das gewährte ihm interessante Einblicke. Er selbst trug alte Jeans und ein T-Shirt.

Die meisten Gäste waren zwischen dreißig und vierzig Jahren alt, ein paar auch älter, wie Remeur selber, ein paar ganz alte, aber eben auch ein paar junge, knackige, appetitliche, um die die Älteren sich scharten. Remeur – dessen Augen sich längst an die Dunkelheit gewöhnt hatten; er sah jetzt sogar sehr klar, daß er sich nicht mehr erklären konnte, was ihn vorhin gestört hatte – war schon ein paarmal unruhig durch das kleine Lokal gegangen, um herauszufinden, wo denn nun eigentlich die Party stattfinden sollte. Er hatte nichts gefunden, keinen Aufgang, keinen Abgang, höchstens hinter dem Sling-Kettenstuhl ein Loch, das vorerst noch mit rohen Brettern abgedeckt war. Das wird es wohl sein, dachte er und nahm seinen Beobachterposten in der Ecke wieder ein.

Wo er vorher an der Bar gehockt hatte, saß nun ein junger, etwas korpulenter Mann, höchstens einundzwanzig, zweiundzwanzig Jahre alt, ganz in schwarzem Leder, von den Stiefeln bis zum Hals hochgeknöpft, wobei seine brambasierende Tracht in einem grotesken Gegensatz stand zu seiner jungenhaft schüchternen Höflichkeit. »Sitze ich auf Ihrem Platz?« fragte er Remeur, der sofort den Schweizer Akzent des Jungen heraushörte. »Nein, nein, bleib nur sitzen«, sagte Remeur. »Hast du schon einmal an einer solchen Party teilgenommen?« fragte er. »Ja, doch, doch, im vorigen Herbst zum Beispiel. Und auch im August schon einmal.«

Es stellte sich heraus, daß der junge Schweizer ein wahrer Spezialist, ein Kenner war, hochqualifiziert, um Remeur in die düsteren Rituale einzuweihen. Während er Remeur aufklärte – »Der Keller wird erst um dreiundzwanzig Uhr geöffnet«, dabei zeigte er auf das Loch, das Remeur schon vorhin aufgefallen war, »der Keller muß noch geheizt werden«, – rutschte er mit seinem Hocker immer näher an Remeur heran, dem heiß und schummrig wurde. »Du mußt darauf achten«, – der junge Schweizer duzte ihn jetzt auch – »du mußt darauf achten, daß du nicht zu nervös, zu hastig bist, wenn du das zum ersten Mal machst.« Ich hätte gar nicht herkommen sollen, dachte Remeur, ich fühle mich nicht wohl, einerseits. Andererseits spürte er die pochende, anstürmende Geilheit in seinen Adern und genoß das vertraute Gefühl, gab sich ihm hin: Neben der Lust, dachte er, war es immer auch Vorwitz und ernste Pflicht.

Der kleine Schweizer war ihm immer näher gekommen. Auch war es jetzt schon so voll in dem kleinen Lokal, daß es gar nicht mehr anders möglich war, als eng nebeneinander zu stehen oder zu hocken. Es war laut rundherum. Der Raum vibrierte vor Erwartung. »Ist das nicht M.?« fragte Remeur den Schweizer und deutete auf einen jungen Mann in wahnsinnig engen Jeans, die er gerade abstreifte; darunter trug er noch engere, durchlöcherte Jeans. »Der kommt immer her«, sagte der Schweizer. Es war M., ein Schauspieler, der zu dieser Zeit gerade in drei deutschen Fernsehserien spielte, immer den braven Sohn einer Fernsehfamilie, dreimal in der gleichen Rolle.

Der Schweizer beugte sich zu Remeurs Gesicht hinüber, flüsterte in dessen linkes Ohr: »Piß mir in die Hose!« »Hier?« fragte Remeur. »Hier«, befahl der Schweizer aufgeregt, der sowohl seine Wohlerzogenheit als auch seine Schüchternheit vergessen hatte. Er fingerte an sich, an Remeur, schob sich noch enger an ihn heran. Remeur pißte ihm in die schwarze, stockig steife Lederhose. Es war ein wahnsinniges Gefühl von infantiler Seligkeit. Der nahrhafte Geruch von Leder und abgestandenem Urin drang von unten her die Bar hoch. »Jetzt du«, sagte Remeur, der vor Erregung nur noch flüstern konnte. Der Urinstrahl des Schweizers war glühend heiß, als könne man sich daran verbrennen. Das Pissen und Bepißtwerden hatte nichts Demütigendes, es erschien Remeur eher wie eine besonders extravagante Therapie. Die beiden hatten sich ineinander verhakt, hörten und sahen nichts mehr um sich herum. Remeur wurde wieder wach, als er neben sich den älteren Schönling mit den vielen Kettchen hörte, wie er M. zischelnd ins Ohr flüsterte: »Ich putze mir nach dem Scheißen nie den Arsch ab.«

Inzwischen war das Loch offen; die Bretter, die darüber lagen, waren entfernt. Fast alle Gäste drängten nach unten. Man mußte eine lebensgefährlich aussehende hohe Leiter nach unten klettern. Unten war es wieder dunkel. Von einem elektrischen Heizöfchen, das noch aus der Nachkriegszeit zu stammen schien, strömte Wärme in das Kellergelaß. Eine einzige Kerze brannte auf einem Vorsprung der rohen Mauer. Remeur war wieder blind, wieder spürte er den Schwindel im Kopf. Den Schweizer, seinen Vergil auf dem Weg durch die Hölle, hatte er aus den Augen und Händen verloren. So stand er hilflos und unschlüssig an der Mauer, wurde mehrfach befingert, weggedrängt durch die Mitte des Raumes an die Mauer auf der anderen Seite und wieder zurück. Auf dem Weg stieß er mit den Füßen an einen Widerstand. Er sah nach unten, versuchte zu ertasten, was dort liege, bis er es plötzlich erkannte: Es war ein Mensch, der Alte, der älteste wohl von allen, der noch vor Remeur in dem Lokal war. Er lag dort unten auf dem Kellerboden, stöhnte, wand sich unter Qualen, schrie, während über ihm ein nicht viel jüngerer hockte, rittlings, und sich entleerte. Es stank infernalisch. Remeur wollte nur noch weg. Neben sich bemerkte er jetzt, daß der Schönling über einem komplizierten Eisengestell »aufgebockt« wurde, angeschnallt, gefesselt. Hinter dem Bock stand M. mit heruntergelassenen Jeans und fickte den Schönen.

Hinter M. aber hatte sich der kleine, dicke Schweizer an die Beine von M. geklammert und hatte sein Gesicht in dessen Arschloch gesteckt. Für einen Moment konnte Remeur ihn sehen. Mund, Nase, Augen, alles war braun verschmiert. Er brüllte mit offenem Mund. Die Szene erinnerte an ein Gemälde von Francis Bacon.

Remeur ergriff die Flucht. Er hangelte sich die Leiter hoch. Er suchte oben nach seiner Tasche. Der freundliche Barkeeper wollte ihm unbedingt noch Geld herausgeben, er habe zu viel bezahlt. Remeur wollte es nicht haben. Er konnte das Lokal nicht schnell genug verlassen. Draußen regnete es. Es war kalt und ungemütlich. Remeur ging ins nächste Café und ließ sich ein Taxi kommen. Ob man es mir ansieht, fragte er sich dauernd, wo ich herkomme, ob man es mir ansieht? Wie reich und vielfältig sind die Spielarten der Lust.

Im Hotel war seine Sorge, er könne Lisa begegnen. Heute wollte er nicht mit ihr sprechen. Im Zimmer hängte er den Telefonhörer aus. Ließ ein Bad einlaufen, las in seinem Buch, *Das Blau des Himmels* von Bataille – Remeur las immer und überall –, er stellte den Fernseher an, hängte das Schild »Bitte nicht stören« von außen an die Zimmertür. Er fühlte sich zerschlagen. Er wollte an dem Abend niemanden mehr sehen. Lisa rief er erst am nächsten Morgen um sieben Uhr an, ob sie zusammen frühstücken sollten. Das Flugzeug, für das sie gebucht hatten, flog ziemlich früh.

Vor dem Eingang zur Flughafenhalle Abflug hatte die immer praktische Lisa ein Gepäckwägelchen organisiert, während Remeur das Taxi bezahlte. Ein unhandliches Gepäckstück hatten sie dabei: die Gipskopie der berühmten Voltaire-Skulptur von Houdon aus der Comédie Française, die Remeur bei seinem Spaziergang mit Lisa durch Den

Haag entdeckt hatte. Spontan hatte er sich in den Kopf verliebt. Er wollte ihn haben, daß er ihn auf der Stelle zu einem überhohen Preis gekauft hatte. Die Skulptur – der bitter lachende Voltaire mit dem Stirnband und den schmalen Greisenlippen – erwies sich jetzt allerdings als ziemlich schwer. Aber sie war ihm so kostbar, daß er sie in eine starke Nylontasche gesteckt hatte und nun nicht mehr aus der Hand geben wollte; auf keinen Fall wollte er sie als Fluggepäck aufgeben.

Darum hatte er sie auch nicht auf den Gepäckwagen gestellt. Er trug sie selbst in der Tasche. Lisa und Remeur betraten die Halle. Er sah nach oben in die stählerne Deckenkonstruktion. Es flimmerte vor seinen Augen. Das sonderbare Schwindelgefühl, der Taumel im Kopf, den er schon einige Tage gespürt hatte, ein inneres Zittern, hatte sich verstärkt. Eine Hand von ihm lag auf dem Griff des Gepäckwagens. Aber indem er noch einmal nach oben sah, wußte er es schon: Ich werde jetzt hinfallen. Das war damit beschlossen und verkündet und unabänderlich. Er sah nichts mehr. Er spürte nichts mehr. Ein sanftes Wohlbefinden durchströmte ihn. Wie leicht es ist, dachte er noch, wie schön, wie einfach und klar, wie alle Nebel sich verziehen, wie alle Probleme sich lösen, wie alles Hasten und Rennen nach dem Glück endlich an ihr Ende kommen.

Von weither tauchten die Geräusche der Halle und mit den Geräuschen das Leben wieder auf. Er lag auf dem Boden vor dem Eincheckschalter. Lisa kniete neben ihm und tätschelte aufgeregt seine Wangen. »Jean«, rief sie, »Jean, hörst du mich? Kannst du mich verstehen?« Eine Stewardeß brachte ein Glas Sprudelwasser, in dem Zucker aufgelöst war. Sie rührte klingelnd in dem Glas. »Der Arzt ist unterwegs«, erklärte sie Lisa. Die Passagiere vor dem Eincheckschalter machten einen großen Bogen um ihn, als habe er eine ansteckende Krankheit, sahen aber entsetzt zu ihm herunter. Er war leichenblaß im Gesicht. Alles Blut war aus seiner Haut gewichen. Sein Gesicht wirkte eingefallen.

Ein Arzt flüsterte mit ihm. »Es geht schon wieder«, sagte Remeur, der sich aufrichten wollte, vor lauter Schwindligkeit sich aber noch einmal hinlegte. Der Arzt vermutete einen Schock, ein Diabetes-Koma, Über- oder Unterzuckerung. Remeur müsse gleich nach der Ankunft in Frankfurt zum Arzt gehen. »Ja, ja«, sagte Remeur. Es war kein Diabetes-Koma, wie sich später herausstellte. Es war eine innere Blutung von Krampfadern an der Speisenröhre, wie es sie in Fällen von Hepatitis gibt. Sie führt meistens, da man ihr Herannahen kaum bemerkt, still zum Tode.

Remeur saß erschöpft in einem der Sessel des Warteraumes am *gate*. Er beobachtete ein junges Paar, ein Junge und ein Mädchen, beide hübsch, beide etwas hochnäsig, schnippisch, verwöhnt, ein Liebespaar oder ein Geschwisterpaar. Sie hatte ihre rechte Hand in die rechte Gesäßtasche seiner Jeans gesteckt, streichelte zuweilen liebevoll seinen Hintern; er ließ es zwar geschehen, blieb aber merkwürdig distanziert. Remeur hatte Lisa auf die beiden aufmerksam gemacht. »Ich höre, dir geht es wieder gut«, stellte Lisa nüchtern fest.

Die gute Lisa, sein guter Engel, hatte alle Geschäfte, Einchecken, Gepäckaufgabe erledigt. Jetzt schleppte sie sogar Remeurs Voltaire-Skulptur, die den Sturz ohne jede Beschädigung überstanden hatte, mit sich herum. Sie sah Remeur besorgt an. »Ich bin erschrocken«, sagte sie. »Weißt du, was das Unheimlichste war?« fragte er Lisa, »daß es so schön war, so verblüffend einfach. Ich war fast böse, als ihr mich wieder geweckt habt.«

Die gipserne Voltaire-Skulptur hat übrigens nie einer in Remeurs Wohnung gesehen. Als er sie aufstellen wollte auf einem seiner vielen Bücherregale, rutschte sie ihm durch die Hände, fiel auf den Fußboden und zersplitterte in tausend Stücke.

Siebtes Kapitel

Am Bodensee

Der Patient im Fenster-Bett bekam nie Besuch. Fast täglich aber wurden ihm kostbare Blumengebinde ins Zimmer geschickt, die er achtlos unter den Krankenschwestern und Putzfrauen verteilte. Er bekam viele Briefe, aber bestimmt doppelt so viele schrieb er selbst. Manchmal wurde er angerufen. Als Herr Mellenthin gerade mit einer neuen Geschichte begonnen hatte, und als in dem Moment das Telefon am Fenster-Bett klingelte, hob der Patient unwillig ab und sagte: »Das geht jetzt schlecht. Der Arzt ist eben hereingekommen. Ich rufe morgen an«, was er dann jedoch, absichtlich wohl, vergaß. Dieser aufgeschobene Anruf war vermutlich der Höhepunkt ihrer gegenseitigen Sympathie. Herr Mellenthin hatte also Zeit genug für seine Geschichte.

Die dicke Frau Mende, Herr Kreinss und der alte Herr Georgi, den alle in der Klinik »Herr Doktor« nannten, saßen nach dem Mittagessen an ihrem schönen Tisch auf der Terrasse des Speisesaals und genossen die Herbstsonne. Es hatte Rinderbraten mit Rosenkohl gegeben, zum Nachtisch einen Vanillepudding mit Mandeln, nach deren Resten zwischen den Zähnen Frau Mende mit ihrer Zunge angelte. Es war ihr furchtbar peinlich. Genaugenommen war ihr alles furchtbar peinlich, so daß sie sich gern ein zerknülltes Papiertaschentuch vor den Mund hielt. Es war ihr so vieles peinlich, daß sie das Taschentuch ständig in der Hand hielt und am liebsten ihr ganzes Gesicht dahinter versteckt gehalten hätte. Andererseits waren jedoch das Leben, die Gespräche und Ereignisse, die Gesellschaft, die sie gerade jetzt in der Kurklinik kennen lernte – fast jeden Tag kamen neue Gäste mit offensichtlich immer neuen Krankheiten oder mit anderen Gründen, in der Klinik zu verweilen – so interessant, daß sie das Sich-Verstecken auf später verschoben hatte und sich derweil mit dem Papiertaschentuch begnügte. Gerade jetzt ging es zum Beispiel um die Frage, wie dieser Jean Remeur es wohl geschafft hatte, ein Einzelzimmer zu bekommen, fast einen ganzen Bungalow für sich allein, obwohl es sonst in der Kurklinik keine Einzelzimmer gab, und noch interessanter erschien ihr die Frage, warum dieser Remeur sich so oft und gern mit Frau Wennenmeier unterhielt.

»Vielleicht ist er Privatpatient«, meinte Frau Mende. »Auf keinen Fall, auf gar keinen Fall«, sagte Herr Kreinss, der das Renommee hatte, über alles Bescheid zu wissen, was sich in der Klinik und im Ort tat. »Herr Remeur hat bei der Versicherung sogar einen Antrag auf Erstattung der Fahrtkosten gestellt«, wußte Herr Kreinss. »Reich ist der nicht, wie Sie vielleicht glauben«, belehrte er seine Tischnachbarn. Weiß der Himmel, woher Kreinss das wieder wußte. Diesen aufgeblasenen, besserwisserischen Remeur mochte er jedenfall nicht. Mit dem konnte er mithalten. Schließlich hatte er über fünfundzwanzig Jahre als Angestellter im städtischen Ordnungsamt über die Einhaltung der Hygienevorschriften in Gaststätten und Kantinen gewacht. Daß er hier in Kur war, verdankte er gewissermaßen seinen Herzrhythmusstörungen, und er war fast stolz darauf. Theoretisch gehörte auch Jean Remeur zu eben dieser Tischgesellschaft. Aber er aß wieder einmal nicht mit ihnen. Kam er später, um seinen Tischnachbarn aus dem Wege zu gehen? Nahm er seine Mahlzeiten anderswo ein? Seine Tischnachbarn wurden nicht klug aus ihm.

Am ersten Tag hatte er charmant mit der dicken Frau Mende über eine Reise rund um Sizilien geplaudert. Remeur, der Neue am Tisch, schien sich auf Sizilien auszukennen. Er schien sich überhaupt überall auszukennen. Er sah etwas blaß aus um die Nase. Seine Backenknochen streckten sich vor. Gegenüber Frau Wennenmeier, mit der er sich jeden Nachmittag lange unterhielt – Frau Mende hatte in einer Zeitschrift geblättert, um ihr heimliches Lauschen zu tarnen – hatte er sein Gesicht einmal »mein Totenschädelgesicht« genannt, was, wenn man genau hinsah, erstaunlich treffend war. Er trat jedenfalls elegant auf. Er trug zu dunkelblauen Hosen einen fast weißen, weichen Rollkragenpullover. Er gefiel der dicken Frau Mende. Aber er hatte auch etwas Unnahbares. Er erzählte leichthin, nur von sich selber sagte er nichts. »Ich glaube, mit seinem Namen stimmt etwas nicht; habe ich gehört«, flüsterte Herr Kreinss, während die drei verschwörerisch ihre Köpfe zusammensteckten. Der Herr Doktor schüttelte staunend den Kopf. Um zu den Klatschgeschichten auch einen Beitrag zu leisten, sagte er: »Gestern habe ich Herrn Remeur mit einem jungen Mann auf der Promenade gesehen.« Frau Mende und Herr Kreinss sahen sich tief in die Augen und brachen in ein hysterisches Gelächter aus. »War es etwa dieser ungepflegte Sohn von Frau Wennenmeier mit den strähnigen Haaren und den Ohrringen?« wollte Frau Mende wissen, obwohl ihr das laute Gelächter natürlich furchtbar peinlich war. »Diese Frau Wennenmeier gibt sich als feine Dame und hat einen solchen Sohn! Ich würde mich schämen, wenn ein solcher Sohn mich hier besuchen käme!« Herr Kreinss, klug geworden von den Erfahrungen seines Beamtenlebens, bemerkte: »Feine Damen«, als könne er darüber ganze Romane erzählen. Aber er wollte doch noch nicht ablassen von Remeur; das Thema war im wichtiger. »Mit Damen, so oder so, hat Herr Remeur nicht viel im Sinn. Das habe ich ja immer schon gesagt. Er trifft sich lieber mit deren minderjährigen Söhnen.« Frau Mende mußte prustend weiterlachen. Sie hielt sich ihr Papiertaschentuch vor den Mund, um das laute Lachen etwas zu dämpfen, aber an den Nebentischen sah man sich schon nach ihnen um. In dem Moment erschien Remeur am Tisch.

Die Nase in seinem abgemagerten Gesicht wirkte heute noch spitzer, die tiefen Augenhöhlen noch dunkler. »Entschuldigen Sie meine Verspätung«, sagte er artig. Frau Mende sah Herrn Kreinss an und mußte schon wieder lachen. Um endlich davon abzulenken, sagte sie im Ton ernster Geschäfte: »Es gab Rinderbraten mit Rosenkohl.« »Mit Rosenkohl«, wiederholte Herr Kreinss wie ein Echo, und schon mußte Frau Mende wieder lachen. »Ich muß gehen«, sagte sie und wischte sich, während sie vom

Tisch aufstand, die Lachtränchen aus dem Gesicht. Herr Mende stand ebenfalls auf und verließ mit Frau Mende die Terrasse. Laut sagte er »Mahlzeit« und grüßte leutselig nach allen Seiten. Die Wende, die das Mittagessen gegen Schluß genommen hatte, gefiel ihm. Er war bester Laune. Nur der Herr Doktor, der die Lachorgie, die er mit seiner Bemerkung ausgelöst hatte, nicht verstanden hatte, blieb mit Remeur am Tisch sitzen.

Für Remeur wurde das Essen extra serviert. Es gab Rinderbraten mit Rosenkohl. Er hatte es wieder geschafft, eine Sonderbehandlung zu erhalten. Sie gehörte zu seinem Status. »Bekommen Sie am Sonntag auch Besuch?« fragte der Herr Doktor. Remeur nickte: »Ja«. »Familie?« »Nein«, sagte Remeur, »ein Freund kommt mich besuchen. Wir werden einen Ausflug nach Zürich unternehmen. Oder nach Basel? Ich weiß es noch nicht.« »Meine Frau und meine Tochter werden kommen«, sagte der Herr Doktor, der sich ohne Frau und Tochter in dem Kurort offensichtlich verloren fühlte und sich nun auf den Sonntag zu freuen schien. Remeur nickte ihm freundlich zu. Er wußte nicht, was er sonst sagen sollte. Das hatte er während des Aufenthalts hier schon einige Male bemerkt, daß er die Verbindung zur bürgerlichen Welt verloren hatte. Die Unlust zur Konversation wirkte lähmend auf ihn. Plötzlich fehlten ihm die Worte. Er suchte nach griffigen Redensarten, fand aber keine. So schwieg er. Auch das Schweigen konnte er genießen.

Jeden Morgen in Radolfzell, früher als er jemals in seinem Leben aufgestanden war, ging er mit lockerem Schritt hinunter zum See. Er suchte sich einen der dort am Ufer liegenden Fischerkähne aus, meistens war es der Kahn Nummer 9, schob ihn über den rauhen Sand ins Wasser, stieg in den Kahn, etwas umständlich und steif, wie Leute aus dem Binnenland es tun, und wartete in Spannung darauf, daß der See das Boot annahm. Es war wie eine heilsame, doch auch bedrohliche Erschütterung, die sich von unten nach oben durch alle Planken des Kahns fortsetzte, er schwankte, er empfing das Element des Wassers wie ein lebenspendendes Sakrament: Er war erlöst.

Vom Wasser her verbreitete sich ein faulig süßer Moderduft. Die Luft war samtig. Aus dem graublauen Dunst zeichnete sich die Uferlinie ab wie auf japanischen Tuschezeichnungen. Von den Bäumen tropfte der Tau; Tropfen auch von den stillgehaltenen Ruderblättern. Die ersten Sonnenstrahlen durch den Nebel waren wie Trompetenstöße. Dabei lag unendliche Stille über dem Wasser, daß Remeur andächtig auf die Ruhe lauschte und prompt von Ferne einen Glockenschlag vernahm.

Einmal griff ihn ein Schwan mit gespreiztem Gefieder an. Er zischte, verrenkte seinen schönen langen Hals und biß in das Holz des Kahns, dann in das Ruder und zog schließlich stolz und beleidigt davon. Er muß eine schlechte Nacht erlebt haben. Vielleicht handelte es sich auch um eine verzauberte Prinzessin, die einen anderen Kahn erwartet hatte. Unter aufwendig lautem Flügelschlagen erhoben sich etwa hundert Meter weiter zwei andere Schwäne in die Luft. Nicht höher als etwa ein, zwei Meter über dem Wasser flogen sie weite Kreisbahnen über den See. So elegant ihr Flug, so aufregend halsbrecherisch erschien ihre Landung auf dem spritzenden Wasser.

Was haben die Leute nur für ein Getue mit teuren Segelyachten und Motorschiffen, dachte Remeur, wo doch für ihn der alte Ruderkahn Nummer 9 die Krone aller Wasserfahrzeuge war.

An manchen Tagen war das Wasser glatt und schwer wie Öl. Aber Remeur liebte es auch, wenn es aufgeregt wirbelte und wenn unter dunklen Wolken sich schäumende Wellen bildeten – und wenn die Leute am Ufer wohl schon fragen mochten, was dieser alte Narr im Boot immer noch draußen treibe. Bei jedem Wetter war das korrekte Anlegen mit dem Boot ein ästhetisches Vergnügen. Er hörte es gern, wenn der Kiel des Kahns über den Uferkies knirschte, wenn das Schiff sozusagen mit eigener Kraft auf das Ufer rutschte, sich noch einmal hochbäumte und exakt an der vorgeschriebenen Stelle zum Stillstand kam. Vor dem Schilf war das Wasser sauber und durchsichtig bis auf den Grund. An heißen Tagen schwamm Remeur nach dem Bootfahren ein paar Bahnen im See. Ruhig teilte er mit seinen Armen das Wasser. Er sah zurück zum Ufer, wo sein Kahn lag, sah das Dorf mit dem Kirchlein. Schön ist das Leben, dachte er, und was das Schönste ist, ich habe immer gern gelebt. (Hieß er Mario, der italienische Fischerjunge, der ihn vor vielen, vielen Jahren in San Felice Circeo im Latium zwischen Rom und Neapel das Ruderbootfahren und die Lust daran gelehrt hatte? Mario spreizte immer so geil seine Beine im Boot, und die Ränder seiner verwaschenen, blauen Badehose waren so unanständig ausgeleiert, und Remeur hat immer so auffallend, nicht weniger unanständig darauf geguckt. San Felice Circeo gehörte zu seinen sonnigsten, frühen Reiseerlebnissen. Ohne Mario hätte er den Ort allerdings längst vergessen.)

Während am späteren Morgen alle anderen Kurgäste in dieser oder jener Weise mit ihrer Kur beschäftigt waren, Bäder nahmen, sich massieren ließen, Sport trieben oder dem Kurkonzert lauschten, saß Remeur in seinem Parterre-Einzelzimmer, das ihm der Chefarzt der Klinik heimlich besorgt hatte, und hackte, wie von einem Motor getrieben, mit zwei Fingern, meistens nur mit einem, aber in rasender Geschwindigkeit, auf seine schmale Olivetti-Schreibmaschine ein. Er rauchte eine Zigarette nach der anderen – auch heimlich, das Rauchen war hier so verpönt, daß es nicht einmal als verboten angezeigt war. Für eine Reisezeitschrift, die sein Verleger Kessler neuerdings herausgab, schrieb er an einem Aufsatz *Im Winter auf Capri*, ein Erlebnis, das er vorwiegend aus der Erinnerung zusammensetzte.

Der Chefarzt, Dr. Jochen Hassberg, kannte Remeur von vielen Vernissagen. Hassberg sammelte Bildhauerzeichnungen, Skulpturen-Entwürfe, Architekturzeichnungen, Bühnenbilder. Was er heute nicht mehr zugeben würde, erst Remeur hatte ihn auf den Gedanken mit dem Sammeln dieser Zeichnungen gebracht. Denn Remeur hatte vor einigen Jahren in einem Artikel über Skulpturen-Entwürfe geschrieben, in keinem anderen Objekt habe sich die Kunstidee so rein und so hoch erhalten: handele es sich doch um Abbildungen von Kunst, die es noch gar nicht gebe, die nur als Idee existiere – oder so ähnlich. Hassberg konnte sich nicht mehr genau erinnern. Nach der Lektüre des Artikels hatte er jedenfalls mit dem Sammeln begonnen, und, da die Zahl der Sammler von Bildhauerzeichnungen noch relativ klein war, besaß er nun, dank der günstigen

Preise, schon eine stattliche Sammlung. Zeichnungen von Lehmbruck, Waldemar Grzimek, Arno Breker, sogar eine Zeichnung von Henry Moore, eine kleine. Eine Entwurfzeichnung von Degas war das Prunkstück seiner Sammlung. Aus Dankbarkeit gegenüber Remeur, aber auch nach Sammlerart mit dem kalkulatorischen Gedanken, daß Remeur viele Künstler persönlich kannte und er ihm, dem Sammler, vielleicht die eine oder andere Tür öffnen könne, hatte er ihm das schönste Zimmer seiner Klinik gegeben. Die Kur, die die Versicherung bezahlte, hatte auch Hassberg befürwortet, obwohl er von ihrer medizinischen Notwendigkeit und Wirksamkeit weniger überzeugt war, als er öffentlich zugab.

Für Remeur mit seiner brisanten Sammlung von bedrohlichen Krankheiten gab es wenig konkrete Kuranwendungen. Sonst war er ein Musterpatient. Er fühlte sich offensichtlich wohl. Entweder wußte er über seinen ziemlich erbärmlichen Zustand Bescheid oder er wollte nichts darüber wissen. Bei seiner letzten Untersuchung hatte er Hassberg begeistert über seine Erlebnisse auf dem Markt von Radolfzell erzählt, wie schön die Zwiebeln aussähen und die Äpfel und die Blumen. Zu seiner Gesundheit stellte er keine Frage. Die Ruhe und das geregelte Leben werden ihm wohltun, dachte Hassberg und kam in seiner Ärzte-Naivität überhaupt nicht auf den Gedanken, daß Remeur, während er durch die großen Scheiben seines Bungalows über die Hügel des Rasens bis hinunter zum See sah und rasend auf seine Olivetti hackte, nicht nur geistig konzentriert war, sondern auch körperlich angespannt von den Haarspitzen bis zu den Füßen – wie ein wildes Tier in ewiger Witterung, das sich keine

Ruhe leisten durfte. »Im Kopf sind Sie ja nicht krank«, sagte polternd der Arzt. »Nein, nein«, nahm Remeur den Scherz auf und verschwieg lieber, daß er sich zeitweise todmüde fühlte.

Obwohl er schnell schrieb, leicht, wie seine Kollegen oft neidisch bemerkten, strengte es ihn doch an. Schreiben war für ihn eine gewaltige Gedächtnisleistung. Vor allem aber, Schreiben ist ein einsames Geschäft. Remeur litt darunter wie alle, die schreiben. Warum muß ich schreiben, hatte er früher scherzhaft gefragt. Es gibt so viele manierliche Berufe, ich muß mir ausgerechnet diesen windigen aussuchen. Am liebsten hätte ich ein florierendes Zigarrenlädchen. Probieren Sie doch bitte einmal diese neu hereingekommene Fehlfarbe zu eins achtzig, würde ich meinen Kunden raten. Gerade in den letzten Monaten, wenn er im Fernseher böse Bilder über das Flüchtlingselend der Kurden sah oder überhaupt das Elend in der Welt, waren seine Gedanken über seine Tätigkeit ernster geworden. Habe ich wirklich nichts anderes zu tun, als über so überflüssige Dinge wie Mode und Reisen nachzudenken? Vielleicht ist es aber auch meine Berufung, mit meinen kümmerlichen Mitteln etwas Wahrheit und Schönheit in das Leben zu bringen. Versponnen dachte er: Meine Berufung, Zeugnis abzulegen.

Beim Frühstück am Sonntagmorgen – die dicke Frau Mende versuchte gerade, ihr Frühstücksei so schneidig mit dem Messer zu köpfen, wie Herr Kreinss es ihr vorgemacht hatte. Aber es gelang ihr nicht. Die Spitze des Eis pratschte auseinander. Da es ein sehr weichgekochtes Ei war, bekamen auch ihre Tischnachbarn, Remeur und der Herr Doktor, einige Spritzer ab. Frau Mende schrie und kicherte und hielt sich wieder ein zerknülltes Papiertaschentuch vor den Mund, um die Lautstärke ihres Lachens abzudämpfen. »Wir sind der lustigste Tisch«, sagte Herr Kreinss stolz.

Remeur erzählte von einem französischen Film über eine reiche Familie in Saint-Tropez, wo jeder Morgen am Frühstückstisch regelmäßig damit begann, daß jedes Familienmitglied die Spitze des Frühstückseis mit einer Ei-Schere abschnitt. Jahrelang habe Remeur in hundert Geschäften nach einer solchen Schere gesucht, nie gefunden, bis er in der vorigen Woche in Konstanz im Schaufenster eines bürgerlichen Haushaltswarengeschäftes endlich eine solche Schere entdeckt habe – und nun habe sie ihn nicht interessiert. Daß Remeur den ziemlich dummen Film weniger wegen der Ei-Schere, sondern wegen des hübschen Sohnes, den die junge Frau des Vaters, die Stiefmutter also, unbedingt verführen will, im Gedächtnis behalten hatte, verschwieg er lieber. Die dicke Frau Mende lachte unmäßig über die Ei-Schere. »Eine Ei-Schere«, schrie sie so laut, daß alle im Speisesaal sich nach ihr umsahen. »Das ist der lustigste Tisch«, erklärte hinten links im Speisesaal der Berufsschullehrer Walter Stenzel ein wenig neidisch seiner Frau, die nur über das Wochenende Gast in der Kurklinik war.

In dem Moment fuhr draußen mit quietschenden Reifen ein knallrotes, vor Lack und Edelmetallverzierungen glänzendes, offenes Kabriolett vor. Ein altes britisches Modell offensichtlich, erneuert, umgebaut, frisiert, ein kostbares Designerstück mit französischem Kennzeichen. Der Lautsprecher war weit aufgedreht, ein amerikanischer Song, ein Prince-Titel, *Sometimes it snows in April*, laut und schrill. Alle im Speisesaal waren aufgesprungen und starrten durch die Fenster nach draußen, wo sich ein unerhörter Skandal ereignete: Ein mehrschichtiger Skandal, dem die Kurgäste fassungslos gegenüberstanden. Wo sollte man mit der Schilderung beginnen? Da waren zuerst die beiden Insassen des Autos. Der Fahrer, ein Junge, ein Kind fast noch, mit einem engelsgleichen Gesicht und blonden langen Haaren, leicht gewellt. Dazu trug er aber eine verschmierte, zerrissene, abgeschabte Lederjacke, als hätte er sie beim Sperrmüll gefunden. So sahen auch seine Jeans aus; sie waren hinten und vorn gerissen und durchlöchert. An den Füßen trug er nichts; er war tatsächlich barfuß gefahren. Unter der Lederjacke trug er nur seine nackte, unbehaarte Brust. Neben ihm saß ein alter Herr. Obwohl auch er mit seinem bunten Hemd und einem bunten Pullover zu hellen Hosen reichlich extravagant gekleidet war, hätte man seinen Jahren und seiner seriösen Statur nicht einen solchen Auftritt zugetraut. Der Alte aber sah mit Wohlgefallen auf seinen jungen Fahrer und schien besonders dessen Chauffeurskünste zu bewundern. Unbekümmert hatte der Fahrer den Wagen auf den für die Kurärzte reservierten Parkplatz gelenkt und dort abgestellt, nicht eben platzsparend, sondern schräg, so daß er den Platz für drei Wagen einnahm. Das war der schwerste Skandal. Der Lautsprecher dröhnte noch immer. Der Alte deutete dem Jungen mit einer Geste an, er möge den Lautsprecher leiser stellen. Man konnte im Speisesaal zwar nicht hören, aber man verstand, was er dem Jungen erklärte: Das sei eine Kurklinik, deshalb müßten sie hier leise sein.

Im Eingang der Klinik stand jetzt Remeur, der zur

Begrüßung nach draußen gegangen war. Remeur und der Alte fielen sich in die Arme. Sie küßten sich. Der Alte trat immer wieder zurück, damit er Remeur ganz, von oben bis unten, sehen könne. Wieder hörte man im Speisesaal die Worte nicht, verstand aber die Geste: So schlecht siehst du doch gar nicht aus. Der Alte tätschelte Remeur die Wangen: Wird schon wieder werden, alter Junge.

Dann stellte der Alte den Jungen vor. Auch Remeur und der Junge umarmten sich lachend und küßten sich. Bei dem Jungen machte es Remeur, wie der Alte es vorhin mit ihm getan hatte: er nahm ihn bei der Hand und hielt ihn zurück, damit er ihn von oben bis unten begutachten konnte. Dann machte er dem Alten ein Kompliment.

Im Speisesaal hatte man die Szene wie einen Stummfilm verfolgt. Nach und nach setzte man sich wieder an die Tische, sah aber immer wieder durchs Fenster, um nur ja nichts zu verpassen. Als Remeur den Jungen küßte, sagte Walter Stenzel zu seiner Frau: »Das sind Franzosen!« Herr Kreinss murmelte vor sich hin: »Das ist eine Nummer schwuler als die Promenade mit dem jungen Wennenmeier.« Die dicke Frau Mende verstand nicht recht, wie er das meinte. Auch schwankte sie zwischen Lachlust und Stolz. Denn es war doch auch eine glückliche Fügung, daß der zweifellos interessanteste Gast der Klinik, Remeur, ausgerechnet ihr Tischnachbar war. Ihre Treue zu Herrn Kreinss war arg ins Schwanken geraten.

Albert Thilbeau, der Alte aus dem Auto, gehörte zu Remeurs engsten Freunden in Paris. Sie hatten sich vor vielen Jahren auf einem Schiff kennengelernt, auf der *Ausonia*, die von Istanbul über Athen nach Bari und weiter nach Venedig fuhr. Remeur war in Bari wieder an Land gegangen. Nur drei Tage und zwei Nächte waren sie damals zusammen, und dennoch hielt ihre Freundschaft für ein ganzes Leben. Wie lange war ihr Treffen auf der *Ausonia* nun schon her? Remeur war damals um die dreißig Jahre alt, Thilbeau über fünfzig; heute war Remeur um die fünfzig, Thilbeau über siebzig. Ihre Bekanntschaft verdankten sie einem Mißverständnis. Damals war noch ein dritter Passagier mit ihnen in Istanbul an Bord gegangen, ein deutscher Industrieller, ein gutgelaunter geselliger Mensch, der in Istanbul einen guten Geschäftsabschluß unter Dach und Fach gebracht hatte und darum doppelt gut gelaunt war. Beim Dinner – den drei »Istanbulern« hatte man einen gemeinsamen Tisch im Restaurant zugewiesen – lud er seine Tischnachbarn ein, mit ihm ein Glas Champagner auf sein Glück zu trinken. Thilbeau zierte sich. Er blickte finster auf seine Tischnachbarn. Remeur verstand die Situation nicht.

Als der Champagner serviert war, die Gläser gefüllt und der Industrielle sein Glas hob, stand Thilbeau auf und warf sein Glas klirrend auf den Boden. Er stampfte mit dem Fuß auf. Es sah etwas komisch aus, wie er da stand, kerzengerade, das Glas hatte er neben sich, aber mit Wucht, auf den Boden geknallt, daß es klirrend zersprungen war. Es gab einen kleinen Aufruhr in dem Restaurant. In verquerem Deutsch schrie Thilbeau: »Ich trinke nicht mit deutschen Industriellen, die Geschäfte mit Arabern gegen Juden machen!« Er wiederholte den Satz mehrere Male, daß ihn nur ja jeder verstand. Dann verließ er das Restaurant.

Der Industrielle an Remeurs Tisch saß immer noch dort mit erhobenem Glas und offenem Mund. »Ich mache gar keine Geschäfte mit Arabern«, sagte er. Seine gute Laune hatte gelitten. »Sehen Sie, junger Mann«, sagte er zu Remeur, »das sind die Probleme, mit denen wir zu kämpfen haben. Und kein Politiker hilft uns dabei.« Remeur hatte von Wirtschaft keine Ahnung. Das Geschäftliche war bis dahin Svens Ressort gewesen. Er hatte sich nie darum gekümmert.

Als Kind hatte er die letzten Züge des Krieges erlebt. Die Nachkriegszeit. In seiner Schule galt es als Tugend, so unmilitärisch zu sein, daß die Kinder nicht einmal in Zweierreihen gehen durften. Remeur gehörte dieser seltsam schizophrenen Nachkriegsgeneration an, die einerseits träumend an eine neue Weltordnung glaubte, andererseits sehen mußte, daß sie es zu etwas brachte. Denn das hatte sie in Krieg und Nachkriegszeit gelernt: Helfen mußten sie sich selber. Daher verstand Remeur die jugendlichen Revolutionäre, er bewunderte ihre Wut, ihre politische Entschiedenheit, die er selbst nicht besaß. Aber er verstand auch die elementare Ahnungslosigkeit der Älteren gegenüber der Zerstörungswut der Jüngeren. (»Wir haben den Karren aus dem Dreck gezogen – und sie machen nun alles kaputt.«)

»Sie müssen zwischen uns vermitteln«, beschwor der Industrielle Remeur. Er erklärte ihm das Geschäft, das er in der Türkei abgeschlossen habe. Er liefere Anlagen für Schleifmaschinen, »völlig neutral«, vor drei Monaten erst habe er mit einem Partner in Israel über einen ähnlichen Abschluß verhandelt. Die Verhandlungen seien noch nicht abgeschlossen, aber er rechne jeden Tag mit dem Bescheid. »Sie müssen das richtigstellen. Das ist ein Mißverständnis von Thilbeau. Sie kennen ihn schon lange?« »Ich kenne ihn überhaupt nicht«, gestand Remeur. »Oh, er ist ein einflußreicher Mann in Frankreich, er ist reich und einflußreich, Jude natürlich. Kennen Sie nicht das Bankhaus Thilbeau? Er hat ein Weingut in der Champagne, und er sitzt in allen französischen Wirtschaftsgremien. Außerdem sprechen Sie so gut französisch. Sie müssen zwischen uns vermitteln.« Remeur war verblüfft. Wo hatte sein Nachbar nur die Informationen her? Sie waren erst vor wenigen Stunden in Istanbul an Bord gegangen. Hatte der Industrielle ein *Who's who* im Reisegepäck? Remeur kam es vor, als blicke er zum ersten Mal in eine Welt, die ihm bis dahin verschlossen geblieben war. Es grauste ihn davor. Er redet wie ein Staubsaugervertreter, dachte Remeur. Schließlich versprach er: »Ich will sehen, ob ich Monsieur Thilbeau irgendwo finde.«

Er fand ihn leicht. Thilbeau saß an der Bar und betrank sich. Er genierte sich wegen seines Ausbruchs vorhin. Als er Remeur sah, lud er ihn sofort ein, sich neben ihn zu setzen. »Du mußt zwischen diesem Industriellen und mir vermitteln«, sagte er als erstes – daß er Remeur duzte, obwohl sie vorher noch nie ein Wort zusammen gesprochen hatten, fiel Remeur erst viel später auf. »Ich bin aus der Rolle gefallen. Ich habe die Beherrschung verloren«, sagte Thilbeau zerknirscht. »Ich persönlich habe unter den Nazis nicht gelitten. Ich war um diese Zeit in Amerika. Ich kann nicht einmal sagen, wie die meisten Juden, daß Verwandte von mir im Konzentrationslager umgekommen seien. Alle meine Verwandten hatten sich in Sicherheit gebracht. Aber ich darf nicht an die Geschichte denken. Ich darf es mir nicht vorstellen. Du mußt nicht glauben, ich hätte etwas gegen Deutsche oder gegen Deutschland, nationalistisch etwa, ich würde ihnen den Wohlstand nicht gönnen. Aber wenn ich die deutschen Geschäftemacher der Vergangenheit sehe, unseren Tischnachbarn etwa, die früher fröhlich ihre Geschäfte gemacht haben und die sie heute wieder machen, dann packt mich die Wut. Vielleicht ungerecht, ich weiß es nicht, aber ich bin meiner Raserei ausgeliefert.« Er kokettierte mit seinem Laster. Remeur erklärte ihm, was ihr Tischnachbar über die Art seiner Geschäfte erzählt hatte. »Er ist ein Schmirgelpapierfabrikant«, sagte Thilbeau abschätzig.

Der Schmirgelpapierfabrikant betrat gerade, hin- und herblickend, nach allen Seiten sichernd, die Bar. »Lade ihn ein, sich zu uns zu setzen«, forderte Thilbeau Remeur auf. Dabei sprach er so laut, daß auch der andere ihn bestimmt gehört hatte. Die Peinlichkeit der Szene wurde nur dadurch gemildert, daß Thilbeaus herrischer Ton so selbstverständlich klang, daß Widerworte nicht geduldet wurden. Der Industrielle strahlte, setzte sich an den Tisch – und hatte schon wieder eine Flasche Champagner bestellt. »Zur Versöhnung«, sagte er, »besser, zur Richtigstellung eines Mißverständnisses.« Thilbeau entschuldigte sich. »Aber lieber Monsieur Thilbeau, ich verstehe das. Ich muß mich entschuldigen. Sie müssen sich vorhin überfahren gefühlt haben. Was Ihr Problem mit den Deutschen angeht, da dürfen Sie mich auf Ihrer Seite zählen. Ein Großonkel von mir, mütterlicherseits, gehörte zu dem Kreis um Carl

Goerdeler. Er ist in den letzten Kriegstagen noch hingerichtet worden. Mir brauchen Sie nichts zu erzählen über den Zorn auf die Nazis.« Es wurde ein trunkenes Versöhnungsfest auf der *Ausonia*, wenngleich die Antipathie zwischen den beiden Kontrahenten unverändert bestehen blieb.

Wenn in den nächsten Tagen an Bord oder bei dem Landgang in Athen einer der beiden Remeur traf, fehlte es nie an Sticheleien des einen über den anderen. »Der Schmirgelpapierfabrikant ist ein Vertreter des alten Deutschland«, befand Thilbeau, »du bist ein Vertreter des neuen Deutschland.« Remeur dachte über den neuen Titel nach und wußte nicht, ob er sich darüber freuen sollte.

Am zweiten Abend auf der *Ausonia*, alle waren etwas erschöpft vom Landgang in Piräus und Athen, saßen Remeur und Thilbeau allein in der Bar. »Und er?« fragte Thilbeau und winkte mit dem Kopf in die Richtung, aus der gewöhnlich der Schmirgelpapierfabrikant erschien. In seinem drolligen Deutsch fragte er: »Der Grasaff', ist er weg?« Schon am Morgen hatte er Remeur erzählt, sein schlechtes Deutsch habe er nur gelernt, um den *Faust* im Original lesen zu können. Goethe war einer seiner Götter. »In meiner Jugend habe ich noch Gide gekannt. Du weißt, daß Gide Goethe und Nietzsche angebetet hat, zeitweise.« »Sie haben Gide gekannt?« »Du kannst du zu mir sagen. Ja, ich habe Gide gekannt. Ich habe nicht den Vorzug, sagen zu dürfen, ich hätte mit Gide geschlafen. Aber verführt hat er mich doch – mit seinen Büchern.« »Dich auch«, sagte Remeur lachend. Thilbeau hatte in seinen Augen eine neue Dimension gewonnen. Eine ganze Nacht lang unterhielten sie sich über

Literatur und Politik und versuchten ihre eigene Position zu beschreiben.

Noch am frühen Morgen – das Schiff zog ruhig seine Bahn, und Remeur war von dem Gespräch so aufgeregt, daß er nicht schlafen konnte – grübelte er über seine eigene Haltung nach. Während die sogenannte Achtundsechziger-Revolution ihn äußerlich kaum berührt hatte – er fühlte sich etwas vergrätzt von dem Schlagwort »Trau keinem über dreißig«, wo er doch gerade dreißig geworden war; sie wollen mich also nicht haben, dachte er beleidigt – so hatten die wilden Demonstrationen gegen den Vietnamkrieg, gegen das Establishment, gegen die Kapitalisten ihn doch auf den Gedanken gebracht: es muß sich jeder selbst um die Politik kümmern. So gesehen war die Achtundsechziger-Revolution für ihn ein Aufruf zur demokratischen Erneuerung. Als er 1967 in Berlin zum ersten Mal eine Antivietnamkriegs-Demonstration erlebte, sogar daran teilnahm, Rudi Dutschke ging vorneweg, da verschreckte ihn der Kampfruf »Ho-ho-Ho-Tschi-Minh, Ho-ho-Ho-Tschi-Minh«. Er scherte auf dem Kurfürstendamm sofort wieder aus dem Demonstrationszug und stellte sich – frustriert, wie man damals sagte – an den Straßenrand: Nein, dachte er, das mach' ich nicht mit. Das ist mir zu kindisch. Es erinnerte ihn an frühe Kindheitserlebnisse, katholische Wallfahrten, Bittprozessionen, bei denen die Prozessionsordner Kreuze getragen hatten: senkten sie die Kreuze nach rechts, mußten die Wallfahrer auf der rechten Seite vorbeten, die auf der linken Seite mußten antworten; senkten sie die Kreuze nach links, war es umgekehrt.

Die Demonstration mit den »Vorbetern« an den

Tragemikrophonen, Flüstertüten hatten mehr Ähnlichkeit mit katholischen Wallfahrten, als ihren Veranstaltern lieb war. Nein, ohne mich, dachte Remeur. Darum bin ich nicht aus der Kirche ausgetreten, um in diese neue, weit mehr obskure Kirche einzutreten. Es war ihm klar, daß seine erklärte Distanz zum Staat, auch zu den Achtundsechzigern, zur Kirche, zu den Parteien, auch zu der Mehrheit des bürgerlichen Establishments und seine heimliche Sympathie zur Anarchie auf vertrackte Weise mit seiner Homosexualität zusammenhing: Schwulsein ist eine politische Betätigung. Das war seine Überzeugung.

Wie sollte er mit den Institutionen paktieren, die ihn als Menschen verachteten, gar zum Kriminellen erklärten? Immer rührte es ihn, wenn er Geschichten über Homosexuelle in den Konzentrationslagern der Nazis hörte, von denen viele ihre unschuldige Liebe dort mit dem Tode bezahlen mußten – die genaue Zahl war immer noch unbekannt – oder unsägliche Qualen leiden mußten und unmittelbar nach ihrer Entlassung mit neuer Verhaftung rechnen mußten, weil der Paragraph, der ihre Liebe verbot, unverändert wirksam war. Das Wort »Befreiung« muß in ihren Ohren wie Hohn geklungen haben. Wie hätten sie Sympathie für die neue Republik empfinden können? Ihre und Remeurs Haltung zum Staat änderte sich erst langsam nach der sogenannten Liberalisierung des Paragraphen 175 im September 1969.

An die kurze Reise mit der *Ausonia* erinnerte sich Remeur sein Leben lang mit Vergnügen. Er stand an der Grenze der Jugend. Nicht lange mehr würde man ihn »den jungen Mann« nennen, wie die beiden Alten auf dem Schiff es taten. Nicht lange mehr würde man um ihn, den Jungen, werben, wie die beiden Alten es taten. Gewiß war der Schmirgelpapierfabrikant nicht homosexuell, er war ein braver Bürger, er war verheiratet, hatte zwei erwachsene Töchter, und sein Gepäck war voller Geschenke für die Enkelkinder. Er war ein biederer Mann, der keiner Fliege etwas zuleide tun würde, nicht unsympathisch. Im Liegestuhl an Deck las er den Roman *Liebe ist nur ein Wort* von Johannes Mario Simmel. »Wissen Sie, die Simmel-Bücher entspannen so schön«, sagte er. Dann führte er Remeur sein Rosenwasser vor, das er in der Türkei gekauft hatte. »Ich liebe diesen Duft. Ich habe jahrelang danach gesucht, jetzt endlich gefunden.« Er hatte eine ungewöhnlich große Flasche davon gekauft; Remeur roch daran; es war ein billiges Parfum mit viel Patschuli, das erst viele Jahre später wieder »modern« werden sollte. Remeur wollte nicht ungerecht sein, aber Thilbeau war zweifellos von anderem Zuschnitt. Daß die beiden Alten sich auch nach ihrer angeblichen Versöhnung heimlich stritten, in giftigen Bemerkungen des einen über den anderen, war für Remeur die witzigste Unterhaltung während der Reise.

In Bari ging Remeur von Bord, er überließ die beiden »Istanbuler«, die beide bis Venedig fuhren, ihrem Schicksal. Schon von Venedig aus rief Thilbeau ihn an und schilderte ihm den weiteren Verlauf der Schiffsreise. Er lud Remeur nach Paris ein. Ihre Freundschaft hatte sich in über zwanzig Jahren bewährt. Immer wieder hatten sie sich auf Reisen getroffen, manchmal zufällig, weil beide ein Faible für extravagante First-class-Hotels hatten, manchmal auch geplant. Oft gehörte Thilbeau im *Flore* zu dem Kreis von Zuhörern, die um Remeur herum saßen, wenn er seine unanständigen Geschichten erzählte. In einigen dieser Geschichten spielte Thilbeau sogar selbst eine Rolle.

In Tokio zum Beispiel hatten sich Remeur und Thilbeau im *Imperial* Hotel getroffen. Remeur wußte von seinem kleinen Freund Kiyoshi die Adresse eines Dampfbades, wo angeblich »etwas los« sei. Remeur kannte inzwischen die Schamhaftigkeit der Japaner und ihre »Diskretion«, daß er nur wenig »Loses« in einem japanischen Bad erwartete. Aber da spürte er auch schon wieder diese kribbelnde Begierde in seinen Lenden, die ihn genaugenommen schon durch die ganze Welt getrieben hatte. Thilbeau konnte er für solche Abenteuer stets leicht gewinnen.

Doch, wie erwartet, war in dem Dampfbad nichts los. Im abgedunkelten Ruheraum, dessen Boden mit Kissen bedeckt war, herrschte Stille und kaum Bewegung. Remeur betrachtete mit Vergnügen rechts und links neben sich die schlafenden (oder die sich schlafend stellenden) Jungen, kleine Japaner, die zum Teil in geradezu akrobatischen Positionen eingeschlafen waren und so verharrten: Auf dem Bauch, mehr auf dem Gesicht liegend mit herausgestrecktem Hinterteil, auf dem Rücken mit schamlos aufgegrätschten Beinen, auf der Seite liegend, zusammengerollt, oder, seltsam, mit hochgerecktem Arm und angewinkelten Knien. Dabei trugen sie um die Lenden gebunden das schmale weiße Tuch, das man in Japan wahrhaftig ein Allzwecktuch nennen darf.

Es dient als Handtuch, als Waschlappen, als Stirnband und eben auch als Lendenschurz, mehr enthüllend allerdings als verdeckend. In seiner stillen Betrachtung wurde Remeur gestört, als er etwas weiter innen im Raum Thilbeau beobachtete, der einen weiten, weißen Frotteeumhang trug und auf einem Kissen wie ein Buddha thronte. Plötzlich sah Remeur, daß der weiße Umhang sich bewegte und, Remeur traute seinen Augen nicht, aus dem Umhang ein kleiner Japaner herauskrabbelte. Kaum konnte man ihn hervorhuschen sehen, schon war ein nächster Japaner unter dem Umhang verschwunden.

»Ich war neidisch«, sagte Remeur an dieser Stelle der Geschichte immer, »erstens hätte ich gern gewußt, was sich unter dem Umhang tat, zweitens hätte ich gern gewußt, wie Thilbeau an den Umhang gekommen war, und drittens hätte ich gern gewußt, was unter dem Umhang so attraktiv war. Später erfuhr ich, man hätte nur an der Kasse nach einem solchen Umhang fragen müssen. Aber dazu war ich jetzt auch zu stolz, mich als zweiter Buddha, als Ersatz-Buddha zu etablieren. Hätte ich mehr Zeit in Tokio gehabt, wäre ich bestimmt noch einmal in das Dampfbad gekommen und könnte vermutlich jetzt detaillierter erzählen.

Thilbeau liebte es, wenn Remeur diese Geschichte erzählte. »Du vergißt zu sagen, daß ich das schon einmal erlebt habe. Nicht in Tokio, aber in Tunis. In einem sehr übel beleumundeten, sehr abseitigen Friseursalon krochen auf Wunsch die Jungs unter den Frisierumhang.« »Bitte, hört auf, nicht noch mehr von solch üblen Geschichten«, sagte der berühmte, rothaarige Ethnologe, der zeitweise auch zu der

Runde im *Flore* gehörte. »Beim Stamm der Samburu in Papua-Neuguinea gehört das Samenessen zu den Initationsriten der männlichen Jugendlichen.« »Hm«, sagte Thilbeau. »Ich habe Ethnologen immer für voyeuristische Säue gehalten«, sagte Remeur – und verabschiedete sich, er müsse zu einer Vernissage ins Centre Pompidou.

Seine Freundschaft mit Thilbeau gründete indes nicht auf ihre gemeinsamen Erlebnisse. Die zwei, drei politischen Gespräche, die sie einst auf der *Ausonia* geführt hatten, bildeten eher die Verfassung ihrer Freundschaft. Je älter Thilbeau wurde, um so jünger wurden seine Gefährten. Immer waren es blonde Engel mit sanften, braunen Augen und immer mit zerrissenen Hosen, die ihre Lebensgier demonstrierten. Zuweilen kam es zu Handgreiflichkeiten zwischen zwei rivalisierenden Engeln. Remeur hatte oft schlichten müssen, war mit Botschaften zwischen dem einen und dem anderen unterwegs. Der Knabe, der an dem Sonntagmorgen vor der Kurklinik am Bodensee den roten Wagen gesteuert hatte, Paul, war der jüngste Liebling Thilbeaus; Remeur hatte ihn vorher noch nicht kennengelernt.

Ohne sich länger vor der Kurklinik aufzuhalten, fuhren die drei, Thilbeau, Remeur und Paul zu einem Blitzbesuch nach Zürich, wo Remeur im Kunsthaus eine Ausstellung mit Bildern von Edward Hopper besuchte.

Als Remeur am Montagmorgen in den Speisesaal kam, schienen seine Tischnachbarn etwas verschnupft. Frau Mende blickte grämlich und sagte gar nichts. Herr Kreinss suchte nach einem Thema, fand aber keines. Der Herr Doktor sagte: »Am Sonntag waren meine Frau und meine Tochter hier zu Besuch.« »Ich war in Zürich«, sagte Remeur. »Es war ein schöner Tag.« Am Nachmittag jedoch erhielt er einen Anruf, der ihn veranlaßte, seinen Kuraufenthalt sofort abzubrechen. Thilbeau und Paul waren auf ihrer Fahrt nach Italien tödlich verunglückt. Hatten die Bremsen versagt? War Paul, der Barfuß-Chauffeur zu schnittig durch die Serpentine gefahren? Der schöne rote Wagen war über ein steil schräg abfallendes Feld geschlittert und in eine Schlucht gestürzt. Beide Insassen, Thilbeau und Paul, wurden tot geborgen. Von Paris aus schrieb Remeur an seinen jungen Freund W., der zu dieser Zeit in England studierte:

»Thilbeau ist tot. Sein kleiner Freund, der den Unglückswagen gefahren hat, Paul, – du kennst ihn nicht, ein Neuer – ist auch tot. Es wird dich nicht wundern zu hören, daß Paul wie ein Engel aussah. Bei der Beerdigung in der Familiengruft auf dem Friedhof von Montmartre – nicht weit von Heines Grab, das Thilbeau liebte – hatte die Familie ziemlich brutal aussehende Ordner angestellt, die dafür zu sorgen hatten, daß keine weiteren Engel sich während der Zeremonie am Grab blicken ließen. Berthe, Thilbeaus Haushälterin, stand neben mir und schluchzte und hielt sich an meiner Hand fest. Sie deutete auf eine verhärmt aussehende Frau in einem billigen, abgetragenen Mantel, die ein Bein nachzog und deren Schultern verwachsen waren, das sei Pauls Mutter. ›Paul, der Engel‹, flüsterte ich. Berthe schluchzte wieder laut: ›Paul war ein Engel.‹ Ich wollte dir nur mitteilen, daß der gute alte Thilbeau, von uns allen geliebt und verehrt, jetzt auch ein Engelchen geworden ist.«

Achtes Kapitel

Unter den Brücken

Es war der erste wirkliche Frühlingstag, der 2. April, ein Donnerstag. Jean Remeur saß vor der Terrasse des *Flore* auf einem der wackeligen Stühlchen und streckte seine Beine in die Sonne. Er blickte ernster drein als sonst. Er war mager geworden. Über den Augen hatte er zwei tiefe Dellen in der Stirn. Merkwürdig spitz wirkte sein Gesicht. Wer ihn näher kannte, sah auch, daß seiner ausgesuchten Garderobe der alte Glanz fehlte. Er sah müde aus.

Nachdem er mich hinter den großen Scheiben des *Flore* innen entdeckt hatte, fragte er, ob er sich zu mir setzen dürfe. »Ich bin heute morgen erst angekommen«, sagte er, »ich wohne im *Pont Roal.*« In Paris erzählte man sich, daß der Kessler Verlag den Vertrag mit Remeur gekündigt habe. Seine Wohnung in der Rue des Bourdonnais hatte er also nicht mehr. Entfernte Bekannte von ihm und von mir hatten hämisch für die Verbreitung des Gerüchts gesorgt: Remeur muß seine Pariser Wohnung verkaufen. Nach deren Erzählungen muß es eine fürstliche Etage gewesen sein. »Genaugenommen ist das Hotelzimmer seinen Preis nicht wert«, murmelte er. Er murmelte. So hatte ich ihn noch nie sprechen hören. »Das Hotel ist ein verstaubter alter Kasten.

Wußten Sie, daß man unten in der Kellerbar – wo man nach wie vor alle aktuellen Literaturgrößen aus dem benachbarten Verlag Gallimard treffen kann – wußten Sie, daß man dort das beste *steak tartare* von Paris bekommt?«

Er lachte. »Es ist ein *steak tartare* wie überall. Nur wurde es früher dort von Bruno serviert. Ich bin immer nur seinetwegen in die Bar gegangen. Bruno trug sein strähniges, lackschwarzes Haar wie ein Tangojüngling streng nach hinten frisiert. Es glänzte von Pomade. Bruno roch auch so, etwas ranzig. Er trug seinen Kopf hoch. Ich glaube, er hat mich nie auch nur wahrgenommen. Ich glaubte das. Aber es war eine Lust, ihm zuzusehen, wie stolz er durch den Raum schritt, wie er tanzte, wie verächtlich er seine Gäste musterte. Bruno gehörte zu den weit über tausend Geliebten, die ich hatte, die nicht wissen, daß ich sie geliebt habe oder liebe. Ist die Liebe erst vollkommen, wenn zwei Menschen sich treffen? Was glauben Sie? Oder ist die Liebe ein vereinzeltes, einseitiges, egoistisches Phänomen? Kunstwerke, die man in einem Banktresor versteckt und die folglich nie ein Mensch zu Gesicht bekommt, behalten dennoch ihren Wert. Ist ungesehene Kunst Kunst? Wird die Kunst erst durch das Ansehen zur Kunst? Wird die Liebe erst durch einen Kuß zur Liebe?« Remeur wollte philosophieren. Ich wollte ihn davon abbringen.

»Was ist mit Bruno?« fragte ich. »Bruno, stellen Sie sich vor, als ich ihn vor ein paar Monaten zum letzten Mal sah, ich bezahlte mein *steak tartare* und mein Perrier, da umarmte er mich plötzlich. Einfach so zum Abschied. Ich hatte nie ein Wort mit ihm gesprochen. Bruno ist vor sechs Wochen an SIDA gestorben, sagte mir vorhin der Portier. Ein unsympathischer Mensch übrigens, dieser Portier. Er wollte meine Kreditkarte sehen. Ich bin nicht mehr kreditwürdig, wissen Sie. Der Portier hat immerhin gute Augen, obwohl das Sehen meiner Kreditkarte ihn nicht klüger machen wird. In Wahrheit jongliere ich zur Zeit mit drei Kreditkarten, gedeckt ist keine.« Es schien schlimm zu sein. Remeur hatte seine gute Laune verloren, zeitweise. »Haben Sie nicht vor ein paar Jahren ein Feuilleton über Ihren Spazierstock geschrieben? Ich erinnere mich, es war eine lustige Geschichte. Vielleicht könnte ich Sie bei der Zeitung unterbringen.«

»Ach«, sagte Remeur, »auf den Gedanken bin ich noch nicht gekommen.« Obwohl er ein Meister der Wiederverwertung war. »Könnte man vielleicht versuchen«, sagte er. Ich gab ihm meine Karte und schrieb auch meine Pariser Anschrift darauf. Remeur beobachtete es mit Wohlgefallen. Seine Laune war schon wieder etwas besser geworden. »Was ist aus Ihrem Roman geworden?« fragte ich. Er winkte ab. »Tausend Romane vergilben in den Schubladen. Wer hat keinen Roman in der Schublade? Ich wette, daß ich bei Ihnen zum Beispiel einen oder sogar mehrere finden würde«, sagte er listig. »Leider, leider, mir war das Leben immer wichtiger als das Schreiben, obwohl, nun ja, das Schreiben zumindest meine zweite Leidenschaft war.« Daß er es sich angewöhnt hatte, von sich in der Vergangenheit zu sprechen, gefiel mir gar nicht. »Man kann immer nur eines tun, leben oder schreiben.« Er sah sich um im Café, als warte er auf jemanden. »Mir ist heute so sonderbar«, sagte er bedrückt. »Ich komme aus New York, das Ticket ging auf die zweite Kreditkarte. Eine Woche habe ich dort auf ihn gewartet. Er ist nicht gekommen. Es war eine Illusion von Anfang an.« Ich sah ihn verständnislos an. Von wem redete er? In New York? »Horst«, sagte er. »Horst ist Tänzer. Im Ballett der Berliner Oper, das zur Zeit in New York gastiert. Ein schöner, grausamer Engel. Er wollte, daß ich bei der Premiere dabei sei. Ich habe es ihm prompt geglaubt. Obwohl W. mich gewarnt hatte. Kennen Sie das auch, daß man glaubt, was man glauben will? Ich bin ein alter Narr.« Remeur sah stumm sinnend vor sich hin. Er litt offensichtlich unter der Zurückweisung durch den schönen, grausamen Engel, so reimte ich mir zumindest die angedeutete Geschichte zusammen. Ich machte mir Sorgen um ihn. Die Enttäuschung hatte ihn hart getroffen, daß ihm selbst ihm die Wörter fehlten. Er hätte besser auf W. gehört.

W. war nun seit vielen Jahren sein Begleiter. Es gab wohl niemand, der mehr Einfluß auf ihn hatte als W., mehr noch als Lisa. W. war bei ihm, auch wenn er nicht zugegen war, sondern wieder einmal durch die Welt reiste, den Amazonas erforschte, ein Buch über die Anden schrieb, New York oder Rio de Janeiro unsicher machte, Remeur zitierte zuweilen über ihn im Scherz eine Zeile aus dem deutschen Text des Musicals *Hair*: »Wo wird er jetzt Ärgernis erregen?« Zwischen den Seiten seines abgegriffenen schwarzledernen Adressenbüchleins verwahrte er einen zerknitterten und verschmierten Zettel, auf den der jugendliche W. geschrieben hatte: »Weißt du eigentlich, wie lieb ich dich habe?« Worunter Remeur in seiner kleinen Schrift geschrieben hatte: »Manchmal habe ich es vergessen.« Den Zettel hatte er bei sich, damit er es nie wieder vergaß. Hinter dem W. versteckte sich natürlich ein bürgerlicher Name, aber Remeur nannte ihn zu W.s Ärger »Wuschel«, was vermutlich mit dessen wuscheligen schwarzen Haaren zu tun hatte. Remeur machte es immer wieder Vergnügen, das schwarze Haar zu verwuscheln, W. ließ ihn nach anfänglichem, vergeblichem Protest schließlich gewähren. Es war wie ein stiller, diskreter Liebesakt. Das Verwuscheln muß in ihrer geheimnisvollen Beziehung von Anfang an eine Rolle gespielt haben. Remeur hatte W. jedenfalls vor vielen Jahren in einem kleinen Off-Off-Theater in Paris kennengelernt. Wir kannten ihn alle in Paris. Er war hübsch, jung, spöttisch, trotz seiner Jugend fast zynisch, auf raffinierte Weise versnobt – zum stillen Vergnügen von Remeur. W. lachte ebenso meckernd wie Remeur, und im Laufe der Jahre übernahm er eine Eigenschaft Remeurs nach der anderen. Zurückhaltender, fast schüchtern, weniger grell als Remeur. Er besaß eines, was Remeur fehlte: eine angeborene Vornehmheit. Dennoch blieb ihre Beziehung letzten Endes rätselhaft. Einmal fragte ich Remeur, unschuldig, wo er W. kennengelernt habe. Er sah mich an, hochnäsig lächelnd, wie nur er es konnte. Natürlich hatte er meine Frage sofort durchschaut: ich wollte nicht wissen, wo die beiden sich kennengelernt hatten, sondern wie sie zueinander stehen. So überhörte Remeur auch meine Frage und antwortete auf eine Frage, die ich gar nicht gestellt hatte: »Die Sache ist ganz einfach«, sagte er, »ich liebe ihn. Über laufende Ereignisse darf man nichts erzählen. Zum Erzählen eignen sich nur die abgeschlossenen Abteilungen des Lebens.«

Mehr sagte er nicht darüber. Ich kam mir vor wie abgekanzelt. An diesem Pariser Frühlingstag schien er allerdings keine Lust zu geistreichen Sticheleien zu haben. In Gedanken war er anderswo. Plötzlich stand er auf und ging grußlos hinaus. Die Rechnung für seinen bitteren *café crème* überließ er mir. So kannte ich ihn. Aber Remeur in Depressionen, das hatte ich noch nie erlebt.

Remeur ging vom *Flore* zurück ins *Pont Royal*, verhandelte dort mit dem Portier, den er nicht leiden konnte, daß man ihm eine Schreibmaschine, einen Packen Schreibmaschinenpapier und eine große Flasche kaltes Perrier auf sein Zimmer bringe. Er setzte sich an den arg wackelnden Schreibtisch – lieber hätte er an seinem teuren Computer geschrieben, doch erinnerte er sich, daß dieser ihm nicht mehr gehörte – und begann ohne weitere Vorbereitungen loszuschreiben. Darauf war er immer stolz, daß er das konnte, einfach losschreiben, ohne aufzusehen, ohne nachzudenken, das Denken hatte offensichtlich vorher stattgefunden, er hatte die Geschichte komplett im Kopf. Losrattern wie eine Maschine, daß er selbst zur Maschine wurde: »Mein Stock«, schrieb er, »von Jean Remeur.«

Es handelt sich um eine burleske Geschichte, weniger über seinen Stock, sondern mehr über die Bedeutung von Stöcken im allgemeinen und über das Abenteuer, wie Remeur vor vielen, vielen Jahren in Paris einen Stock gekauft hatte. »Mein Stock ist ein edles, altes Stück aus schwarzlackiertem Mispelholz mit einem vergilbten, nur wenig geschwungenen Elfenbeingriff, der angenehm in der Hand liegt.

Er fühlt sich gut an. Man kann sich an dem Stock festhalten, man kann ihn umklammern. Aber ihn zu halten ist auch wie eine heimliche Liebkosung. Die Stahlspitze, die ›Zwinge‹, wie das Fachwort lautet, ist vom vielen Aufsetzen in hundert oder zweihundert Jahren abgewetzt, etwas unebenmäßig. Wenn ich den Stock in einem bestimmten Winkel aufsetze, dann, nur hörbar für mich, scheppert er leise. Es ist wie ein sanftes Beben, das sich von der Spitze fortsetzt über den Griff bis in meine Hand. Es ist wie ein Geheimnis zwischen uns beiden. Es ist wie eine vertraute, vielleicht etwas schräge Bewegung eines Menschen, den man gut kennt und den man gern hat, den man an dieser einen einzigen Bewegung immer wieder erkennen würde: Man hat seine Liebe an dieser Bewegung festgemacht. Ich liebe meinen Stock. Unter dem Griff ist eine schmale Silberfassung, auf der, von den darübergreifenden Händen fast weggewischt, ein Ufergesträuch eingraviert ist und ein paar stelzende Wasservögel; dazu ein längst unlesbar gewordener Silberstempel, vielleicht sogar eine Signatur.

Genaugenommen ist der nun gekaufte Stock schon mein zweiter. Ich besitze nämlich noch den Stock meines Vaters, ein Erbstück, um das ich nach seinem Tod regelrecht gekämpft habe. Nicht daß ein anderer ihn hätte haben wollen. Man hatte den Stock vielmehr für völlig wertlos gehalten und schon zum Sperrmüll gestellt. Triumphierend habe ich ihn von dort zurückgeholt. ›Wie konntet ihr den Stock nur wegwerfen?‹ habe ich vorwurfsvoll gefragt. Der alte Stock ist mir teuer. Der Stock steht in meiner Erinnerung für meinen Vater. Ich sehe ihn, wie er mit seinem steifgewordenen Bein, gekrümmt auf den Stock, sich durch die Wohnung schleppte. Wie er sich auf den Stock stützte, wenn er in seinen letzten Jahren nur noch selten ausging, immer wieder stehenblieb, weil ihn das Bein zu sehr schmerzte, immer sehe ich ihn auf den Stock gestützt. Ich war dabei, als der Stock gekauft wurde.

Es ist unverwechselbar der Stock meines Vaters, denn er kaufte natürlich den billigsten, den es in dem Laden gab. Die schüchternen Einwände meiner Mutter und von mir, es doch mit einem etwas schöneren Stück zu versuchen, wischte er unwillig beiseite. Er belehrte uns, es handle sich weder um einen Jux noch um eine Luxusanschaffung, sondern er brauche einfach den Stock. Den unausgesprochenen Vorwurf, wir würden seine Krankheit nicht ernst nehmen, hatten wir wohl verstanden. Daher mischten wir uns in die weiteren Kaufverhandlungen nicht mehr ein. Er wählte lange und entschied sich schließlich für den Stock, den ich nun zu Hause habe. Er ist wirklich das Billigste und Einfachste, das man sich in dieser Kategorie denken kann. Ein ziemlich dicker, plumper, sehniger Stock, fast roh, inzwischen an einer Stelle sogar gesplissen, unten mit einem Gummipfropfen, den meine Mutter besonders unelegant fand. Aber sie wagte zeitlebens nichts mehr darüber zu sagen.«

Remeur tremuliert über die Beschaffenheit von Stöcken. Worauf man beim Kauf achten muß. Kommt dann wieder zurück auf den Stock seines Vaters: »Zu Hause halte ich den Stock oft in der Hand. Manchmal liegt er auf meinem Schreibtisch; ich erinnere mich kaum, ihn dort hingelegt zu haben. Meine Katze hatte eine Zeitlang den Gummipfropfen zu ihrem Lieblingsspielzeug erklärt und knabberte leidenschaftlich daran herum. Meistens steht der Stock ungenutzt im Schirmständer. Er ist hilfreich, wenn die Katze eine Zigarettenpackung oder einen Bleistift unter die Möbel verschachert hat. Oft habe ich den Stock gleichsam gemessen, indem ich ihn aufgesetzt habe. Wenn ich mir je einen Stock kaufe, habe ich gedacht, dann muß er genau diesen Griff und diese Größe haben. Einmal, das wußte ich genau, werde ich es zu einem eigenen Stock bringen.« Das Merkwürdigste an Remeurs Stock-Geschichte ist die Episode, die er aus seiner Kindheit erzählt, daß er auch als Kind schon mit Stöcken gespielt hatte. Er war nämlich der Erfinder eines makabren Spiels: Er spielte, er sei blind. Wie er schreibt, hielt er das stundenlag aus, die Augen nicht zu öffnen, sondern sich mit Tasten zu orientieren. Zum Schluß seiner Stock-Geschichte beschreibt er, wo es sich gut mache, einen Stock zu tragen, etwa bei einem Spaziergang im Frühling durch den Jardin du Luxembourg oder über den Père Lachaise, während er davon abrät, mit einem Stock in den Supermarkt zum Einkaufen zu gehen.

Remeur gähnte. Er liebte das Gefühl wohliger Erschöpfung nach dem Schreiben. Es war wie die Ermattung nach dem Liebesakt. Remeur fühlte sich wie leergelaufen. Erst nach dem Schreiben spürte er, wie es ihn ermüdet hatte und wie die strenge Konzentration ihn gleichzeitig nervös gemacht hatte, wie eine Droge. Er dachte an die Ärzte, die ihm das Schreiben stets erlaubten: »Im Kopf sind Sie ja nicht krank.« Was haben die für dumme Vorstellungen, dachte Remeur. Wenn die wüßten, daß Schreiben gerade eine körperliche Anstrengung ist. Fast ausschließlich eine körperliche Anstrengung. Die Kraft zu formulieren, die Kraft zu denken, die Kraft, sich zu erinnern, als wenn das keiner körperlichen Energie bedürfe. Nur gut, daß sie es nicht wissen. Ärzte müssen nicht alles wissen. Daß er während des Schreibens eine Zigarette nach der anderen rauchte, so viele, daß er sich nach dem Schreiben regelmäßig eine gewisse Zeit vor Zigaretten ekelte, das war ohnehin sein Geheimnis. Für jeden Artikel muß ich mit meinem Leben bezahlen.

Er packte den Artikel in einen Briefumschlag des Hotels – ist doch ein schönes Stück geworden, dachte er, man wird es vermutlich für eine unproblematische Causerie halten wie alle meine Stücke – er schrieb meine Pariser Anschrift darauf und machte sich auf den Weg zu seinem Lieblingspostamt in der Rue du Louvre, dem einzigen Pariser Postamt mit Nachtleerung. Die erste Dämmerung war schon vorbei. Blaue Dunkelheit legte sich über die Stadt. Vor dem Eingang des Hotels in der Rue du Bac atmete Remeur tief durch. Paris, wie er die Stadt liebte mit all ihren chaotischen Unzulänglichkeiten. Napoleon, so sagten die Fremdenverkehrswerber immer wieder, Napoleon habe erklärt, er würde Korsika mit geschlossenen Augen allein am Duft der Macchia erkennen; ich würde Paris am Geruch erkennen, dachte Remeur. Dieser etwas stumpfe, muffige, merkwürdig trockene Geruch, wie Staub, auf den es geregnet hat. Remeur wurde nie müde, Paris in allen Erscheinungen zu studieren und zu analysieren. Für seine abendlichen, meist nächtlichen Spaziergänge stellte er sich komplizierte Umwege zusammen. Es sind die Straßen meines Lebens, hatte er mir einmal erklärt.

Jetzt wanderte er beispielsweise über die Rue de

Lille am Musée d'Orsay vorbei, obwohl er genaugenommen dort nichts verloren hatte, außer daß er das Haus zu jeder Tages- und Nachtzeit liebte, vor allem sogar in der Nacht, wenn es von innen heraus bläulich leuchtete. Immer wenn er dort vorüberging, dachte er an zwei, drei Marmorskulpturen, die im Innern zu sehen waren, vielleicht weniger bedeutende Kunstwerke aus dem 19. Jahrhundert, die ihn aber gerade darum besonders interessierten: Dargestellt waren in fast durchscheinendem, makellosem, feinnervigem, weißen Marmor aufregend reine, nackte Jünglinge, Erzengel, die mahnend zum Himmel wiesen.

Wenn ich mir das nur leisten könnte, dachte Remeur, so eine Skulptur auf mein Grab setzen zu lassen. Einen nackten Engel mit einem süßen, runden Apfelarsch und einem kleinen, jedoch nicht zu kleinen Schwanz, dem man, wie es in einem griechischen Gedicht heißt, »die eben erst genossenen Freuden Aphrodites noch ansieht«. Die Passanten sollen vorübergehen und rasend werden vor Ärger, sie sollen grün und gelb werden vor Neid: Selbst im Tode hat er nur Schweinkram im Kopf, nackte Jünglinge, die ihn sanft in die Ewigkeit tragen. Bei meiner derzeitigen Finanzlage wird es wohl ein Traum bleiben.

An dieser Stelle gedachte Remeur mit Grausen eines Fernsehgesprächs zwischen Marcel Reich-Ranicki und dem inzwischen verstorbenen Schriftsteller Wolfgang Koeppen, in dem Reich-Ranicki einst in eiferndem Vorwitz und wohltuender Direktheit Koeppen gefragt hatte, ob er nun homosexuell sei oder nicht, endlich sollte die Wahrheit gesagt werden. Koeppen, der schon damals um die achtzig Jahre alt war, getraute sich immer noch nicht, es zuzugeben. Er erzählte etwas von seinem Griechischlehrer, der ihm in edler Knabenfreundschaft zugetan gewesen sei, später von edeldenkenden jüdischen Homosexuellen in Koeppens Umgebung, er selber das Opfer, nein, er habe mit so etwas nichts zu tun, obwohl seine schmalen drei Nachkriegsromane genau das Gegenteil beweisen. Was für Verklemmungen, was für seelische Verletzungen, was für geistige Verkrüppelungen müssen dahinter stehen, daß so ein alter Narr sich immer noch schämt in des Wortes wirklicher Bedeutung. Dieses Humanisten-Gedudel, Remeur schüttelte unwillig den Kopf. Ich habe damit nichts zu tun. Näher als diesen Tausenden von Geistes-Schwulen wie Koeppen oder Thomas Mann (der dem blonden Hans oder Franz einmal übers Haar gestrichen hat, zu seiner Qual nicht mehr, sonst nichts) habe ich immer zu den Bahnhofsstrichern gestanden, den kleinen Verbrechern. Ihnen hat mein Herz gehört.

Remeur spazierte über den Quai Voltaire auf der anderen Seite des Musée d'Orsay an der Seine entlang wieder zurück, verbeugte sich in Gedanken, wie immer, wenn er über diese Straße ging, tief vor dem heruntergekommenen Haus, in dem Voltaire gestorben war und das der Uferstraße, ohne daß die meisten Passanten davon wußten, jetzt den Namen gab. Er überquerte den Fluß über den Pont des Arts und ging dann über die schnurgerade Rue du Louvre zu seinem Postamt. Diese Gegend um die Rue Etienne Marcel, um die Place des Victoires, um die Nationalbibliothek und um die Börse liebte er mehr als alle anderen Viertel von Paris. Hier schien es ihm am pariserischsten zu sein, von Touristen kaum entdeckt. Es gab hier die schönsten und feudalsten

Modegeschäfte. W. hatte sie einst alle entdeckt; schon deshalb waren sie Remeur besonders wichtig. Mit jedem Laden verbanden ihn meist lustige Erinnerungen, was W. dort gekauft hatte, warum W. dieses Geschäft gut, jenes weniger gut fand. Remeur konnte darüber viele Geschichten erzählen, die etwa Titel trugen wie: W. kauft sich eine Hose. Oder: W. erklärt, warum Hemden von Yamamoto teuer sein müssen. Das Leben kann doch verdammt schön sein, dachte Remeur. Ich muß dankbar sein, daß ich das immer bemerkt habe. Es fällt nicht jedem auf. Daß es ihm vergönnt war, mit W. die Welt ein zweites Mal zu entdecken, diesmal behutsamer als damals mit Sven, mehr wissend um die Kostbarkeit des Augenblicks, erschien ihm heute als das schönste Geschenk seines Lebens.

Nachdem Remeur seine Geschäfte im Postamt erledigt hatte, ging er über die Rue Vivienne hoch zu den großen Boulevards. Fast schon an der Ecke zum Boulevard Montmartre erkannte Remeur in der Ruine der gerade abgebrochenen Fassade das alte Kino *Oase*, mit dem ihn kuriose Erinnerungen verbanden. Im Vorbeigehen konnte er sich des Lachens nicht enthalten. Lange, lange bevor er die alten Premieren-Paläste von New York kennengelernt hatte, die meisten um die Achte Avenue herum, die immer weiter heruntergekommen waren und schließlich als gigantische, meist schwule Pornokinos wieder aufgestiegen, in ihrer erloschenen Pracht und Größe absurde, gespenstische Labyrinthe des Sexus in jeder Form und Gestalt geworden waren, bevor er diese antikischen Lasterhöhlen kennengelernt hatte, hatte Remeur das alles schon einmal gesehen, nur in kleineren Dimensionen, gemütlicher, gleichsam familiärer, in der alten *Oase* eben an der Rue Vivienne.

Auch die *Oase* muß früher ein respektables Premierenkino gewesen sein mit drei Balkonetagen, Logen und Sperrsitzen. Dann war es plötzlich zu Ende mit der Reputation, die *Oase* war nur noch ein Klub-Kino, das von morgens um zehn bis nachts um drei auf insgesamt fünf Leinwänden einen Onanierfilm nach dem anderen zeigte, wichsende Jungs in Kalifornien, wichsende Jungs in Berlin, wichsende Jungs in Paris, wichsende Jungs in Amsterdam, wichsende Jungs in Tanger. Im Kino achtete kaum einer auf die Filme. Man hatte weiß Gott anderes zu tun. Man mußte vor allem darauf achten, daß man neben den richtigen Jungs saß, die eben nicht in Kalifornien wichsten, sondern hier im Kino. Genaugenommen mußte man auf allen vier Zuschauerebenen gleichzeitig sein, um kein wichtiges Ereignis zu verpassen. Remeur erinnerte sich mit Vergnügen an eine lustvolle Massenorgie in einer Garderobennische der *Oase*: Zuerst standen sie zu zweit hinten an der Wand der schmalen Nische. Es drängten immer mehr Männer herein. Es wurde heißer, die Luft wurde knapp. Remeur wollte aus der Nische heraus. Es ging nicht. Die Nische war dunkel und voll und geschlossen. Es blieb ihm tatsächlich keine andere Möglichkeit, als auf allen vieren unten durch die Beine der Männer zu kriechen. Als er endlich draußen war, wieder aufatmete, stellte er fest, daß in dem Gewühle sein kostbarer neuer Seidenschal zurückgeblieben war. Sei's drum, dachte er, man muß für alles bezahlen.

Zwei Bilder aus der *Oase* blieben ihm vor Augen. Das eine stammte aus der Toilettenanlage unten, wo ein Betrieb herrschte wie unter dem Picadilly Circus (wo sich das ganze Commonwealth zum Wichsen trifft, wie Remeur sagte), obwohl das Verhuscht-Verklemmte, »das typisch britische Onanierwesen« (nach Remeurs Terminologie) ausgerechnet hier kaum absurder sein konnte. Denn oben auf den Rängen fand sowohl konkret als auch in den Filmen alles nur denkbar Sexuelle in aller Öffentlichkeit statt. Es bestand also kein Grund, sich in die Unterwelt zurückzuziehen. Daß manche dennoch die untere Welt bevorzugten, muß in einer jahrhundertealten Tradition begründet sein, in einer irrationellen Lust an der Verschwiegenheit, in einem trotzigen Festhalten am Geheimnis.

Das zweite Bild zeigte das Gegenteil. Remeur war auf den obersten Rang gewandert in die dunkelste Ecke, wo sich am Ende einer Bankreihe die Männer drängten. Den Anlaß des Gedränges entdeckte Remeur erst später. Es war ein hübscher kleiner Franzose, der mit heruntergelassenen Hosen bäuchlings über einem Kinositz lag und sich reihenweise in den Arsch ficken ließ – von wem auch immer, ohne Ansehen der Person. Es war wie eine Droge, von der er nicht genug bekommen konnte. Remeur besah sich das aufreizende Schauspiel aus Distanz. Vielleicht sah er wieder den jungen Jean, in den Dünen von Norderney liegen, trauernd um seine reine, heilige Liebe zu Norbert, den er nie berühren durfte.

Daß ich nie Angst hatte vor Aids, fragte Remeur sich plötzlich. Jetzt näherte er sich schon der Oper. Gewiß war auch er in den ersten Jahren nach dem Erscheinen der rätselhaften Krankheit irritiert. So viele aus seinem Leben um ihn herum waren an den sich immer wieder anders zeigenden Folgen von

Aids gestorben. Immer waren es die lustigsten. Diejenigen, die dem Leben lachend gegenüberstanden, die gierig waren auf das Leben. Nach den Regeln bin ich prädestiniert für Aids, dachte Remeur, ich habe alle Bedingungen erfüllt. Schon oft hatte er den Test wiederholt, das Ergebnis war negativ. So und so waren die Gründe unbekannt. Aber Angst hatte er nicht mehr. Er erinnerte sich daran, wie jede Angst von ihm gewichen war. Es war in einer ziemlich schmuddeligen Sauna in Marseille. Er hatte den dämmrigen Saunaraum betreten und sich sofort in einen Araberjungen verliebt. Entweder geht es sofort, oder es geht gar nicht. Nach fünf Minuten schon lagen sie in einer muffigen, verschwitzten Kabine auf einer fleckigen Matratze – wer hatte sich auf dieser Liege schon geliebt? Sich unsinnige Worte in die Ohren geflüstert? In Sekunden den Sinn des Lebens gefunden und wieder verloren? Als Remeur damals aufwachte, der Araberjunge hatte ihn schon verlassen, überfiel ihn zuerst ein wahnsinniger Schrecken. Was habe ich getan, überlegte er. Habe ich für einen Moment der Seligkeit mein Leben verschenkt? Er fürchtete sich vor dem Sterben. Aber er bekannte sich plötzlich zur Demut. Wie lächerlich wäre es doch, wenn ich meine unsinnige Liebe aus purer Angst zu einem Akt der Vernunft erklären würde. Das, was über der Vernunft liegt, kann ich nicht nachträglich als von ihr gesteuert darstellen, erklärte es sich Remeur und kehrte damit zu den verstiegenen Philosophien seiner frühen Jugend zurück: Ich liebe ganz oder gar nicht, weder mit Netz noch mit Vernunft.

Remeur haßte den angeblich liberalen Spruch: »Aids bekommt man nicht, Aids holt man sich.«

Ausgerechnet diese Liberalen, die das abgestritten hätten, wiesen den Aids-Kranken die Schuld zu: Zu allem Unglück sollten sie auch noch selbst schuld sein, weil sie es sich doch geholt hatten. Statt auf den Rat der Vernünftigen, der Neunmalklugen zu hören, waren sie so unvernünftig, sich auf die Liebe eingelassen zu haben. Aber was sollte schon eine Liebe wert sein, die erst den Rat der Vernunft einholt. Was muß das für ein friedliches, ruhiges, gewissenhaftes Leben sein, das Leben nach Moral und Vernunft und Gesetz, ein Leben nach überkommenen Regeln, das sich ständig im Kreise dreht. Durchbrochen wurde der Kreis allein von den Unvernünftigen, von den Unmoralischen, von denen, die das Gesetz für sich nicht anerkannten, die auf eigenes Risiko lebten. Gehörte Christus nicht zu ihnen? Sokrates und Augustinus? Remeur bekannte sich bewußt zu den Unruhigen. Er war von Anfang an dem Fieber des Lebens verfallen. »Wissen Sie«, sagte er einmal zu mir, »ich bin jetzt schon so alt, daß es eigentlich egal ist, woran man stirbt.« Er sah mich fröhlich an. Ich war verblüfft. Remeur war der einzige Mensch, den ich kannte, der gern alt war. Abgesehen allerdings von seinen Zahnproblemen.

Remeur ging die Avenue de l'Opéra zum Palais Royal und zur Seine hinunter, die langweilige Avenue de l'Opéra, deren Langeweile nur dadurch etwas gemildert wird, daß die Rue Sainte-Anne auf sie trifft. An der Ecke zur Rue Sainte-Anne gedachte Remeur ironisch seines »Kollegen Roger Peyrefitte«, wie er ihn immer nannte. Er konnte dessen Bücher nicht ernstnehmen. Daß Peyrefitte, wie er in *Herzbube* schreibt, mit einem einzigen Buch das Vermögen wieder verdient haben will, das Astolphe, sein »Business-Genie«, verschleudert hatte – Remeur sprach das U in Business stets deutsch aus – wollte Remeur nicht glauben oder er beneidete ihn darum. Mit so einem »Business-Genie« könnte ich auch aufwarten, daran soll es nicht liegen, und so ein hingeschmiertes Buch, mein Gott, warum sollte ich das nicht schaffen. Aber wahrscheinlich schaffe ich es nicht. Es ist eben zu hingeschmiert. Soll Peyrefitte doch am marmornen Schwanz seines antiken Götterboten lutschen. Der alte Geck. Nur das Geld, ich könnte es im Moment verdammt gut gebrauchen.

Aus schwuler Gewohnheit war Remeur durch den Tunnel des Louvre über die Place du Carrousel zur Seine gewandert und die Treppe zur Flußpromenade nach unten gestiegen. Er hörte im Gebüsch ein raschelndes Geräusch und sah das flimmernde Glühen einer Zigarette. Eben dort verlor sich seine Spur.

Um fünf Uhr dreißig etwa wurde ich vom Nachtportier meines Hotels telefonisch geweckt. Er bitte um Entschuldigung, unten am Empfang stünden zwei Herren von der Polizei, ob ich hinunterkommen könne, die Polizisten brauchten meine Hilfe. Ich zog mich an und ging nach unten. Die Polizisten erklärten mir, man habe an der Seine einen Toten gefunden, einen älteren Herrn, der als einziges Ausweispapier eine Visitenkarte von mir mit der Anschrift des Hotels bei sich trage. Ich ahnte sofort, um wen es sich handelte.

Wir fuhren zur Seine und fanden auf der Promenade unterhalb der Tuilerien einen kleinen Menschenauflauf. Zwei Polizeiwagen mit blitzendem

Blaulicht, unangenehm, in der regnerischen Dämmerung, sperrten vorne und hinten ein Stück der Promenade ab. Es war das Stück, auf dem die Bank mit nur noch einem Sitzbrett an der Mauer stand. Remeur saß auf der Bank, auf dem einen schmalen Brett, den Oberkörper und den Kopf nach hinten gelehnt. Es sah auf den ersten Blick nicht schlimm aus. Beide Arme hatte er nach vorne gestreckt, als wollte er sich an dem Brett der Bank festhalten. So hatte ich ihn oft gesehen. Auch im *Flore* saß er oft genau so. Wenn er seine Geschichten erzählte, gestikulierte er wild mit den Armen, er redete mit seinem ganzen Körper. Wenn er aber zuhörte, hatte er die sonderbare Angewohnheit, sich am Sitz seines Stuhles mit beiden Händen festzuhalten. Er saß wie auf dem Sprung, wie in den Startlöchern, wieder selbst die Rede an sich zu reißen. Genau so saß er hier an der Seine. Die offenen Augen waren nach oben gerichtet, etwas ekstatisch sah er in den grauen Himmel. Wenn man näher hinsah, entdeckte man auf seiner Stirn eine breite und tiefe Wunde, aus der er geblutet hatte. Das Blut war jetzt vertrocknet und hatte auf der Stirn Schorf gebildet.

Er war erschlagen worden, wie die Polizisten erklärten, vielleicht mit einem Stück Holz, einem stumpfen Ast, den der Mörder vermutlich in die Seine geworfen hatte. Remeur hatte sich wahrscheinlich mit letzter Kraft auf diese Bank geschleppt. »Es ist Jean Remeur«, sagte ich. »Ein Franzose?« fragte ein Polizist. »Nein«, sagte ich, »ich glaube nicht, ein Deutscher wahrscheinlich, er heißt nur so. Er wohnt im Hotel *Pont Royal*.« Ich fuhr mit den Polizisten in die Rue du Bac.

Der Portier im *Pont Royal*, den Remeur nicht leiden mochte, erklärte uns schroff, bei ihnen wohne kein Jean Remeur. Es wohnte tatsächlich kein Jean Remeur bei ihnen. Nachdem ich darauf bestand, er müsse hier wohnen, er sei erst gestern aus New York angekommen, sagte der Portier: »Vielleicht meinen Sie diesen Deutschen, diesen Hans Philipps? Dem traue ich viele Namen zu.« Ich konnte den Portier auch nicht leiden. Aber er hatte leider recht. Remeur war Hans Philipps. Ich hörte es zum ersten Mal. Den Namen Remeur, Jean Remeur, seinen *nom de guerre* und *nom de plume*, der mir immer zu protzig vorgekommen war und der überhaupt nicht paßte zu seinen Erinnerungsgeschichten, hatte er sich aus dem Mädchennamen seiner Mutter zusammengebastelt, und schließlich war es dabei geblieben. Nur W. und Lisa wußten um das Geheimnis. Lisa erzählte es mir bei der Beerdigung, als ich sie zum ersten Mal traf. Von seiner Familie lebte niemand mehr. Remeur hatte ein feierliches Testament geschrieben, W. sollte alles erben, Lisa sollte die Beerdigung organisieren und als Testamentsvollstreckerin fungieren. Aber Remeur besaß keinen Pfennig mehr. Zuletzt hatte er in einem düsteren Einzimmerappartement in Frankfurt-Niederad gewohnt, das so teuer war, daß er seine ganze, zugegeben kleine Rente dafür brauchte. Er hatte bei vier oder sogar fünf Banken hohe Schulden, Kreditkarten, für die niemand mehr zahlte, ungedeckte Schecks. Auch vor W. und Lisa hatte er seine finanzielle Lage verschleiert. Beide waren bestürzt, sogar wütend, daß er ihnen nichts von seiner Armut gesagt hatte, sondern, so weit es ging, sein Leben als vermögender Grandseigneur und Weltreisender fortgesetzt hatte.

Die Beerdigung war so traurig und einsam, daß sie fast schon wieder lächerlich wirkte. Remeur hätte es bemerkt und vielleicht sogar seine Freude daran gehabt. »Es ist ein exklusives Ereignis«, hörten wir ihn im Geiste meckernd lachen. Tatsächlich gingen wir zu dritt hinter dem Sarg. Hinter unserer kleinen Prozession hinkte eine kleine, verhärmt blickende Frau hinterher. Sie hatte nicht nur ein Holzbein, auch ihre Schultern waren verwachsen. Ihr heller Mantel war reichlich abgetragen. Als der Sarg sich in die Grube senkte und die vier Sargträger des städtischen Garten- und Friedhofsamtes salutierten, begann sie prompt zu weinen. Keiner von uns dreien kannte sie oder hatte sie jemals vorher gesehen. Sie wird zu den Klageweibern gehören, die überall dort klagen und weinen, wo ohne sie niemand von dem Jammer erführe.

Mit W. konnte niemand sprechen. Er war da und doch nicht da. Seine Nase war spitz und rot, seine dunklen Augen waren rot, sein hübsches Gesicht war vom Weinen verquollen, und seine schwarzen Haare waren verwuschelt, als habe Remeur daran gearbeitet. W. sah starr geradeaus. Manchmal erinnerte mich sein Blick an die ekstatischen Augen Remeurs, die er im Tode hatte. Manchmal schien es, als wollte W. uns etwas sagen, wir sahen ihn an und schwiegen, wartend, daß er spreche, aber er sah weiter geradeaus, stumm, er bemerkte uns gar nicht. Er war weit weg und schien sich immer weiter von uns zu entfernen, während er noch wie in Trance neben uns herging. Dem eleganten Anzug W.s sah man an, daß er Remeurs Geschmack teilte. Wie dieser, der keine Beerdigung für einen großen Auftritt verschmäht hatte, hatte auch W. sich für einen großen

Auftritt gekleidet. Es war wie eine letzte Huldigung an den Meister. Den Auftritt selbst aber hatte er »geschmissen«. Die notwendige Distanzierung von sich selbst ging über seine Kräfte. Direkt nach der Beerdigung verschwand er irgendwohin in seine eigene Welt. Ich habe ihn nie wiedergesehen.

Lisa war Remeur treu, auch über den Tod hinaus. Mit ihren schelmischen Augen, die jetzt vermutlich ebenso blitzten wie früher, wenn sie mit Remeur telefonierte, wie man Serra schreibe oder so, ging sie zusammen mit mir Remeurs Testament durch, ob wir jeden Punkt in seinem Sinne erfüllt hatten. Daß wir seine Verfügung, zur Trauerfeier Mussorgskys *Bilder einer Ausstellung* zu spielen, nicht erfüllt hatten, bedrückte uns. Aber für wen hätten wir eine Trauerfeier veranstalten sollen? Für die verhärmte Frau im abgetragenen, hellen Mantel? Hätten wir seinen früheren Verleger, Kessler, als Redner gewinnen können? Oder einen seiner reichen Pariser Freunde, die zu seiner Tischrunde im *Flore* gehört hatten? Wie es seiner fast pedantischen Art entsprach, sein Leben zu zelebrieren, hatte er der Verfügung über die Musik bei der Trauerfeier die Bemerkung beigefügt, der Pianist, der die *Bilder einer Ausstellung* spielen solle, müsse »mindestens das Niveau von Wladimir Ashkenazy« haben. Da wir einen so hochrangigen Pianisten kurzfristig nicht auftreiben konnten, entschuldigten wir unser Versäumnis selbst, war die Stille vermutlich eher in seinem Sinne.

Er hatte sein Leben ernst genommen, fiel mir jetzt auf. Lisa fragte: »War er leichtsinnig? Oder schwersinnig? Darüber bin ich mir nie klar geworden.« Wir erzählten uns nur komische Geschichten, die wir mit ihm erlebt hatten, lachten oft schallend dabei. Die giftigeren, böseren Geschichten wie etwa die von seiner snobistischen Verschwendungssucht sparten wir aus.

In Paris, einen Tag nachdem man Remeur auf der Bank an der Seine gefunden hatte, traf bei mir sein kleines Feuilleton *Mein Stock* ein. Ich hatte es zuerst vergessen, später habe ich es Lisa geschickt, da ich W.s Anschrift nicht kannte. Ich weiß nicht, was daraus geworden ist. Der Mörder Remeurs wurde nie gefaßt. Die Umstände seines Todes wurden nie geklärt.

In der Nacht, in der Herr Mellenthin diese Geschichte erzählte, wehte eine auffallend samtene Luft durch die wie immer offenstehende Balkontür. Am Morgen empfahl der Professor dem Patienten im Fenster-Bett, von Zeit zu Zeit durch den Park zu spazieren. Er ging mit etwas schlurfenden Schritten zum Briefkasten am Eingangstor und warf eine stattliche Menge Briefe ein. Dann setzte er sich auf eine Bank im Rosengarten, wo die meisten Blumen schon verblüht waren. Als er in das Zimmer 415 zurückkam, war Herr Mellenthin nicht da. Sein Bett sah ziemlich unordentlich aus. Vermutlich wird er zu einer Untersuchung gehumpelt sein. Als es schon dunkel wurde und Herr Mellenthin immer noch nicht da war, fragte der Patient im Fenster-Bett Schwester Bettina, wo Herr Mellenthin sei. Schwester Bettina zupfte an den frischen Handtüchern und sagte mit routinierter Feierlichkeit: »Herr Mellenthin hat uns verlassen. Es ging ganz schnell. Sein Herz. Das war heute morgen, als Sie im Park spazierengingen.« Der Patient im Fenster-Bett sah durch die offene Balkontür auf die vier Türme der Pagode von Kanton. Er sah nur noch auf die Türme der Pagode. Am Wochenende durfte er nach Hause gehen.

»…wie eine Droge, die süchtig macht nach mehr.«

Hans Christoph Buch, Berliner Zeitung

Michael Roes
Rub' al-Khali. Leeres Viertel
775 Seiten · geb. m. SU
ISBN 3-8218-0639-7 · 49,80 DM

Die spannende und tödliche Suche nach den Gesetzestafeln der Königin von Saba, überliefert in einem Manuskript aus dem 18. Jahrhundert. Die Reise eines Spieleforschers auf den Spuren des Manuskriptes in das heutige Leere Viertel, die größte Sandwüste der Welt.

»Doch beide retten im Grunde etwas ganz anderes, viel Kostbareres als Spiele und Steintafeln in der jemenitischen Wüste: Sie retten die Poesie des Wirklichen im bundesdeutschen Roman…« Iris Radisch, *Die Zeit*

»Wie Umberto Eco vermengt Michael Roes Bücher in Bücher und Fragen in Fragen.« Verena Auffermann, *Süddeutsche Zeitung*

EICHBORN.

Wir schicken Ihnen gern ein Verlagsverzeichnis:

Kaiserstrasse 66 · 60329 Frankfurt
Telefon 069/25 60 03-0 · Telefax 25 60 03-30